某年春夏

吕新 著

山西出版传媒集团 北岳文艺出版社
·太原·

图书在版编目（CIP）数据

某年春夏 / 吕新著. — 太原：北岳文艺出版社，2021.1

ISBN 978-7-5378-6255-4

Ⅰ.①某… Ⅱ.①吕… Ⅲ.①中篇小说－小说集－中国－当代②短篇小说－小说集－中国－当代 Ⅳ.①I247.7

中国版本图书馆CIP数据核字(2020)第147698号

某年春夏

吕新 / 著

选题策划
刘文飞

责任编辑
范 戈

书籍设计
张永文

印装监制
郭 勇

出版发行：山西出版传媒集团·北岳文艺出版社
地　址：山西省太原市并州南路57号　邮编：030012
电　话：0351-5628696（发行部）　0351-5628688（总编室）
传　真：0351-5628680
网　址：http://www.bywy.com　E-mail：bywycbs@163.com
经销商：新华书店
印刷装订：山西人民印刷有限责任公司

开　本：787mm×1092mm 1/32
字　数：220千字
印　张：8.5
版　次：2021年1月第1版
印　次：2021年1月山西第1次印刷
书　号：ISBN 978-7-5378-6255-4
定　价：59.80元

本书版权为本社独家所有，未经本社同意不得转载、摘编或复制

目 录

梦　/ 001

某年春夏　/ 025

正月二十的一次午宴　/ 051

一夕　/ 063

幕落时有狗叫，野草呈倒伏状　/ 083

阴山南麓　/ 107

青纱帐　/ 131

雨下了七八天　/ 197

纪念·重现·说出（代后记）　/ 259

梦

1

　　串联鸟飞走的时候，我还在继续埋葬周校长。在这以前，它们一直都在附近的几棵树上看着我，有的坐着，有的蹲着，还有的就那么站着。我所以觉得别扭，就是因为那些树都不高，一人来高，这样它们坐在树上，就像是脸对脸地看着我，我做的每一件事，每一个动作，它们都清清楚楚地看在眼里。要是那种很高大的树，它们坐在上面，我也就看不见它们了，眼不见心不烦，就不会有那种被别人虎视眈眈的感觉，它们爱怎么看就怎么看去，至少我看不见它们了。就像平时，它们都在天上，谁会去关心它们在做什么。

　　好几次想轰走它们，用铁锹铲起土扬它们，用小石头砸它们，可是它们完全不怕，好像连正常的惊吓也没有，最多有的只是象征性地把翅膀张开，做出一种要飞的样子，可是翅膀下面的身体却根本就没动一下。甚至，我觉得它们中间的某一个还冷笑了一下，不，是嘲笑。

　　后来就完全没办法了，只能让它们看了。

　　就那样，在它们的注视下，我精力不太集中地挖了差不多有两方土。这些不要脸的东西，真拿它们没办法。我一边挖土，一边在心里骂着。我想起几件往事。当年,父亲藏在一个草垛下面,就是被它们发现的,围着那个草垛又飞又叫,大部分的在草垛上面盘旋,侦察,负责看守和包围,派了其中的一两个去报告。后来,三姑父藏在地窖里,竟然也是被它们最早发现的。藏在那么深的地窖里也能被看见?很多人都不相信,要是躲在树上被它们看见了,那还好理解,也不怎么让人觉得奇怪。问题是那是一个地窖,上面还有别的东西,有一个小房子一样的东西,只不过是没有门窗,它们是怎么看见躲在地窖深处的三姑父的呢?那个地窖,我,二哥,二姐,我们都下去过,里面憋屈得很,既直不起腰,又伸不开腿,三姑父藏在里面只能弯腰屈膝,情形可想而知,可最终竟然也被它们侦察到了。

又挖了一会儿,我展开皮尺量了一下,长和宽都够了,深也早就够了。

就在那时,它们突然都走了。好像是它们当中的谁说了一句什么,不过也可能什么也没说,呼啦一下就都飞走了。

怎么走了呢? 不看了?

一开始我还觉得奇怪,不知道它们为什么突然都走了。后来发现皮尺找不见了,才忽然明白了,知道它们为什么都走了。并不是它们不想再看了,而是因为天黑了,它们什么也看不见了。我忽然想到了天气,是的,就是天气的原因,是天气帮了我的忙。天越来越黑了,它们什么也看不见了,再继续坐在树上也没意思了,那不走还等什么。

我朝着它们飞走的方向长长地出了一口气。

我把周校长放下去,让他尽量保持一个坐着的姿势,就像他平时坐在椅子上看报纸那样。心里说,好好学习吧,没人打扰你。不会有人来敲门,让你解决问题,你也不用去敲别人的门。又把一摞纸放在他的胸前,告诉他这是他要看的文件。

我对坐在坑里的周校长说,安息吧老周。

然后我就走了。

2

埋葬完周校长以后,我回去换了一身干净的衣服和鞋,然后就去找刘培森副校长。

我对刘培森副校长说:"周校长回老家去了。"

"什么?"

我把一秒钟前才说过的话又说了一遍,我看见刘培森副校长的脸上已爬满了急躁,另外还有一些弯弯曲曲的东西,不知道是些什么,看上去既像有雨水积存的沟壑,又像是一些风化得发白的岩层,可是又好像虫子一样在慢慢地爬行。在那个过程中,他不断地甩着一只手,像是被热油烫了一样。

"唉,唉,唉,这个老周,真能胡闹!这个时候他怎么能甩手走了呢。"

我说:"他怎么就不能走了呢?"

"你不知道,"刘培森副校长说,"下个星期县里来人要检查,听取汇报,主要是他在汇报呢。他这一走,汇报的事怎么办呢?"

我说:"不是还有你吗,另外还有陈耳朵、季三阳。"

刘培森副校长用一根手指指着他自己的鼻子说:"我?我算个狗屎!难道在人们的心目中还有我这个副校长吗?我还存在?"

我说:"你这叫什么话,当然有了。要没有,我直接去告诉吴秀全就行啦。我为什么不去找吴秀全而是直接来找你,这还不能说明问题?"

吴秀全是看门房的,另外还负责用鸡粪和羊粪种几畦菜。

"你也可以去找吴秀全。"他说。

又说,老周就去找过吴秀全,是去找吴秀全谈话。吴秀全看门,经常睡觉，睡得卡车冲进来都不知道。种菜也不用心，胡乱应付，是因为心里有情绪。老周就对他说，秀全同志，革命工作没有高低贵贱之分，我当校长是工作，你看门种菜也是工作，我们都是一样的。吴秀全虎着一张脸，不说话。老周就又说，我知道你心里想啥，你是在想事情应该倒过来，天翻地覆慨而慷，你来当校长，我去看门种菜，你是在想工作就是有高低贵贱之分，是不是？好！秀全同志，你真要是这样想，你就去运作，去想办法努力奋斗，你要是能运作、奋斗得让你当了校长，让我去看门种菜，那我就去看门种菜，好不好？

我看着他在地上来回乱走，没说话。我在想吴秀全应该去哪儿运作，如何奋斗，快六十的人了。我也记得那次谈话，他就是那么对我说的。

窗台上有两三盆花，不知道是什么花，都弯腰驼背，死眉愣眼的。

"他没说啥时候回来？"

刘培森副校长在地上转了好几圈以后，忽然回头问我。

我说："没说。"

但是，我在心里说，你等着哇，这一辈子，他是永远也不会再回来了，要回来也只能是下一辈子的事了。

刘培森副校长的眉头上又迅速地挽起几个大疙瘩。他说："啊呀，这他妈的老周。"

里屋通向堂屋的那扇门开着，挂着一个帘子，上面绣着几个黄毛的猴子，不过也可能是几头小牛。这会儿，那个帘子在动，一飘一飘的，像是有人刚从外面进来或者才出去。

刘培森副校长歪着头，看着我，说："据我所知，他老家那边啥也没了，他回去干啥？"

我说："那哪能知道，也许是回去上坟去了，也说不定呢。"

说完后，忽然又想起一件事。于是我又告诉他，就在今天早上，我出门的时候，看见秦汉章已经在路上，戴着风镜，提着包，包里有一个东西很像刀的形状。那么，面对这么一个人，谁又能知道他是去干什么，是去出差还是去走亲访友，更说不定是去什么地方消灭一个他多年来一直都想消灭的人。所以说，任何时候，一个人去哪里，去干什么，外人很难知道。有些事情，只有发生了，也才能知道个大概。也仅仅就是个大概，草图一幅，或一张仅能反映表面现象的照片，因为真正的内核或原因，从来就很难知道，清楚。要是再随着当事人一个接一个地消亡，相关的环节一个接一个地断裂，那事就只能是一个永久的死谜了。

"上坟？清明不是已经过了吗？"

"清明过了，不是还有七月十五吗。"

"你——你这个人，七月十五还早着哩。"

忽然，寂静的屋里响起"啪"的一声，刘培森副校长拍了一下手，也可能是桌子，说："我知道了，我知道他回去干啥去了。"

我说："干啥去了？"

却又不说话，接着又摇头。"也可能是回去打发他二大爷去了。"他笑着说。

我想起那年在捕鼠小分队的经历。我们是第七捕鼠分队，隶属于第三大队，把所有的路都堵死，就留下一条通道，然后在通道的尽头放上夹子和抹了油的面团。心灵手巧的段婷婷和黄小梅还把面团捏成小面包和小饺子，里面包上磷化锌，后来变成毒鼠强，作为馅儿，外面再抹上香油。然后再敲山震虎，到处敲打，脸盆、饭盒、铁皮，甚至锣鼓都在响。老鼠一出来，蒙头蒙脑地就直奔那个出口去了，好打得很，马成云甚至能用一把扫地的扫帚把它们摁住呢，听见它们在扫帚下面吱吱地叫，看不见它们的脸和大部分的身体，只能看见两只粉红色的火柴棍一样的细脚和一根灯捻似的尾巴，小尾巴飞快地摇晃着，颤抖着。

自从贾队长牺牲以后，我们捕鼠七分队很长时间没有队长，后来来了一个副队长，是原职工篮球队的队长，因为作风问题被派来我们七分队代理副队长。我们私下也曾议论过，这个人打篮球可能还行，身上其实有很多不利于捕鼠的因素，自身条件不怎么好，首先就是走路声音太大，砸夯机一样，经常是人还没出现，那咚咚的声音就先来了，老鼠听见，没有不跑的。而我们走路都没有声音。据说他以前那事败露，就是与他那脚步声有关。一个事实是，自从他来了，我们七分队的成绩就开始垫底，别说再没有名列前茅过，连中下游都到不了啦。

有一天我值夜班，拿着擀面杖，抱着一个脸盆，坐在门口等老鼠们出来，后半夜的时候竟不小心睡着了。王明把我推醒，告诉我说，就在刚才，有一小队老鼠已经成功突围出去了，领头的那个家伙，白眉毛，白胡子，身手却异常矫捷。王明说我不仅放跑了老鼠，还说梦话。我问他我说什么了，他想了一下后说，好像说的是这：

"二月份的面粉没有了，我穿行在二月蓝色的阳光里。"

我问王明，那是什么意思？

"那我哪能知道，这你得问你自己去。"王明说，"我听着像是家里没面了，你去买面。又好像没钱买面，饿得到处乱走乱窜，基本是饿的，饿得头晕眼花，看什么都是蓝的。"

3

"等一等，请等一等——"

赵小豺一手拿着一个耗子，在后面紧紧地追赶我。别人家我不知道，但是他家我是知道的，他家里有的是耗子，水缸后面，放衣裳的柜子里，放米面的大缸里，甚至一双没人穿的鞋里，有的是耗子。至于柴房里，地窨里，那就更不用说了，想捉几只捉几只，容易得很，手到擒来。一开始我还以为他拿的是两只黄鼬，后来一想，哪有那样的好事，肯定是他们家的特产，别的他也拿不出来，只能有什么拿什么了。

赵小豺的豺其实是财产的财，但是因为他兼有豺的很多习性和特征，人们就给他改了字，他自己当然是不承认的。他的一个上小学三年级的儿子被同学在背后贴了字，一张十六开的纸，上面写着：赵小豺的儿子——豺娃子。豺娃子嫌丢脸，回去和赵小豺闹，问他为啥非要叫那个豺。赵小豺说，丢啥脸，我又不是那个豺！我是发财的财，财大气粗的财，你又不是不知道。他们非要那么叫，我有什么办法？他们想叫就让他们叫去，总有他们叫不动的时候。

从胡林海家门口外面的那两棵柳树下开始，他一路撵过来，追到羊皮收购站东面的那条水渠边上，我看见渠里的水很大又很急，就以为他不再追了。可是，没想到等我过到水渠那边时，一回头看见他拉开架势正准备往过跳。

我说："不敢跳！小心一跳把手里的耗子掉了。"

说完以后，我就赶快加快速度往前走，只能是比原来越走越快。我几乎是在半跑，情形和竞走运动员差不多，就这样走还怕甩不掉他呢，稍一迟疑或怠慢，他就追上来了。听见他终于跳过了水渠，被一根树枝绊了一下，很可怜地叫了一声。

我一边快步往前走，一边在心里对自己说，不能回头，千万不能回，尤其是在这个时候更不能回，一回就完了，那他就更有理由了，瞌睡给个枕头，我也没那么傻。

听见他在后面喘着气对我说：

"不要客气，你总是那么客气，拿回去给孩子们吃吧！皮我已经剥好了，里面的肠子肚子也已经掏空拾掇干净了，又拿清水洗了两遍。"

我没有回头，更没有说话。

"咱们这儿的人非要剥皮，其实皮也能吃，听说西南地区的人们就从来不剥皮。"

边追赶边又说：

"别以为给了你我就没有了，我还有呢。"

我在心里说，你当然还有，你们家最不缺的就是这个，老了一茬，又顶替出一茬，世世代代，生生不息。

我不想要他的东西，也不想和他这个人有什么瓜葛。再说，我还有更要紧的事要去做呢，毛柏人还在镇上的红色旅馆里等着我呢。另外，不久前看见一个人影在街口上闪了一下就不见了，我怀疑是周校长的夫人，我觉得像她。可是连着追了两条街，也再没有看见她，有些事情我必须当面要和她说清楚。就算没有毛柏人，也没有周校长的夫人出现，我也不会停下来的。什么也不为，就因为有他在后面。如果不是他，我也许会停下来，在河堤上坐一会儿，看看河对面的高粱和人家，烟和树。不知什么时候，那一带忽然新矗立起一个炮楼一样的东西，听说是王凤舞的新家，不过消息也并不确切，很难说不是有人在有意编派他。

听见他在后面呼呼地喘着气，对我说：

"你这个人，实在是没意思，我是给孩子们的，又不是给你的。前些天我看见他们了，一看就营养不良，严重的营养不良，一个个瘦得像猴子一样哩。"

谁营养不良？我在心里说，你才营养不良呢，你们全家都营养不良。听到这话，我差一点没管住自己，精神和意志也差一点被他引诱和瓦解了，差一点就要停下来和他理论，不过马上就又警醒过来了。可不能停下来和他理论呀，那样一来不是正中了他的诡计了吗？世上的很多事情都是毁于一念之差，不偏不正就毁在那短短的一念之上，眨眼间就会使整个事情轰的一声天翻地覆，完全倒过来，向你展开一幅你梦也没有梦到过的情景。

"把几个娃瘦成那样，你哪像个当爹的，你有什么资格做他们的爹？"

他边唠叨边继续追赶。可是后来忽然没有声音了，好像是站住了。就像一个炮仗从点燃到哧哧地燃烧，再到炸响的那个过程一样，很快，听见身后传来一阵令人毛骨悚然的大笑：

"哈哈，我也真是他妈的傻死了，我这么费劲地追你干啥，我不会直接送到你家里去吗？我怎么就没想起这个办法呢？"

我回头一看，果然不再追了，已经在掉头往回走。这一回，轮到我追他了。

"等等，请等一等——"我说。

他回头看了我一眼，脚下像抹了油，走得更快了。

我想赶快追上他，我大步流星，几乎是在半跑。

4

我回到家里，问梁桂梅，赵小豺是不是已经来过了。

梁桂梅说："没有，没看见。"

看她的样子也应该没有，要是有耗子送到家里来，她不会是现在这个样子。

我说："可能又临时改了主意了，那最好。"

梁桂梅就追问是什么事。

我说："拿着几个耗子，非要送给咱们，让咱们给孩子们改善生活，加强营养。"

梁桂梅大惊失色地说:"竟有这样的事?"

我告诉梁桂梅,说按照赵小豹的性格,说不定那家伙很有可能还会来,到时候我要是不在家,千万不要给他开门,也不要答应,让他知道家里有人。他要是知道家里有人,就会一直在门外等着,那就麻烦了。

梁桂梅似懂非懂地说:"那咋就麻烦了?"

我对梁桂梅说:"你稍微动动脑子好不好,只要稍微动动脑子就会明白,一个人手里拎着几个剥得光溜溜的耗子,站在你的门外,别人看见了会怎么想,会怎么说?退一万步讲,就算谁也没看见,与别人无关,他拿着耗子站在门外叫门,你在家里听着,你不麻烦?"

梁桂梅点点头,很是紧张的神色像是刚刚接受了一个秘密的任务。

当天晚上,赵小豹没有来,后来直到前半夜过去了,也仍然没有来。

后半夜,做了一个梦,梦见我的从前是一个名叫李吉富的商人,娶有一妻二妾,还有好几个孩子,她们有着鲜艳的面孔和可疑的年龄,背着我什么都干,我在心碎和麻木中度过了没头没尾的几年。妻当然也不是现在的梁桂梅,而是一个从来都没见过的女人,娇小玲珑,和梁桂梅正好相反。我记得清清楚楚,在梦里我还一再地告诫自己,这事无论如何也不能让梁桂梅知道。二位小妾,多年来一直很委屈地隐姓埋名,不能够光明正大地活着,对外的身份是我们家的亲戚,只是我怎么也想不起她们的名字,也不知她们是怎么来的。其中一个,特别想出去工作,说随便什么工作都行,我就托杜荣生给她找了一份售货员的工作。每天下班回来,身上总是带着一种混合着白酒、红糖、布匹、麻黄草、烂苹果以及抹脸油的气息,有时甚至还会有化肥和酒精棉球的味道。印象最深的一次,我从她的身上闻到了糖醋鱼和指甲油的气息,她从外面一进来,就像一条鱼迎面游了过来。另一个,通过自学考试,取得了一张本科文凭。还想学英语或钢琴,我说算了,要是实在闲得没有事情可做,胡乱写写毛笔字也行。她说，毛笔字？亏你也说得出口，那叫书法，是艺术！说完这句话以后，我才知道我其实并不了解她，人家研习书法已有些年头，除此以外还会画画。画马，画螃蟹和公鸡，当然还少不了竹子、梅花和荷花，一律都是黑的，说要是绿的就幼稚了。尤其是荷花，不能画正在开着花的，只能画黑的，干的，叶子卷着或半卷的，残缺的，那种一碰就嘎啦嘎啦响的干叶子。我说那有什么意思。她说，在你眼里当然没意思，因为你不懂，你什么也不懂。

令人意外的是，周校长竟然连着两次出现在了那个梦里。第一次，没说话，他陪着他的夫人逛街，拎着一条鱼和一个装着衣服的纸袋子，我们只是点头，打了个招呼。严重的是第二次，我们在张高举的小饭店里喝酒，闲聊，只有我和他两个人。说着说着，就说到了我家里的那两个女的。周校长不只是不理解，相反还有着更大更多的困惑。他问我："你们那是啥亲戚？怎么住下就不走了？我每天都能看见她们呢。每次只要一看见她们，我就在想，这两个女人，是走了又来了，还是一直就没走呢？"

我说："非不走，也实在是没办法呢，亲戚们，也不好意思开口撵她们走。"

"这事想一想也确实是一个问题呢。"周校长神色有些严峻地说，"我活了这么大，还真没见过这种事呢。有一句话，我说了，希望你不要多心。"

我说："你说——"

"每次看见她们，你知道我首先想起的是啥？是《聊斋志异》里的那些故事。"

我哈哈大笑，我的笑声可能很像是暗夜里发出的那种笑声，把周围几个人也惊得不断地朝这边张望。我对周校长说，其实我很早就有那种感觉，只是没法说而已。还有一句话我没说，那就是这些年下来，我其实早已把她们当成了亲戚，而她们也觉得是，忘了自己是谁。

有一天午后，我似乎刚刚醒来，听见耳边传来一种声音，是钢叉扎进草垛里的那种声音，那扑哧扑哧的声音就在距离我身体不远的地方响着。我就惊讶了，这是哪年的声音，这分明是一种多年以前的声音……那么多年都过去了，怎么到今天还在扑哧扑哧地响着？

我从一个箱子里找出一顶多年以前的草帽，岁月的流逝不仅使它褪色，更让它有些变形，草帽被已逝的岁月压扁了。我把它拿在手里，一边慢慢地捏咕，想让它恢复原来的样子，一边看着，眼前渐渐地浮现出一个赤日炎炎的下午……

但是，梁桂梅突然从外面回来，使正在展开或重现的往昔受到惊吓，转眼间便跑得无影无踪。

梁桂梅一进来就说："我越来越闻见咱们家完全是一种供销社的味道，比供销社还供销社呢。真是奇怪死了。"

我说："尽胡说，哪有供销社的味道？"

"你闻闻，你闻闻。"梁桂梅说着就拉着我在屋里到处走，到处闻，又从里屋走到外屋。说你要是敢说没闻到，算我瞎说。

在她的拉扯和强调下，我也确实闻到了那种只有供销社才特有的味道。白酒的味道，红糖的味道，布匹、麻黄草和女人们用的抹脸油的味道，当然也还有装在篓子里的烂苹果和杏子的味道。苹果都是从外面调运回来的，本地不产，杏子却是四乡八里的人们用口袋或筐子背来的。除了这些，当然也还有煤油和化肥的味道。

看见我愣怔在那里，梁桂梅说："我没瞎说吧？"

我说："那不是正好吗，你不是就喜欢去商店吗？"

"光有味道，没有东西，那咋能一样？我真不知道它们是从哪儿来的。"

5

她说，剪剪指甲吧，指甲长得可长了。

我一看，手上光秃秃的，血管都看得清清楚楚的，哪有什么指甲。

那个小姑娘梳好辫子以后就跑出去了，外面传来锣声。那噌啷噌啷的声音一响起来的时候，感觉满世界全是沙子，金黄色的沙子。有一小部分却又像是豆沙，是那种耳朵听着像豆沙实际却并没有什么豆沙的感觉，耳朵里一听到，嘴里已觉得全是豆沙。对，就是那种感觉。

等她再回来的时候，却已亭亭玉立。他把几个串在一起的蝈蝈笼慢慢地拎起来，举在她的面前。她惊讶地问："给我的？"

他点点头。对她说："我编了整整两三个下午。"

她说："我要这干什么？刚才有小孩子在的时候，你为什么不拿出来？"

他的嘴张了几下，没有说出话来。他有些吃力地看着她，感觉自己像一个卧床多年的病人，只能隔着窗户看见院子里极小的始终固定不变的一部分情景。至于院子外面的世界，更远的整个世界，究竟走到了哪里，发生了什么，则完全音讯不通，什么也不知道，也无人相告。只有一些树叶常来到窗前，来看望他，它们相互之间也喊喊喳喳地说着话。看见它们憔悴苍黄的模样，便知道已经是秋天了，已经是冬天了。当它们有很长时间没来，没有从窗外敲窗户叫他，便知道它们正在春天里忙碌着。春天完了紧接着就是夏天，就更没时间来了。

午后，就是这个叫天冬的姑娘，在她母亲的陪同下来找她给自己开脸。

福建人范复生隔着窗户问："开脸干什么？在脸上开一个口子？"

好几个人都在笑。天冬的母亲对范复生说："你就知道卖你的耗子药、蟑螂药，你哪懂得这个。"

开脸就是用线交叉着铰去脸上的茸毛，标志着一个姑娘的结束和一个女人的诞生。这地方的风俗，每一个要出嫁的姑娘都必须得做这件事，既是在向过去挥手告别，又表示要步入一种新的生活。做了这事以后，世上从此就不再有这个姑娘了，而是又多出了一个新的女人。她把一根线分成两股，交叉着贴到天冬的脸上，说："明天的这个时候，世上就又少了一位姑娘了。"天冬听着，不说话。她的母亲说，做女人的都少不了这一关。又说，她这已经够迟的了，有人说她是一个乘末班车出发或者回家的人呢。

天冬对她说："我年轻吗？我年轻什么？我看上去比你还老呢。"

旁边的周校长夫人说："尽瞎说，越年轻的越说自己不年轻。我要是像你这么年轻，我就啥也不愁了。"

夜里下起了小雨，狗的叫声从一些幽深潮湿的巷子里传出来，叫声里几乎全是深深的不安和恐惧。临街的石板在雨里放射出幽亮幽亮的光，从近处看还不显眼，也看不出什么，但是只要拉开一些距离以后，那些幽亮的石板就完全成了蓝色的，蓝幽幽，蓝雾雾的。

福建人范复生把灯灭了，摸黑用小铁锅红烧土豆和肉，有时是一只从外面捡回来的死鸡。本来一开始是偷偷地在屋里干，就怕让他们知道了。可是后来烟越来越大了，除了呛得他连续不断地咳嗽，更严重的是眼泪还哗哗地流，以至于让他什么也看不见，这才把小火炉和小铁锅一起都搬到了外面的屋檐下。小铁锅里只有土豆，不见肉。肉在哪里呢？

透过蒙蒙的雨雾，再从范复生的一些比较复杂而又烦琐的动作上看，那些早已提前切好的肉块似乎更好像是在他左边的那个袖筒里藏匿着。借着夜色和雨雾的掩护，左边的那个袖筒慢慢地垂直起来，垂直成九十度角，有肉块骨碌一下掉出来，很快滚落进锅里。随即，袖筒又弯曲成四十五度甚至三十度。再赶忙用手里的铲子铲两下，让土豆把肉埋起来。接着，再重复同样的动作。

"哎，老范，他们都说你吃过耗子肉，你真的吃过吗？到底好不好吃？"

愣头儿青松奎突然出现在雨雾里，出现在范复生的面前，把老范惊得险些把面前的小火炉和小铁锅一起撞翻。但是老范毕竟还是老范，再慌乱，也仍然葆有南方细腻的底色，情急之中，也依然忘不了给小铁锅盖上锅盖，嘴里咕噜了一句谁也听不懂的闽南话。

多年来，老范一直有一个心事，渴望一种发明，希望能够把做饭时产生的气味及时地收集或者遮掩起来，不让它们飘荡、扩散得到处都是，即使不能够全部封闭，哪怕把影响降到最低最弱那也是好的。要是能把煎炸时的那种滋滋啦啦的响声也弄没了，那就更好了。

据说，老范的袖筒里还藏有蓝眼睛的小金鱼，有一次和人说话时，不知是他忘了还是别的什么原因，竟一不小心掉了出来，竟还是活的，在地上嘣嘣地乱蹦。

6

送走那几个女人后，她正要关门，忽然看见一个极其模糊的人站在雨里，那个人面朝南边的山梁站着，像是正在认真打量那片黑魆魆的地方。她在惊慌中仔细瞄了几眼，尽管那个人穿着一身雨衣一样的衣服，尽管整个人像是被罩在一层蝉翼里,可是从身影和姿势上看,她还是觉得有点像陈亮。她站在门口,一个手抓住门,把头探出去,大着胆子问了一句:

"陈亮,是你吗?你站在雨里干什么?"

那个人没有回答,也没有转过身来,还像先前那样一动不动地站着。雨落在附近的一些屋瓦上,发出阵阵清凌的带着水意的声音。停了一会儿,她又说:

"你是陈亮吗?你为什么不回来?你在和谁生气?"

那时候有雨点淋到脸上,她竟然觉得有些热乎乎的。一开始那个模糊的身影还是没动,可是后来好像忽然往前跨了一步,又像是被谁从后面推了一下,然后就不见了。

关上门回到屋里,看见放在桌子上的一个杯子正在开裂,好些道裂纹像一种笑容,她还没来得及再多看一眼,就看见杯子已经碎了。那时候她听见心里传来一声怪叫,顿时觉得头皮发紧,冷森森麻嗖嗖的。她开始回想午后的时候谁用过这个杯子,是她自己还是别人。

就在那时,听见轻轻的吱的一声,门忽然开了,感觉有人从外面走了进来。她吃了一惊,她记得她刚才关得很严,又没有刮风,怎么会自己开了呢?她过去把门关好。可是,让她没有想到的是,她刚转过身,门竟又开了——她愣在地上,看着门口的方向。

她忽然抓起炕上的一个碗,狠狠地摔在地上,碗被砸得粉碎。心里又气又怕,有些歇斯底里地冲着门口的方向大声地说:"让活就活,不让活就不活!"

说完以后,她第三次把门关好,然后就坐着,眼睛盯着门口的方向。这以后,直到她后来不知什么时候迷迷糊糊地睡着了,门再没有开过。

她把这事说给曹大娘,曹大娘的眼里跑过一阵恐惧和不安的身影。

不久，一个颤抖的身影弯着腰，站在曹大娘的眼里。曹大娘低声对她说，别不当回事，去找石先生给看看吧。

此后的又一天，她正在家里，忽然感到眼前一亮，抬头看时，见有人正在远处拿一面镜子照她。一个白亮白亮的椭圆形的圆片从外面被反射进来，在她的脸上晃，在她的身上乱走乱跳，她走到哪就跟到哪儿，而她却被晃得根本不知道它是从哪来的。按照它从外面进来的那种高度和方向来看，如果有人，那个人应该是站在对面的房顶上或者树上的，只有那样，才会形成现在那种居高临下的角度，这也就排除了站在外面平地上的可能。至于山上，她觉得更不可能，山上离得太远了，那个东西不可能那样人一样准确地从外面进来。

以后连着几天，她留心注意着对面的那些房顶，有时候躲在窗帘后面看，却没看见过有一个人上去。这以后，就又开始留意住在对面的那些人，觉得看谁都像，却又没有证据，又变得谁都不像。对面住着十几户人家，有一天她听到他们其中的一家传来嘤嘤的哭声，她跑出去看，却并没有人，但那嘤嘤的哭声却还在。声音也并不大，甚至可以说很小，很微弱，任何一种别的声音都能把它盖过去。她看了一会儿，越看越感觉是那房子的后墙在哭。

以后，一到晚上，天一黑就开始了，半夜里还能听见。她确定是那后墙本身在哭。

有一天，她在家里左思右想了半天，最后决定去找石先生问询一下。沿着那条损毁得很厉害的石头的台阶一路上去，看见石先生家的大门并没有上锁，便轻手轻脚地推开门进去。很大的一个院子，空旷极了，西边是荒草，东边种着几畦菜。她没仔细看都是些什么菜，印象中好像有甜菜和韭菜，靠近窗户的地方竟然还有一丛玫瑰和一丛洋烟花。

走进堂屋里的时候，听见里面在说：

"……他们把一只母猫称为女猫。"

她一惊，以为还有人在，撩起门上的帘子进去以后，才发现并没有别的人，屋里只有石先生一个人。石先生盘着腿坐在炕上，正在剪着一道符，一把银灰的山羊胡子很柔顺地朝下垂着。面前的一张小方桌上已经放了好几道，有的是正方形的，也有菱形和长方形的，长方形的更像是一封信或一封电报。石先生在那几道已经做好了的符上又各插了几片艾叶，她看了，听见心里咚咚地响，像是有一个人正在奔跑，觉得很有些鸡毛信的意思。可是很快就又不敢这么想了，担心自己有所不恭敬，会冲撞了什么。不过，她觉得那些插了艾叶的符就像是一封封加急的电报或信件。可后来又在心里批驳自己，不，不是什么电报或信，就是符。

她半坐在炕沿上，眼睛看着石先生慢慢地折叠，裁剪，说出了近来的一些怪现象。说完后，石先生停住，看着她，说："我记得你们家的大门好像是朝东开的？"

她说："就是哩，从那年一搬到这边来，就一直是朝东开着的。"

石先生说："我其实一直都想提醒一下你们，住人的家，大门是不能朝东开的，可是过来过去地也忘了，又觉得平白无故的，没来由。"

她说："现在不平白无故了，也有了来由。"

她想起当年盖房子的时候，还和陈亮打过一架。有人说，大门朝东，会紫气东来，陈亮就信了。可是后来呢，紫气并没有来，来的倒好像都是一些煞气。她现在也想不起当年说那话的人是谁。

"要是能改，回去就改一改吧。"石先生说，"把原来的那个门变成墙，彻底堵死它，再重开一个门，记得要朝南。"

她说："朝西也不行吧？"

"那更不行，"石先生笑了一下说，"你见过谁家的门是朝西开的？"

"住在东山上半山腰的那一家人,他们的大门就是朝西开的。"她说。

石先生又笑了一下说:"那你看看他们家是啥情况?"

石先生今天要是不说,她还从来没往那方面想过,现在听石先生这么一说,她顿时也吓了一跳。在她的印象里,在大约不到二十年的时间里,东山上的那个大门朝西开着的院子里不断地有人死去,一个接一个地死,有时候甚至接二连三地死。有一年,年纪轻轻的兄弟和妹夫竟然在同一天死去,人们不解,妹夫可是外姓人啊,不应该受到牵连呀?只能理解为入了那个门,就别想再跑掉。这么些年下来,到今天那个院子里已经一个人也没有了,全死了。

临走的时候,她忽然想起了什么,对石先生说:

"石先生,我进来的时候,看见您的院子里好像还种着洋烟花呢。"

"哪有洋烟花,别瞎说!"石先生立即正色道,一缕胡子也被吹动了起来。"那是牡丹。连大名鼎鼎的牡丹花也不认得?"

7

是秋天,很多人穿过烟雾在路上走着。

烟雾使一些人携带着的工具看上去很像是一些武器。

他背着一个空空的口袋从外面进来,一进来也没打招呼,就直接弯下腰把一只手从口袋里伸进去掏。掏啊掏,以为是掏别的什么东西呢,掏了半天,竟然掏出一把黑乎乎的刀。然后就把那把刀拿在手里,看着站在他面前的表叔,眼睛忽眨着,里面既有凶光,又有不忍。

表叔就说:"三愣,你就准备用这个锈铁片子送表叔上路?"

听见表叔这样说,他立刻低下了头,一只脚也在地上哧哧地蹭来蹭去,大拇指从鞋前面的一个窟窿里探出头来,很是不好意思地对表叔说:

"实在是没办法哩,家里的铁器一件也没有了,凡是能交的都交上去了,只剩下这个了,这还是几个月前我偷偷地留下来的呢。"

表叔说:"你留这干啥?"

他说:"万一有用哩?这不就用上了吗?"

见表叔没说话,就又说:

"我也知道这肯定会挺费劲。表叔,不瞒您说,我还想到过用筷子呢,我已经把一双筷子拿在了手里。可是后来又一想,拿一双筷子,啥时候才能把一个人捅死呢,那比钝刀子还不如呢,哪有用筷子捅人的,自古以来也没有这种事呢。"

"那你就捅吧。"表叔说,"我也想过了,让你捅死,总比明天让一群人拿石头和乱棒打死要强得多。你记住,捅完我,记得把上面的血擦一擦,然后再交上去吧。"

"我不交。"他头拨浪鼓一样一扑棱,愣劲儿又上来了。

"不交?"表叔说,"那你留着这想干啥?让一家人都跟着你遭殃?"

听见"咣啷!"一声响,我顿时一惊。

我说:"谁?谁在那里?"

没有人回答,也没有别的声音。黑暗中的柴房前,房顶上的草头发一样披散着,就像那种很久都没有洗过的所谓的锅盖头。有两股分叉的青烟,在屋前的一片空地上弯曲了一会儿,停留了一会儿,后来就飘走了。

8

早晨有雾。

二姐穿过大雾,从穿心店的井台上挑回一担水以后,就开始收拾一个包袱。二姐边收拾包袱边对我说:"我回红石沟去呀,你跟不跟我去看看?"

我说:"不去。"

"红石沟可好了,"二姐说,"有一条沟里全是柳树,人们平常挑水就全到那个沟里去。到处都有红泥,用那种泥捏出来的泥人和小汽车都不裂缝,要多结实有多结实。"

我说:"我不想去。"

二姐说:"你是不想见他吧?"

"你算是说对了。就是不想。"我说,"有人说你是一朵鲜花插到了牛粪上。"

"秀全,二姐也不是什么花。"二姐说,"再说,他人也挺好的,还算老实。"

"老实有啥用?"我说,"听说他们家的情况和咱们家差不多,你嫁了他,就等于是一个蛐蛐嫁给了一个核桃虫。"核桃虫就是土里的那种白虫子,从来没声音,连走路都没声音。

"是谁这么说的?"

"人们。"

"他们想说啥就让他们说去吧。"

"等你们有了孩子,就更麻烦了,从小就叫人欺负,啥时候能翻了身,一辈子也翻不了身呢。"

"秀全,咱们也得记着别人的好。我问你,咱们家的那半口袋面是从哪儿来的?要不是那半口袋面,你这会儿还能和我叫唤?早就饿死了呢。"

等我起来的时候,二姐已经在早晨的大雾里走远了。

我看着去红石沟的方向,什么也看不见,全是雾,稠得都走不动了,路也没有了,田野也不见了,只能看见一些隐隐约约的树枝。

9

早晨有雾。

雾大得厉害,只能看见面前的那一小块地,再远处的就看不见了。我在地里锄了一会儿草,后来看看时间差不多了,就开始往回走。

也没有看见一只鸟。

雾里忽然走出一个人,竟然是周校长的夫人,她是出来锻炼的。一看见我,就问今年的头茬韭菜能不能吃了。我说还得两三天,再有两三天就能吃了。

"记得到时候割下来给我送去。"她说,"最近啥也不想,就想那个。"

我答应着,我们在雾中错开,她往南,我往北。

"噢,对了,我们家老周好像有一个事想问你,让你去一趟。我问是啥事,他也不说,就只是说让秀全同志来一下。"

"周校长?"

"对呀,看你这个老吴问的,不是他还能是谁。"

2018年1月1日

某年春夏

到了三月底,某一天,具体是哪一天也没记住,风忽然不再锯条一样锯脸,改为没有规律的想来就来的几天一次或一天几次的探望和似有若无的有时甚至是深切的抚摸,上一年剩下的积雪全部化光,冻土也基本已经消完,地下的那些一冬天都生铁般的硬疙瘩逐渐变松变软,铁锹很轻松很随便就能插进去,更不用说犁。那以后,地里就开始有了精黑短小的人影和片状的以及山形的烟,所有那一切,更像是地里本身长出来的。最常见的情景是,一人一牛一犁,出现在某一片地里,远看以为是静止的,固定的,睡着了一样一动不动,只有到了近前的地头边,才发现原来一直都在动,人—牛—犁,谁也没有闲着,更没有睡着,始终都是在来来回回地走着的,人很平静,甚至十分淡漠,手上扶着犁,就像扶着一个与己无关的东西,牛更是,只是一趟一趟地走着,很少叫,几乎就不叫,来一趟去一趟差不多都是同一个表情,并没有像有些人想象的那样因为受苦因为委屈而眼泪汪汪,乃至痛哭流涕。

是柳树要绿还没绿,有薄雾样的绿意每天在树上做梦一样遮遮掩掩地酝酿隐现的时候,陆续地有人回来了。这事最早的时候,先是一些传说或谣言般的说法,就像每天黎明时分弥漫和奔走在地里的那些白气或白雾,也少有人当真,经常跟着风来,又随着风去,直到后来真的看见有人回来，人们才终于信了，才明白先前种种的那些风言风语并不都是瞎传，且还都是有根据有来历的，至于那些卦象一样的根据和来历又是如何有了的，如何来的，那却又没有人能说得清了。虽然一切看上去都很像是一笔糊涂账，但是一个明显的又不容置疑的事实是，确确实实是有人回来了，这就堵住了很多人的嘴，想不信也没办法了。最先回来的是住在黑土巷的贺有财家的大儿子贺云保。孙本兰是没见到贺云保，但是据见过的人说，贺云保的头肿得就像一个量米的斗，至少有平时的两倍，两个眼睛细成一条线，完全就没睁开，估计看人看东西也清楚不到哪去，那么一条细线一样的缝，能看清什么。贺云保回来的那天正好是一个阴天，喜鹊和乌鸦挤在一棵树上，就是要回他们黑土巷时必须要经过的那一棵树，两种鸟并没有像平时一样各自为政，泾渭分明，分属不同的阵营，而是如同丢失了记忆了一样胡乱却又安静无比地混杂在一起，似乎都忘了自己是谁，别人又是谁，一只乌鸦的脚出现在某一只喜鹊的头上，而另一只喜鹊正把自己的那些要抛洒掉的黏稠的白糊糊滴淋到下面一只乌鸦的翅膀上，也多亏翅膀上几乎没有什么敏感的神经，再加上注意力正集中在别的地方，所以对方始终毫无觉察，没有任何发现和感觉。据看见的人说，人捂得严严实实，走得很慢很吃力却又一直都在不遗余力不愿停歇地走着，明显是要想尽快走回去而不想被更多的眼睛看见，要是光看外表，更像是一个怕风又怕别的什么东西的足够脆弱的正在坐月子的女人，根本看不出也不可能知道是谁。有人心里就疑惑，就反问，既然什么也看不出来，根本不可能看出是谁，那又如何知道回来的是贺云保？怎么证明的，怎么得出的这个结论？不过，这显然好像又是另一个问题了，类似的这种个别人私下里的追问和怀疑并没有占据上风，成为主流，大多数人们一心关注和想知道的显然也并不在那上面，不管那个捂得严严实实的身影是谁，大家就都认定他是贺云保了，即使他真的不是贺云保,而的确是另一个人,那也没用了,他已然成了贺云保。不过,从事情的另一方面看,事情的真相好像还真的不是这样的,这并非是一件指鹿为马和李代桃僵的事,那个捂得严严实实的谁也没看到过真面目的人,好像还真的就是贺云保,而并不是代替他的其他人,也就是说,这中间好像也并没有假。贺云保,据说是叫马蜂蜇了,贺有财家里的人对外面的人们就是这么说的。人们就想,叫蜂蜇了,过个三两天,毒消了,也就不肿了,可是这都十来天过去了,贺云保的头还像一个量米的斗一样又大又鼓,什么样的毒,这么厉害,十来天过去了,还下不去?人们都急切地想见见他,可他倒好,自回来后也几乎就不出门,以至于真正见过他的人也没有几个,闷在家里做啥,也没人知道。你躲在家里,藏着捂着不出来,人们见不到你,就会乱想,瞎想,就会上天入地地想,千奇百怪地想,而且不同的人会各自有一幅不同的想象的图景,不仅其中想出的内容不同,就连大致的轮廓和颜色也都完全不一样。在他们的那个狭长的常有树荫遮掩着的院子里,有人听见一身灰尘的木马半夜从堆放杂物的闲房里跑出来,在院子里嘚嘚嗒嗒地走着,或者小跑一阵,星星回去的时候,它也就又回去了。木马会跑,会歪着头想事情?这事大多数的人们都不信,都认为不可能,觉得是有居心叵测的人暗中作怪,专门编出来惑乱人心的。最关键的是,他们的那个院子里,本身就常年住着很多蜂,一窝一窝的,有的在房檐下,有的在山墙上的裂缝里,平时都各回各的家,各进各的巢。那中间,既有蜜蜂,更有马蜂甚至牛蜂,很多年,从来没有蜇过他们,除了那些顽劣的小孩。只剩下一种解释,那就是外面的蜂子欺生,专门欺负他们这些从没出过门的老实孩子,专门和他们过不去。另外,有细心的人发现,贺有财他们家的人自这以后也很少在人前出现了,尤其是平时那些人多的地方,一般不再能看到他们家的人,出来进去也都低着头。为啥?有人分析,应该是怕别人问,怕人们问起什么,又不太好回答,或者纯粹就没法回答,干脆就躲着点算了。要知道他们家的人以前可不是这样的,好像无论到哪儿都能碰到他们家的谁,人多的地方就更是准有。

接着,住在东山脚下的马扣子也回来了。马扣子吱溜一下从洞里钻出来,出现在东山下面的多年不变的阴影里,脸还是和当初走的时候一样白。马扣子一家人都是白脸,为什么都是白脸?什么原因?吃得好,不干活儿,还是天生就白?当然都不是,原因也只有一个,就因为住的地方过于特殊,过于阴暗,太阳每天只能在后响的时候才能照耀他们家一会儿,要是碰上阴天,那就连一会儿也没有了。马扣子曾经计算过,也专门测试过,发现太阳照耀他们的时间,正常的时候每天不超过三个小时。马扣子他们家外面有一道天然的圪梁,下面有洞,人平时就从洞口钻进钻出,不过得是瘦人才行,稍微肥胖一些的就会被卡住,动不了,喘不上气,或者压根就钻不进去。一个人被卡在那里,要是因为害怕和绝望而拼命挣扎,有可能圪梁塌了,把人埋住,更大的危险还在于很有可能会让更高处的那些峥嵘嵯岈的大石头受到惊动而突然滚落,砸下来。外地的亲戚们来了,肥胖的就根本进不了门,手里拎着或肩上驮一点儿东西,站在外面吃惊地看着,等着,得使用梯子或者绳子,从上面过,幸好也几乎没有什么过于肥胖的亲戚,一般的都能过去。但是,所有这些,对于马扣子来说从来都不是问题,马扣子本身精瘦,长得又不高,更重要的是灵活,身轻如燕,常能趁人不注意,踩一下人的腿弯处,突然出现在一个人的肩膀上。马扣子一切正常,头也没肿,眼睛也没变小,倒还比当初走的那时略显精神,每天猴子一样蹿来蹿去,还变得十分能说,当然说的也全是在外面看到和听到的。有人问马扣子,你没叫马蜂蜇了?蜂为啥没蜇你?马扣子哧哧地笑着说,蜇我?我还不知道想蜇谁呢,我不蜇它就够它便宜够它偷笑的了,它还敢蜇我?再借给它们两个胆子它们也不敢。人们就笑，人们就想，想那蜂子怎样在暗地里偷笑，所有的蜂子，马蜂蜜蜂包括牛蜂，它们会笑吗？马扣子本人也摆出一副无所畏惧的英雄样，到处出现，到处嗡嗡，手里拿着烟，耳朵上还别着烟，不是一个耳朵上别着烟，而是两个耳朵上都别着烟。

又接着，王赶牛家的王四四也回来了，孙本兰就去王赶牛家找王四四打听小毛的消息。进了门，看见王四四的头也没肿，不过却好像很疲倦的样子，也是在家里躺着，旁边放着水碗、毛巾和火罐一类的东西，他妈在一旁站着，一只手捂在额头上，整个人看上去显得既疼痛又呆傻，像是才被门撞了，撞得眼冒金星，灵魂出窍，接近于另一种不省人事。王赶牛犁地的时候，从地里捡回一个碗大的蘑菇，他们正在商议蘑菇能不能吃，敢不敢吃的问题，因为谁心里也没底，不知道到底有没有毒。万一有毒呢，那不是一家人都死定了？明知道有毒还要吃，死了又能怨谁呢，除了不叫人可怜，反倒还会叫人笑话呢。可是，但是，万一又根本没毒呢，自己吓唬自己，好好的一个东西岂不是白扔了？就那么犹豫来犹豫去地反复犹豫着，迟疑着，就在那种折磨人的过程里，蘑菇的边缘部分已经开始唰唰地发黑。王赶牛一会儿蹲在地上，过一会儿又站起来，拿起蘑菇看一看，再放到脸前闻一下。又趁人不注意，把发黑了的那些地方悄悄地揪下一些，拿在手里再看一下，再闻一下，然后把手背到后面，不声不响地扔掉。孙本兰把王赶牛的那些小动作全都看在眼里，心里说，叫唤得那么厉害，闹了半天，他其实也心虚，也完全拿不准呢，看见边上一黑，就慌了，还以为他很有把握呢。

他儿子王四四对他说，有没有毒，靠闻能闻出来？

王赶牛说，是蘑菇味，就是蘑菇味，没有别的味。

孙本兰对王赶牛两口子说，要叫我说，你们还是不要吃了，我闻得有点儿酸呢。

王赶牛的女人半天才说一句话,一脸惊慌地对孙本兰说,你说不要吃了?

王赶牛说,谁说酸了,哪儿酸了?一点儿也不酸,蘑菇就这味儿。

躺在炕上的王四四这时也说,早就叫他们扔了,他们非不扔,不扔那就摆着看哇。

王赶牛说,关键是不知道它到底有没有毒?

说着,抬起头往上面看,一副好像要求助上天的样子。上面没有天,上面是柴草和椽子。

孙本兰就说,这么大一个毒圪蛋,真要是有毒,几条命也不够死的。

王赶牛听见孙本兰这么说,立刻就有些不太满意又不太高兴地白了孙本兰一眼。虽然是来家里的客人,平时也几乎从不登门,但是明显就因为孙本兰说的那句话,王赶牛对孙本兰说话,眼睛却不看着孙本兰,而是看着自己的脚下和窗户外面。王赶牛对孙本兰说,这就不好说了,你一上来首先就给它定了罪,说它是一个毒圪蛋,再往下还咋说?不能说了!就像给人定成分一样,一上来就给他定上个地主,坏人,那它再想翻身也万不能了,你说是不是?

孙本兰说,我没给它定罪,我是说万一。

这时,躺在炕上的王四四说,成分定得高了,应该先定上个下中农或者贫农甚至雇农。

王赶牛说,我也没说非要给它定贫农,我说了吗?可是最起码也得是个中农哇?以后看情况再往上或者往下,关键是要看它有没有毒,这才是最关键的,有毒就往上,没毒就往下。

王四四的头很烦躁地在枕头上翻滚了几下,枕头被摩擦出一阵咻咻的响声,枕头好像也变得很烦躁。王四四对孙本兰说,不要管他们了,他们想吃就让他们吃去。

又对他的爹妈说，你们两个，要是实在舍不得，实在想吃，就出去找个地方吃去，做熟了，面对面地坐下来，慢慢地吃，没人和你们抢，我敢肯定没人和你们抢。

王赶牛对王四四说，我们吃？我们又不吃，我们顶多少尝一口，我们也主要是想叫你吃。要是它没毒，这么大一圪蛋，这不是营养？

王四四说，我不要营养，你们留着哇。

王赶牛说，你看你瘦成啥了还不要营养？一贯嘴硬，硬的就像驴缰绳一样。

王赶牛看了王四四一眼，又唉了一声出去了。

王赶牛是扇风带火地出去了的，心里有火，又有气，在经过孙本兰的身边时，发出了呼的一声，既没和孙本兰说一句话，甚至连看都没看孙本兰一眼，就像孙本兰完全就不存在一样。看出是因为自己说话不小心，又没向着他说，已经让王赶牛很不高兴了，孙本兰也就不再关心他们的那个蘑菇的事了，到底吃还是不吃，那是人家的事，纯粹是人家的事，与别人毫不相干。人家吃不吃，关你啥事？孙本兰在心里对自己说，用你多嘴？到这时，孙本兰好像才想起了她来王赶牛家的真正的也是唯一的原因，于是开始向王四四打听小毛的消息，问小毛为啥没和他们一起回来。王四四对孙本兰说，他最后一次看见小毛，小毛往东去了。

孙本兰说，往东去了？东是哪儿？

王四四说他也不知道，只知道往东走了。

还没过了两天，杨树开始灰绿的时候，就听说贺云保死了。孙本兰本来想去看一下，却终于还是没敢去，因为她听说贺云保死了以后，他的那个头比刚回来以后那一阵变得更大了，也更吓人，脸上的皮变薄，接近于透明，好像随时会有爆炸的危险，发出嘭的一声。孙本兰没事的时候就想象贺云保临死前的那个头，不知到底是一种怎样的情景，又庆幸自己幸亏没去，要是冒冒失失地去了，亲眼看到了，日后不愁有的是噩梦会三天两头来访并缠绕她的。不过，据住在前面的魏山水回来说，去了几回，其实并没有看见贺云保的头，因为贺云保的头和脸用一块绿缎子苫着，所以谁也看不见。魏山水说的其实也仅仅只是头一天的事，贺云保还没入殓的时候，等到第二天棺材做好了，真正入了殓以后，就更是谁也见不到，谁也看不见了。听魏山水这么一说，孙本兰才发现自己真的是想多了，且想得毫无道理，甚至不通情理还有违常理，纯粹的女人思维，完完全全的女人的想象，因为她想象中的贺云保就停放在炕上或者一块门板上，不遮不拦，不掩不挡，赤裸裸地躺着，任人参观，无论谁去了都能一清二楚地看见。事实上那怎么可能，又不是啥好看的，千方百计地想办法遮掩还来不及呢，怎么可能让人随便参观？魏山水是去帮忙的，魏山水和贺有财他们家沾一点亲，魏山水的奶奶和贺有财的奶奶据说是表姊妹，虽然两边的那两个奶奶都已经不在了，不过两家之间的那种关系却还时隐时现地延续着，若有若无地勾连着。魏山水每天白天去，到黑夜时再回来。

魏山水说不敢在那儿睡，他也有点怕哩。再说也没地方。

魏山水说确实没地方睡，头一天没入殓的时候，贺云保一个人就占据了一盘炕，他在那里躺着，脸上苫着一块绿缎子，这样一来，除了他的爹妈和两个姐姐偶尔在他的旁边坐一会儿，剩下的人就没人再敢到那个炕上去坐，更不用说躺了，就连他的两个姐夫也都很少到那个炕边上去，两个家伙经常也是实在没办法时才硬着头皮过去一下。有那种闲得长绿毛的人就说，什么姐夫妹夫，姑父姨父，说到底都是些外人，全都寡他妈的。一个死人停放在那里，人们常用怕与不怕来衡量彼此关系的远近亲疏，那一直被认为是一块可靠的试金石。不过，既然明知道是外人，人们却常常还要不按照外人的标准去要求或者试探人家，那谁能合格？那样做，除了让自己心里添堵，凭空增加本来不应该有的芥蒂和不满，甚至仇恨，再没有任何一点点好处，平白无故的，没事做那种试探和试验干什么。曾经有一个二不愣的年轻人，好像也是他们家的一个亲戚，从外面一进来，看见大半个炕上空荡荡的，觉得捡到了便宜一样，上去就把自己放展了。躺了半天，慢慢地才看到了躺在一边的脸上苫着绿缎子的贺云保，当下就吓得形容失色，魂飞魄散，一个翻身坐起来，嗖地一下就出去了，自那以后再没有进来过。贺云保脸上和头上蒙着绿缎子在那里躺着，虽然一直都无声无息，也不干扰任何人，可那么大一堆放在炕上，盖着被子，枕着枕头，两条胳膊也都规规矩矩地放在身体的两侧，也绝对是一个不容忽视的存在，而且就目前来说还是一个最大最严重的最要紧的存在，那么多人出来进去地忙碌着，辛劳着，混乱着，有条不紊地进行着，没头苍蝇一样地乱碰乱撞着，还不都是因为他的缘故吗，还不都是为了能够把他顺利地平安无事地请出去送出去，送到一个他目前最应该去的地方吗？如果他好好的，什么事也没有，所有这些外面来的人就都不会出现在他们的家里，此刻都应该在各人应该在的地方。就目前的情况来说，棺材的问题就是最大的一个问题，只要棺材没做好，贺云保就得继续在炕上躺着。按道理人死了以后，当天就要必须入殓，可是因为棺材不现成，也就入不了，只能继续在炕上放着。年老的人可以提前几年准备棺材，哪有给还没结婚成家的年轻人提前准备棺材的，所以只能等着。请来了两个木匠，木匠们也是觉也不睡，日以继夜地赶制着，一切以快为原则，当然在快的基础上还要首先保证一定的质量和结实程度，不能还没开始抬就已经提前散了架，那就成了笑话。至于棺材的工艺，那就更顾不上讲究了，能不复杂就尽量不复杂，不追求那些了，只要结实能用就行，此刻再讲究那些外表花里胡哨的形式一来不现实，时间上不允许，二来确也毫无意义，还是实际一点儿最有用。照历来的习惯，如果死的是一位高寿的老人，那还值得并确也需要隆重地大办一下，可是眼前却是一个还没有结婚成家的年轻人，有什么可张扬的？尽早埋了才是正理，所以外头的人们呢，来了的就都帮着做点儿营生，营生完了，宁愿在地上站着，到外面的房檐下蹲着，看木匠干活儿，看麻雀在墙头上打架，或者互相说话，也没有人会到停放着贺云保的那个炕上去。不过也有个别的人，尤其是生前和贺云保关系比较好的，平时走得近一点儿的，会走上前去，掀起贺云保脸上的那块绿缎子，默默地看一眼，一看，先吓一跳，顿时都惊得瞪大了眼，嘴也大张着，好半天合不回去，已完全不是原来的样子。

  年年都一样，柳树先绿，杨树后绿，柳树绿上几天以后，杨树才开始慢慢地变色，这时节的杨树是灰白绿三种颜色的，灰白的是树叶的背面，绿的是树叶的正面，没风的时候能分得清清楚楚，一有风来，树叶就全乱了，灰白绿三种颜色混合在一起，主要以灰白为主，其间只能看见一点点绿，顺着一个方向唰啦唰啦地响着，灰白地摆动着。贺有财家的院墙外面就有很多这样的杨树，人们在院子里站着，蹲着，那些挤成一片的树叶就在他们的周围唰唰地响着。有人从远处砍回一棵小树，也是那种颜色的树，是准备用来给贺云保做引魂幡的。

  屋里的一些角落里，院子里的窗台下面，堆放着很多长在盆里的仙人掌，有的还比较完整，有的却被剪得光秃秃的，上面一片叶子也没有了。这些从外面搜罗来的仙人掌，仅仅在一两天前还都很有用，现在贺云保一死，就没什么大用了。有的拿来就没用过，还保持着原先的样子，就又原封不动地给原来的人家送了回去。那些凡是用过的，就没法再还给人家了。

  在靠近大门口的南墙边，有两个人一边制作"雪柳"，一边议论着仙人掌的事。

仙人掌真的是仙人的手掌吗？

你说呢？不然为啥会叫这么个名字。

真是没想到，仙人的手竟然是这样的，全是刺，和咱们凡人的手完全不一样。

那当然，就因为人家是仙人。

谁要是叫这样的手打上一巴掌，那可受不了。

那肯定的。先不管打得重不重，那些刺就叫人害怕，一巴掌下去，脸上全是刺，密密麻麻的全是刺，你就想去吧，不疼死也得扎死，脸上的那些小毛刺，一百年也清理不干净。

这以后，这两个人的嘴里都发出一阵咝咝的痛苦的响声，像是脸上已扎满了仙人掌的刺。

还是在贺云保刚回来的那几天，人们看见贺有财他们家的人到处收集仙人掌，知道谁家有，就去要，或者借，事情甚至还延伸到了周围二三十里四五十里以外的那些村里，托关系，找认得的人。通往村外的路上，要是看见有人骑着车子，车子后面或者前面带着一盆仙人掌，不用问，一准是才从别的村里回来，要往贺有财家送的。一盆一盆的或高或矮的仙人掌被从本村或外村的人家抱回来，端回来，带着密密麻麻的刺，有的甚至还开着花，摇摇晃晃地朝着贺有财他们家走去。一片一片的仙人掌被捣碎了，捣成糊糊，然后抹在贺云保的脸上和头上，抹得都认不出本来的模样了，就看见绿瘾瘾的一大堆，又厚又浓，只剩下眼睛、鼻孔和嘴这几个地方没抹，这几个地方也就成了整张脸上的低洼处。这是他们的云保？这就是从前的那个贺云保？家里人也都看着眼生，越看越眼生。那些天，贺有财他们家里，日日夜夜飘满了仙人掌的气息，出来进去的人身上也都带着浓浓的仙人掌的味。至于贺有财他们家的人，各人的脸上和衣裳上时常都能看到捣仙人掌时溅起来的仙人掌的绿糊糊和干了的绿斑点。

不过,孙本兰听魏山水说,最近这一两天,贺有财他们家先前的仙人掌的味道已经被盖下去了。叫什么盖下去了?是烧纸的味道和香火气。尤其是烧纸的味道,外头每来一个人,就得烧一次纸,所有的来人都是为了祭奠死者,为了哀思而来,而每一个前来悼念的人都无一例外地带着祭奠的烧纸,看着纸化成灰,然后鞠躬离去,要是同时一下就来了好几个人,那就得连续不停地烧,把每一个人的哀思都传达给死者。灰、红两种颜色的两个瓦盆被一拨一拨的纸烧得滚烫、灼热又脆弱无比,给人的感觉,只要一个手指头上去挨一下,就能让那早已火爆到极限的瓦盆瞬间崩裂,炸成无数的碎片,两个瓦盆之所以轮流上阵,交替使用,就是为了错开时间,等待冷却,避免因瓦盆过热而引起爆炸。升腾的火焰和烟雾,除了呛人,呛得人流泪、咳嗽,还会叫人恶心,在屋里站着或者坐的时间长了,闻到的烧纸味多了,嗓子里好像成了一条烟熏火燎的通道,就得赶快到外面的院子里去换换气。孙本兰问魏山水在贺有财家主要做啥,魏山水说啥也做,碰到啥做啥,昨天还和两个女人一起铰过一大堆纸钱。

夜里,住在贺有财家附近一带的人们听见叮叮当当的响声,那是贺云保在入殓,棺材已经做好,贺云保终于可以被移进去了,终于可以不用苦着脸再在炕上停放着了。但是,谁也没有想到,刚刚解决了一个问题,另一个问题又及时而尖锐地冒了出来,那就是谁来给贺云保扛起引魂幡的问题。按规定得是贺云保的孙子,可是谁都知道贺云保连婚都还没有结,哪来的孙子?儿子都没影,更别说孙子。一个人,结没结婚是一个问题,结了婚有没有儿子是另一个问题,结婚和有儿子并没有直接的关系。就算结了婚,就算又有了儿子,有没有孙子,那就更是另一个其他的问题了。现在,贺云保就遇到了这样的问题,只是他本人已不再知道。

贺有财家的院子里亮着灯,夜已经很深了,争论还在继续。

天上的星星也在远远地看着他们,有的好像看得疲倦了,身上冷了,就打着哈欠离去,逐渐走远。走得多了,夜空就不再像先前那么拥挤,开始变得旷远、寂寥,留出许多空地。

参加争论的其实也只是少数几个人,是贺云保的几个长辈,大多数的人是不参加争论的,除了没资格,还有他们自己该做的事。比如给棺材前面的灯里添油,前面的灯里添完了,再绕到后面去,看看后面的那盏灯需不需要添油。比如把砍回来的树枝再进行加工,剔去上面的枝杈,变成长短相等的木棒,再缠绕上剪成镂空状的白纸,做成丧棒。比如把一大块红布和一大块白布剪成许多手指那么长的细条,给每一个前来的人发一条,系在他们的扣子上。比如专门负责烧火的,蹲在地上,烧开一锅又一锅的水,供人们饮用。特别还有一个人,什么也不做,只是流连踯躅于棺材前,专门负责驱赶猫狗,防止它们接近棺材,尤其是猫。因为人们都知道或者听说过,要是有猫突然出现在棺材上,里面的尸首就会突然惊乍,从躺着变成坐起来,说的就是贺云保这种年龄的死者。几位长辈也一再叮嘱过,千万不敢大意。

那几个参与决策和争论的人相当于抬着一个筛子在反复颠簸、筛选。在经过一次次的颠簸筛选之后,在经过数番艰辛周密而实际上又并不周密并不确切的推算和证明之后,后半夜,终于从同宗的近亲中选出一个能够给贺云保扛幡的人,被确定为贺云保的孙子辈,那是一个才两岁的孩子,此刻应该正在睡梦中,正在母亲的翅膀下均匀地呼吸着,他还不知道即将到来的第二天会有一件完全没见过的事情要和他有关,会有一个大多数像他那么大的孩子很难有机会碰到的任务落到他的身上。严格地来说,那孩子并不是贺云保的孙子辈的一代人,可是再没有比他更好更合适的人选了，也顾不上那么多的讲究了。几个人站在摇晃的灯影里，先前一直铁青紧绷着的脸渐渐地松弛了下来。自从那个孩子一出现在他们的谈话里，他们就有了一种隐约而又清晰的预感，就一直紧紧地托着，举着他，没让他再滑落，溜走，好像早就知道再不会有比他更合适的人被筛选出来。这会儿，总算是把他选住并固定了下来，尽管大家大都对那个才两岁的孩子没什么印象，甚至连见都完全没有见过，但是，那又有什么关系呢，重要的是有那么一个孩子，谁认不认得并不重要。不是吗，很多年事高迈的祖宗们说起来其实并不认识他们的后人，传人，从三代以后基本就不认得了，即使就站在面前也往往认不出来，你能因此说那些陌生的后人不是他们的后人吗，当然不能。漫长的争论和筛选早已使他们变得疲倦而又暴躁，有人站着就闭上了眼睛，不过可能并没有真正睡着，因为每逢一有人说话，尤其是当说出一个足够奇怪足够荒唐的理由时，某一双一直闭着的眼睛就会立即睁开，并随即进行当面的反对或驳斥。这会儿，事情敲定，他们互相伸出手，击掌，约定，仿佛某种法度，在历经难以想象的艰辛和痛苦之后终于建立和形成，就这么定了啊，可不能再变了，谁要是想变，那就把所有的事情都交付到他一个人的手上去，一切都由他定夺，做主，此前共同参与的其他所有的人全都撤下来，变成围观的闲人。有人愿意把那乱麻一样的事情揽过来，重新披挂到自己的身上，让一切再从头开始吗？当然没有！大家麻木而又机械地抽着烟，究竟是从什么时候开始的，连抽烟也变了味，早已不再是一种劳动所得的福利乃至惬意的享受，而纯粹变成一种苦役般的喷吐甚至不情愿的燃烧？大家都不知道，也不再能够想起来，有人把烟递到眼前，就朦朦胧胧模模糊糊地接过来，叼住，然后再昏昏沉沉地点着，只觉得嘴里苦涩又干涸，辛辣无限，火烧火燎，全然不再有从前的那种种幸福和满足。大家拖着沉重的睡意和疲倦到了大门外，互相连多看一眼都懒得再看，各自分手，迅速散开，各自摸着黑往各自的家里走去，觉得终于能赶在天亮前抓紧时间去短暂地睡一会儿了。

没有人给贺云保戴孝，原因很简单，因为他还没有后代。长辈们当然是不能给他戴的，同辈的本家兄弟们也都只是在身上象征性地挂一点白，腰间扎一根白带。贺云保的妈留在家里，没有出来，只有他的两个姐姐边走边哭着。这样的一支队伍从他们住着的黑土巷里一出来，就让人们看到了和别的出殡队列的不同。贺云保的一个兄弟，默默地挎着一个柳条编的篮子，篮子里盛满纸钱，走几步，就从篮子里抓一把，撒向空中，空中不断地有鸟被吓走。

但是，人们很快还是发现了一个给贺云保戴孝的人，就是那个昨天深夜才被选中的两岁的孩子，此刻正被一个大人抱着，小小的身上穿着比他本人平时的衣服至少大一号的白衣白帽，那是两个女人专门熬夜为他缝制的唯一的一套孝衣，小树做成的引魂幡杆就夹在他和那个大人之间。引魂幡杆当然主要是由大人全力举着，抱着，插在他们一大一小两人中间，就表示是由他扛着的，并不是由其他人扛着的，只要达到这个目的就行了，就够了。人们也都明白那个意思，所以没有人会再计较。抱着孩子的先是贺云保的二弟，走了一会儿又换成贺云保的一个本家大哥，前后两个人都是一手抱着孩子，一手举着小树做成的幡杆，脸涨得红紫，明显吃力，孩子的两只小手也抱在幡杆上。贺云保的本家大哥把高高的幡杆微微倾斜一些，挨住孩子的肩膀，这样一来，尤其是从远处一看，就更像是孩子在扛着那高高的幡杆。

一行人抬着棺材，抱着孩子和幡杆，举着几种艳丽的纸塔纸屋，拿着缠绕了白纸的木棒，跟在几个吹鼓手的后面，踢踢踏踏地走着。一丈多高的引魂幡，上面白练飘拂，缀满各种颜色的纸花，最大的红色和蓝色的花朵有饭碗那么大。走到快到十字路口的时候,忽然来了一阵大风,风里满是黄浓的尘土,转眼间就把所有的人都遮挡得不见了踪影。在那大雾般的黄尘里,虽然从一开始就有人高声叫喊要稳住,不要乱!但是还是有人乱了,有人开始乱窜,有人原地打转,有好几个人都迷了眼,不得不腾出一只手揉着眼睛,正在揉着,不提防后面的人又都瞎子一样咚咚地撞了上来。撞上来还不仅仅只是一个又一个的人,每一个人的手里还都拿着各种不尽相同的东西。好几座纸房子碰到一起,本来还不太要紧,只是碰落了一些"屋檐"、"墙头"和"屋顶上"的"烟囱",却不料很快又被缠绕着白纸的丧棒先后捅破,听见一阵接连不断的噗噗的声音,便知道已经有很多窟窿被捅出,有的窟窿在"墙上",也有的在"窗户"上。有人说,完了,全烂了,全戳破了。就又有人说,破了就破了吧,反正一会儿也都得烧了。一个十四五岁的孩子,被人群挤倒后,又接连被几只乱七八糟的脚踩到了胳膊和肚子,少年隔着那人的裤子,用牙咬住那条踩住他的有点咸的腿,那条腿抽搐着迅速撤走以后,他才终于翻身站起来。早在黄尘起来的那时,贺云保的两个姐姐就已经停止了哭声,众人混乱的时候,她们两姊妹脸对脸地站在一起,用两块头巾做掩护,把两个头蒙成一个头,抵御着风沙。迷了眼的人一边揉眼睛一边骂着风,他们不知道他们遭遇的这些其实根本算不上啥,另外两方面的情况实际要比他们这些人严重得多。首先是抬棺材的八个人,走在最前面的两个人,不知因为什么,走着走着,突然跌倒,一个行礼一样双膝跪在地上,另外一个脸朝下趴着。他们两人一倒下,棺材顿时失去平衡,前低后高,后面的六个人也跟着相继倒下。在他们倒下的同时,棺材也重重地砸到了地上,听见有沉闷的响声传来,又听见有人喊棺材掉了!棺材跌烂了!跌倒的人们顾不上疼痛,爬起来首先去查看棺材有没有跌烂,破开,别的任何事都不重要,要是把躺在里面的贺云保掉出来,那才是最大的麻烦和不祥。眯着眼去看，发现棺材钉得很严实，没有开裂也没有跌破，便知道贺云保还好好地躺在里面，并没有像他们想的那样掉出来，众人放了心，短暂地歇缓了一下后又把棺材重新抬起。

这时候那个白衣白帽的两岁的孩子还在大声地哭着，实际上他一直都在哭，只是过于混乱的局面让很多人并没有听见，人人都只顾着手忙脚乱地对付着自己眼前的那些事，所以并没有几个人听见他哭。其实，早在大风刮来的那时候，他就已经被粗粝的树干压哭了。大风一来，黄尘一起，手里一松，高大的引魂幡一歪，贺云保的那位本家大哥就立刻慌了，就知道情况不妙了。由于风的作用，一丈多高的引魂幡先是在他的胸前狠狠地挤了一下，接着又把他怀里抱着的那孩子的脸擦破，很快又摇晃着颤抖着往一边歪倒。那时候，他明显地感觉到它是想尽快地脱离开他和那孩子的怀抱和环绕，要独自离去。树干从那孩子的脸上移开，随即又压住那孩子的肩膀，借着风势，还在拼命地往下压。他看见那孩子的嫩嫩的小脸上出现了一条一条的血道子，一片一片的血印子，再加上尖利却又如同乱麻般的哭声，让他这个成年人变得更加慌乱而惊恐，他觉得光靠他自己一个人的力量已经无论如何也控制不了这根越来越不听话的幡杆了，它猛烈地摇晃的样子把他吓住了。他想让周围的人过来帮他一下，但是没有人能听见他说的话，他一连说了几遍，都没有人听见。这时候，高大的幡杆已经不再是最早的竖直的样子了，而是已差不多半躺着，躺在他的胳膊上和那孩子的肩膀上，他看见杆子的前端白纸飞舞，红花盛开，其他各种颜色的花也都在纷乱地飞舞着。都要走了，都要飞走了，他这么觉得。他哀号了一声，感到他的手里已经一点儿力气也没有了，然后就看见幡杆的底端摇晃着从他的腰那里上来，在他的胸前生硬地撅了一下，接着又往上，狠狠地戳了一下他的下巴，然后就平行着出去了，滚动着掉到了地上。他哀号就是因为发现手里已经没有一点劲儿了，两只手变得又松又酥，什么也不再能握住，要不然他不会哀号，还会继续紧紧地抓住。披红挂绿的幡杆，顶子上附着了太多纸花纸帘的幡杆，从出门以来就一直都颤颤巍巍的幡杆，先前和他进行搏斗的时候，没有人看见，现在忽然像正月里的一条正在舞动的龙一样掉到了地上，彻底躺倒，死了一样，这才引起了一些人的注意。他看见有人跑过去，想要弯腰扶起幡杆，很快又有人过来从他的手里抱走孩子，他猜可能是去给那孩子抹药或者清洗脸上的血迹。他觉得是应该给那个孩子好好看一看了，除了脸上被划破，那是他亲眼看见的，他更担心说不定鼻子和嘴唇也被戳烂了呢。他看见风还在刮着，有一个人的帽子忽然被刮走，骨碌碌地在地上滚着，那个人摸了一下头上，然后就开始飞奔着去追赶他的帽子。

引魂幡被从地上重新扶起来以后，很多人一时都有些傻眼，因为原来的那个披红挂绿枝繁叶茂的引魂幡不见了，高度还是原来的那个高度，上面却不再繁茂，只剩下可怜的几条剪成镂空状的白纸，只剩下三两朵小花，因为扎得牢，因为被压在最下面，才没有被风刮走。大多数的那些花，都不见了，都在风中远去。他想起那些碗大的红花，碗大的蓝花、白花，想起一串又一串的别的花，正是它们鲜艳怒放的样子，累累垂垂的样子，让杆子变得很沉。

不久，那个被抱走的孩子又回到了他的手里，他看见孩子的脸上缠满了绷带，整张脸上只露出一双小眼睛，两个小鼻孔，一张小嘴。他抱起他，让他的头和他自己的头保持一样的高度，接着又把凋零的稀稀拉拉的引魂幡重新举起。这一回，因为有了前面的经验和教训，怕孩子再一次受伤，他没有把幡杆插在他们两个人中间，而是把它举到了他自己的另一个肩膀旁边，稍微挨着孩子一点儿就行了。在做这些的时候，看见一双小眼睛在注视着他。其实，就他本人来说，刚刚过去了的这一场铺天盖地的黄尘太像是一个噩梦,他觉得这时有没有眼前这个孩子实在已并没有那么重要,要没有反而更利索。可是,好像又不能没有,还是得有。

棺材抬起,众人站好,重又开始出发。风基本停了。

打发完贺云保的几天以后,贺有财在街上走着,有人要过去和他说话,贺有财手一摆,头也不回地说,别问我,我甚也不知道。

旁边就有人说,还没问你呢,你就说甚也不知道,你知道要问你甚?

贺有财边走边说,不管是甚,我都不知道。

要是问你姓甚叫甚,你也不知道?你敢说你不知道?

不知道。

小毛对孙本兰说,妈,我湿得厉害。

孙本兰说,儿呀,你在哪儿?你咋就湿了?

小毛说他也不知道他在哪儿,周围的地方完全不认得,不仅仅人不认得,就连身边的一草一木也不认得。有一种草,长着人的脸,甚至还有一双人的耳朵,通体紫蓝,也有的发绿,据说里面是雪白的乳汁一样的东西,但是那恐怕也仅仅只是一种据说,因为一旦剥开,一切立即都变得乌黑,并且染到哪里都难以清洗。想咱们在人世间好歹也过了这么些年,什么时候可曾见过那样的植物?有一个小桥,看上去很眼熟,觉得好像在哪儿见过,却又咋也想不起来,怎么也认不出来。又有一个老太太,坐在路边歇息,远看以为是姥姥,就直奔过去,到了近前也还是觉得那就是姥姥,身上穿着一身出门才穿的衣裳,觉得并没有认错人,但是老太太却明显并不认得他,甚至连看也不看他,只是孤身一人坐在路边,两个眼睛里乌云翻滚。乌云翻滚啊妈!要是真正熟悉的人和东西,能不认得吗？姥姥能不认得她自己的外孙？比如你，我的妈，我老远就认出来了，从那边一过来的时候，一眼就认出来了，那还用得着细看细想吗？小毛老成持重地对她说，说到底，其实还是没见过，不认得，不怨人和东西陌生，只怨自己眼界窄没见识，少见多怪，大惊小怪，所以才经常一惊一乍。小毛在说这些的时候，几条孙本兰以前从来都没见过的抬头纹一闪一闪的，一跳一跳的，忽然严肃地聚拢在一起，忽然又岔路一样分开，要说是沧桑要说是沟壑纵横也说得过去呢。孙本兰就惊讶了，孙本兰就紧张了，这孩子二十岁的生日还没过呢，咋这么说话？一板一眼的，说得还都是正经的道理，没有一句玩笑，没有一句能和他的年龄粘上边，连老年人都有瞎说乱扯胡咧咧的时候，他却一句那样的话也没有，为啥？是没有，还是有却不说？怎么就忽然有了那么明显那么厉害的抬头纹？再一看，确实比走的那时候老了不少，甚至越看越觉得很像是她从前的一个家境贫寒苦大仇深的同学。又看见他湿漉漉的，好像泡在水里，身上有草，还有石头。

孙本兰一听小毛这样说，就急了，一急就哭了，一哭就忽然醒了。

这是在孙本兰的一个梦里出现过的情景。这一个月里，孙本兰有三次梦见过小毛，每次都是小毛忽然出现，好像是临时请假从远处赶来的，又好像一直就在附近，来到她的梦里和她说话，有时说着说着就不见了。孙本兰就问他，到底是请假出来的呢还是自己偷着跑出来的呢？小毛的脸上就略有不悦，说她操啥心，不抓紧时间说话，却就爱瞎操心。看见孙本兰还不踏实，就又说，放心吧，把心放宽，放得宽宽的，展展的，犯法作乱的事情咱们不做。听见他这样说，孙本兰就真的放心了不少，脸上现出一些宽慰的笑容，很快，有花，有蓝莹莹的晴天就立即在笑容里绽放，升起，像是一个杏花桃花盛开的平川里发生的事，最寻常的人，最寻常的事，炊烟，远山，路上遇到的口音也都能听懂，一听就能明白，车辙辘在黄澄澄的沙土路上印出一轮又一轮的花纹。有一次正说着,忽然听见远处或是附近的鸡叫了,小毛脸上的神情顿时凝住,冷了的油脂一样,再不能变化,也变不回来,然后就一言不发地走了。朝哪个方向走了?孙本兰却一下也没看清,气得骂自己是瞎子,两个眼睛经常成为一种摆设。当然,也有的时候是孙本兰自己没有把握好,把事情做坏了,因为她不是忧心便是急躁,要不就是害怕,然后就把小毛吓走了,总之是从她的梦里退了出去。真的就像是退到了一道幕布的后面,孙本兰总觉得不太远,就是幕前幕后的事,但是却千呼万唤找遍里外也不见再回来。碰到那种时候,孙本兰又不甘心,就闭上眼睛再睡,想重新梦见,再继续不久前的情景,希望还能在梦里再看见小毛,把那一切一直延续下去,不过却每次都适得其反,白等一场。哪能那么容易,你想见他,他就咚的一声来了?那成了什么,世界都成了你们的,别人还怎么办?所以无论再怎么睡,小毛也不再到她的梦里来了,只能再寄希望于下一次,而下一次什么时候来,又完全不由她决定。孙本兰隐隐约约地有一种感觉,觉得那事不仅不由她决定,好像也同样不由小毛决定,好像小毛也得临时请示或告假,也得等机会,甚至抽冷子。而对于她孙本兰来说,就更是只能等待,只能碰机会碰运气。而且,她还发现,这事就像很多别的事情一样,专门和你拗着来,越盼望来越不来,盼得一双眼睛变成枯井,不再能渗出一点点水也没用,仍然还是不来;什么时候你不再盼望了,甚至被别的事冲淡,盖住,忘了,甚至完全引向别的方向,它反倒来了。一闭上眼就看见叫人吃惊的事情不知什么时候早就来了,早已铺开,正在等着,真正来迟了的反倒是你自己,你一边跑着一边暗叫着哎呀。

四月里,下了几场小雨,有那么几回,人睡着以后,雨悄悄地下,就一点点,等人醒来以后,早就又停了,出门一看,地上也干干的,几乎看不出什么痕迹,看不出几个时辰前曾经发生过什么,只是闻得空气里有一种和先前不一样的味道,很有点儿像是那种找机会偷哭的人,一看见有人来,一听见有脚步声响起,马上把脸抹干,装着没事的样子。地湿的那会儿,干渴了好几个月的草木都在闭着眼吱吱地吸水,互相连说话都顾不上,就更不可能有闲工夫打招呼,只听见满世界都是嘶嘶的渴饮声。这么喝水的并不只是草木,还包括很多房屋的山墙和后墙,也都有着类似的经历和改变,很多的山墙尤其是后墙,就在那种时候出现了蛤蟆一样的颜色。雨下的时候当然到处都湿淋淋的,又泥又水,不过只要一停了,很多地方转眼间就又干了。但是,在一些有着阴影和蛤蟆颜色的后墙下,常常会有小孩甚至大人被哧溜一下滑倒,起来时手上和脸上就会沾满蛤蟆般的绿色。孙本兰知道,他们这地方,方圆几十里以内,没有什么大江大河,也没有深水。小河倒是有一些,但是水都很浅,有的只能淹住一个脚,水底的石头和沙子都看得清清楚楚,那样的河,那么一点儿水,一眼就能看见,不会有任何秘密,也藏不住任何东西。王四四说小毛往东去了,可是东到底是哪儿呢,说得她云山雾罩。王四四也是个没出息的孩子,连个话都说不清,小毛好像就失踪在他的那话里。

最后一次梦见小毛,小毛对孙本兰说,妈,看你那样悲悲戚戚的,你是不是以为我死了?

孙本兰说,是哩,我别的不担心,就担心这事呢。

小毛就说,妈,我没死,我还在这个人世间呢。你这也看见了,身上一点儿伤也没有。

孙本兰说,那你咋不回来?你哪怕回来看一眼再走也行,妈不拦你。

小毛说,妈你信不信,说不定我后面还有大好的前程呢。连启先生都说我,说我印堂发亮呢。

她问,启先生是谁?

小毛说，你不认得，一个高人，一个很厉害的人。妈你不知道，咱们一直住在一个小地方，就像住在井里，活得两眼一抹黑，甚也不知道，外面的高人真是太多了。

听见小毛这样说，她放心了不少。她说，好，那就最好，前程不前程的先不管他，只要你活着那就是最好的。

这以后，在外面，或者在家门口的时候，常有人问孙本兰，你们家小毛啥时候回来？

孙本兰就说，快了，快回来了，正在回来的路上哩。

出门就怕有人问，偏偏还就是经常不断地有人要问，这让她不得不减少出门的次数，想起出门就愁，实在不得已出去了，也是尽量拣人少或没人的地方走，因为心里虚得厉害，她知道自己有些话完全就是在瞎说，可是一开始已经说出去了，收又收不回来，又能怎么办呢？她很恨那些喜欢问她的人，关心别人家的事情胜过关心他们自己的事，人们为啥要喜欢那么做呢，目的可能只有一个，就是为了看别人的笑话，就是想通过打听或周转，追问出你破了的地方和一些不能说的东西来，比如你的破了的裤裆或比裤裆更大更幽深更严重的方面。看见你家里有阴影，有黑暗的角落和无法下脚的地方，知道你有不能说的事情和令你吃不香睡不着日夜不宁的东西，这对别人对别的那些家庭是不是另外一种意义上的宽敞和亮堂呢？

从灰白灰绿的树木间刮来的风，已不再有前些日子的寒意。就是在那种逐渐变软的风里，孙本兰闻到一种味道，觉得好像是土豆生了芽的味道。有一天，孙本兰从地窖里把上一年的土豆取出来，看见所有的土豆果然都生了芽子，白胡子一样，又长又密，有的甚至把一个土豆完整地包裹了起来，需要撕扯才能剥干净；更有的芽子之间互相缠绕，蔓延，纠集勾连在一起，变得难解难分，还十分结实和密集，被这种众多的芽子包裹住的土豆就不再是单独的一个，而是一堆，抓住一把芽子，就能提起来一堆土豆。孙本兰坐在门前给土豆剥芽子的时候，她的一个住在上水泉的姨表姐忽然从外面走了进来，来看她。两个人说了一会儿话，姨表姐就也坐下来，帮孙本兰一起给土豆剥芽。姨表姐边剥边说，她们家的土豆也长了芽了，她还没顾得上剥。剥了一会儿以后，姨表姐问孙本兰，小毛还没回来？到底啥时候回来？

孙本兰低着头说，快了，快回来了，正在回来的路上。

姨表姐说，快了？去年的这个时候就听说快了，快回来了。走了整整一年了，还在路上？这得有多远？

姨表姐说这话的时候，脸上带着一种笑，孙本兰抬起头，正好看到了姨表姐的那种笑。

也许，正是姨表姐的那种笑，忽然激怒了孙本兰，让孙本兰觉得她不怀好意，孙本兰的一张脸顿时变得通红，恨恼地对姨表姐说，远不远和你有啥相干？你是专门来看笑话的吧？

姨表姐吃惊地说，我说啥了？我不就是问了一句吗？咋说翻脸就翻脸？

孙本兰说，对，就是要和你翻脸。你不仁，我也不义。走！你走！从今以后，永远不要登我的门！

姨表姐说，你说清楚，我咋就不仁了？

孙本兰没再说话，而是拿起姨表姐的一个包袱，一甩手扔到了大门口。

这一扔，姨表姐也终于恼了。姨表姐从门前的那个板凳上站起来，又走过去，弯腰捡起自己的那个包袱，然后回过头，看着孙本兰，也恨恨地说，不登就不登！

姨表姐拿着自己的包袱出了门,听见孙本兰在后面呸了一声,接着又哗啦一声关上了门。

哼!说我是来看她的笑话!姨表姐生气地走着,又想起刚才背后的那一声呸,不禁越想越生气,没想到孙本兰竟是这么一个人。姨表姐走了几步又返回来,她觉得不能就这么算了。

又回到孙本兰家大门外时,听见从那个紧闭着的门里传来了孙本兰的号啕大哭。

2019 年 7 月 23 日

正月二十的一次午宴

从上午十点多，他就开始准备响午的饭了，十二点还差一会儿的时候，已经一鼓作气地做好了四个菜。这中间，她躺在炕上，眼睛随着他的两只手也在活动，不时地提醒他，多放点肉，不要让明娃笑话。他撸胳膊挽袖子地忙活着，两条瘦得只剩下一层皮的手臂上能看见那些蓝幽幽的青筋在不时地乱动、蹦跳，有时候跳着跳着就没了，像是藏起来了，像是走远了，过一会儿以后又出现了。他让她尽管放心，满村的老年人，把他们全都捆在一起也做不出他这几个菜来呢。说完，半天没有听见反应，抬头一看，发现她不知什么时候又睡着了。好几年了，她总是这样，睡一会儿醒一会儿，有一年甚至连地都下不了了，只能在炕上躺着，碰上天气好的时候，才去大门口的石头上坐一会儿。他拿刀的手停住，看着她，说起来也不过才六十多一点，可看上去至少也有七十好几了，唯一没变的就是脸上的皮肉还算白，他想，除了原来的旧底子，那多半也和常年不出门有关。以往，她的被褥一直都在炕上铺着，她就在那上面躺着，反正平时也没人来，就很少叠起来。这些年甚至连老鸦喜鹊也很少来了，早些年，墙头上，树上，还经常能看到它们黑压压的身影。今天要请人，请明娃来家里吃饭，两个人都一致觉得被褥还铺在炕上不好看，所以早早地就叠了起来。她呢，也换上了一件新的罩衣，还用一把早已很少用的梳子梳了梳头发，又把两三个枕头垫在身后，靠一阵，躺一阵，醒一会儿，睡一会儿。等明娃来的时候，他们会把那几个枕头都摆好，她也会坐起来。

果然，就在他准备把剩下的一块板油收起来的时候，觉得有一双眼睛正在看着他，她睡着了几分钟，又醒了。看见她醒了，他对她说，放心吧，四个菜，每个里面都有肉。

她说，四个菜？

他说，对。接着又详细地告诉她，四个菜分别是什么。

她侧脸躺着，朝他摇了摇头，她想说的显然不是这个意思。她说，你咋能做四个菜？

他说，四个咋了？多还是少？

她说，人三鬼四，你又不是不知道，你还说你啥都懂。

他也明显受到了冲击，两只手耷拉了下去。他说，四个不行？我倒忘了这茬儿。

她说，要么三个，要么就五个，反正四个不行。

他说，三个是不行了，已经四个了，只能再增加一个。

她看着他，没说话，躺在那里，两只眼睛像枯井。

他说，那就再加一个，五个吧，五个好，这会显得更多，更丰盛。

她说，那再增加个啥？

他在地上枯树一样地站了一会儿，正在想不出第五个菜应该是什么的时候，忽然看见了放在门口的一个小缸，立刻就有了主意。他说，有了，再来一个炒绿豆芽。你觉得呢？

她说，不是已经有了一个炒豆芽了吗？

他的嘴里像自行车撒气一样哧哧了几声。他说，那是黄豆芽，这是绿豆芽，你觉得黄豆芽和绿豆芽能是一回事，一个菜吗？

她没说话。黄豆芽和绿豆芽都是他们自己生的，年前就已经生好了。当然不会他生，整个过程，每一步，都是她躺在炕上说，指挥，他在地上干。以后，每天的淘洗也是这样。

这以后，他就去那个小缸里取绿豆芽，拿出来，漂洗，接着就开始炒。不到十二点，四个炒好的菜都已经摆到了他们那张用了很多年的小方桌上。还有一瓶没打开的酒，两个酒盅。

这以后，他也半坐在炕沿上，看看桌子上的菜，又朝外面望望。他对她说，明娃就快要来了。

又说，到时候你可得起来了，不能再躺着了。你今天得坚持一下，坚持到等明娃吃完饭走了以后你再躺。

听他这么一说，她翻身就要起来。她说，还用你说。

他说，你再躺着哇，这会儿先不要起来，等他进了院里，你再起来也不迟。

她问他，明娃说几点来？

他说，也没有准确地说几点，就说是十二点左右。快了。

她朝墙上的那个钟表瞟了一眼，说，已经十二点了。

他有些吃惊地说，已经十二点了？我出去看看，去迎接他一下。

她说，等人来了，菜也都凉了。

他说，不怕，到时候再热一热。

说着，已经撩起门上的布帘走了出去，又出了院子，来到街门口。

正是吃晌午饭的时候，街上一个人也没有。今天已经是正月二十了，年也又快要过完了，实际上十五一过，人们就觉得年已经完了。不过毕竟还是在正月里，请明娃吃饭的事尽管迟了一些，可总算也让他轮上了，没有出了正月，跑到下一个月去。要是真的跑到了下个月去，那就有点说不过去了。别人都是趁过年在正月里请，你要是跑到二月里请，那就没意思了。明娃现在是村里的主事的，正月里，家家户户都要请他吃饭，不管有事的没事的。不是明娃一个人有这样的待遇，以前赵疯子、郭四、陈敏、王八万、牛兴隆他们主事的时候也是一样的，早就是一种多年的习惯了，谁主事谁就会在正月里被各家轮流请。明娃就曾经对人们说过，说他小的时候，家里请当时村里主事的赵疯子吃饭，他亲眼看见赵疯子一个人能把一大盘肥肉风卷残云地吃个精光，两个脸蛋子上沾着油，眼里放着光，让他们那些小孩子都羡慕死了。这会儿，当年那个小孩子明娃也终于熬成了曾经的赵疯子，况且比赵疯子有出息多了。

请明娃吃饭，一直拖到今天，并不是他行动得迟，他其实早就开始行动了，从正月初五第一次去明娃家，一直到昨天，这中间他一共去过明娃家六次，但直到昨天才终于误打误撞地把明娃逮住，明娃也总算答应了。前几次去，从来没有碰见过明娃。明娃的女人翠梅对他说，从大年初一开始，明娃就几乎没有在家里吃过一顿饭，有时候黑夜也不回来，连她都见不上面。听见翠梅这样说，他也没办法了，人家自己的媳妇都见不上面，你随便来一下就能见上？只能一趟一趟地跑，一趟一趟地去碰运气了。功夫不负苦心人，昨天，怀着一种黯然的根本不抱任何希望的心情又去明娃家里的时候，竟然意外地就碰到了明娃正在家里，好像刚洗完头发，正在换衣裳。换好衣裳以后，是不是又要出去？他当时真是又激动又有点不敢相信自己的运气和眼前的情景，以至于好一阵都一直黑乎乎地堵在门口，好像怕明娃又跑了。明娃一边用梳子梳头发，一边对他说，乡里乡亲的，都在一个村里住着，有啥可请的，不请也没事。又说，这些天可真是吃怕了，忙得连老丈人家也没顾上去。他话很少，一直都在门口站着，让坐也不坐，只是向明娃表达一个意思，请明娃无论如何都要去他家里吃一顿饭。

明娃递给他一支烟，他接过来，说，好烟？

明娃说，好烟，这一根就十块钱呢。

听明娃这样说，他顿时有些失控地啊呀了一声，好像身上什么地方被夹住了，又觉得像是握了一块烧得赤红的炭，手心里火烧火燎地被烫了一下。烟也一直没点着，就在手里拿着。

后来，明娃总算答应了。明娃说，今天是不行了，明天吧，明天晌午，十二点左右。

又看了一会儿，街上还是没有人，只有几只鸡在一片房后慢慢地走着，不时地低下头朝地上啄一下。一只狗从他的眼前跑过，到铁匠巷巷口的时候一溜烟地就进去了。

隔着一段墙头，他看见马志明家过年时新贴的对联因为没粘牢已经有一条耷拉下来了，没风的时候是朝下耷拉着的，现出红纸背面的黢白，一有风就开始哗啦哗啦地乱飘乱舞。

远处有一个女的，从背影上看，很有点像他们的海海，不过，那当然不是他们的海海。海海和她的那个独眼女婿初三回来，住了两天，初六就又走了。再往下看，看那两条腿，就更不是海海了，人家的两条腿基本是直的，而海海的那两条腿永远都是弯曲的。太小的那时候还没看出来，等到海海长到七八岁十来岁的时候，就渐渐地看出来了，两条腿又弯又软，走路就像正常人在半蹲着走。另外走得也慢，别人走十分钟的路，她至少也得四五十分钟。看见她那样，别的孩子就会经常欺负她，有的把脚伸到她的前面把她绊倒，还有的跑着跑着，突然使劲地把一只手往海海的肩膀上一搡，很快又跑走了，这边的海海被猛然一按，就软软地倒下了，好半天才能挪动着站起来。长到快二十岁的一个大姑娘的时候，手里端一个空盆没有问题，可要是在里面再放上东西，那就端不动了，哪怕只是半盆水。就在他们发愁海海可能会找不到对象的时候，一个叫四猴的出现了。四猴本来也有两只眼睛,因为拿着炸药去水库里炸鱼,鱼没炸上来,先把自己的一个眼睛炸瞎了,整天捂着那个黑暗的窟窿干号。这时,一个媒人出现了,媒人像丈量土地一样两头来回跑。媒人对四猴说,除了走路慢,力气小点,那个叫海海的姑娘啥都好。又说,一个女人,要那么大力气做啥,将来吵架的时候吹口气就把你掀翻,一只手就把你撂倒?你都这样儿了,还想要啥?四猴早就动心了,四猴用他唯一的一道目光注视着媒人,说我肯定没问题,就不知道人家愿意不愿意,能不能看对我。作为一个人,咱们已经缺了一件,不完整了,首先就输了。媒人说,没关系,有的人倒是一件也不缺,可是还不如你呢。媒人就又来到他们家,当着海海的面,说四猴只是少了一个眼睛,剩下别的都没问题。又说,其实就看人看东西的实际效果来说,一个眼睛和两个眼睛并没有多大的区别,闹不好一个眼睛注意力更集中呢。一块钱,谁看都是一块,一个眼睛的人看是一块,两个眼睛的人看还是一块,总不能因为你有两个眼睛就把一块看成两块吧?媒人吧啦吧啦地说着,说得他们老两口也直点头。一来二去,又丈量了几次,事情就成了。

他决定先回去一会儿。走进院子里,看见她正趴在窗前往外面看。看到他回来,后面也没有人跟着,就问他,明娃还没来?

他说没来。

她说,菜好像都凉了。

他看了一眼桌子上的那几盘菜,果然都凉了,有的盘子的四周已出现了一圈暗白的冷凝了的油脂。

他说,我把这几盘菜都再热一下,等热好了,说不定明娃就来了。

把灶里的火重新捅旺,开始一盘一盘地把菜又热了一遍。再重新都摆到桌子上以后,明娃还是没有来。这时,枕着一个枕头躺在一边的她忽然发现了一个问题。

她说，那盘黄豆芽好像已经生了锈了。

他一看，果然是锅里的铁锈把一盘黄豆芽已经染得不那么黄了，他记得刚炒出来的时候很黄呢，金黄金黄的，现在好像蒙上了一层黑乌乌的东西。再一看，何止是这盘黄豆芽，另外那三盘也都变黑了不少。他站在桌子前想了一会儿，然后拿了一双筷子，试着看能不能把那些黑乌乌的东西去掉。扒拉了半天，看见筷子上并没有什么，才明白那是一种去不掉的黑，不是说想拿走就能拿走的，他觉得那更像是一种整体的颜色或气氛，一种阴天那样的黑。

他对她说，菜是吃的，主要是吃，不是为了看。你要是硬盯着一个东西，都能看出毛病。

她说，锈了就是锈了，还能假装没锈。

他说，你就会挑毛病。

她说，咱们自己吃不怕，我就是怕让人家明娃笑话咱们。

他站起来，一撩帘子又出去了，院子里传来他噗噗的脚步声。

她闭上眼睛躺着。过了不久，就听见他又回来了，从走路的声音里判断，感觉还是他一个人。睁开眼一看，果然是。一回来就站在桌子前，仔细地研究那几盘菜，好半天没有出声。

她说，又冷了吧？

他嗯了一声。然后就又把菜一盘一盘地倒进锅里，分别又热了一遍。

她看着墙上的那个钟表。一点多的时候，他又出去了一趟，再回来的时候，有些害羞地不好意思地对她说，还是没影儿。

她忽然说，明娃是不是担心咱们有啥事要让他办，要难为他？

他说，咱们有事情要让他办吗？

她说，咱们没有事情要让他办，无非就是想请他来吃一顿饭。都这个岁数的人了,还能有啥事,啥也没了,房也不盖了,户口也更是不动了。

他说,这话我也和他说过,说啥事也没有,就是想请他去吃一顿饭。人家倒是大度,不在意,说有事也不怕,我就是替大家办事的。

在她的印象里,这个晌午以来,那几盘菜最少回锅了四五次,也说不定有六七次呢,因为她有时候会睡着了。在她睡着以后的那个时候,他悄悄地给那几盘菜回锅加热,她是看不见的,也不一定能听见。总之是一看见凉了,就倒回锅里热一次。不过,这中间,有一次是她提醒他的,看见他坐在一个小板凳上发愣,她看了一下时间,对他说,应该快来呀,你再把那几个菜热一热。他像是被从梦中叫醒一样,赶快去热。这中间,只有那一碗丸子始终没有动过,因为人没来,就一直没有拿出来过,一直都在另一个灶上的笼屉里用小火温着。

不到两点的时候,他又出去了一趟。

两点多的时候,他又出去了一趟。

快三点的时候又要出去,她对他说,不来了,肯定不来了,你别再一趟一趟地出去看了。

他看了一眼墙上的钟表,也终于决定不再出去了。她说的是对的,都这个时候了,不会再来了,谁三点多还没吃晌午饭呢,尤其还是在正月里,尤其又还是明娃这样的人。他觉得明娃不是忘了,就是又被谁临时截走了,这样的情况是完全有可能的。翠梅那次就说过,说有时候明明看见旁边没人,可才一出门,就被某一个甚至两三个人前呼后拥地架走了,拉扯的,捉胳膊的,不知道情况的会以为是被绑架走了。天色暗下来,天色其实一直都很暗,只是他们没有注意到。他出去把外屋的门关好,回到里屋后,他们几乎同时都发现,经过了一晌午反反复复的回锅以后,那几盘菜都已经被折腾得完全不像样了,除了普遍变黑,变得灰蒙蒙黑乌乌，甚至好像连模样也看不出来了。豆腐原本是切成一片一片的，现在很多都碎了。尤其是最后决定增加的那盘绿豆芽，已经变得像一盘灰黑色的碎棉絮，完全再也看不出豆芽的形状和样子。有一阵，他想是不是天气的缘故，是阴天让菜变得不好看了？从被褥后面摸出手电筒，打着手电专门照那几盘菜，在手电亮光的照耀下，发现还是不行，才知道并不是天气的问题。他在桌子前站了一会儿，然后看着她，好像听见她在说，你看看你把这几个菜折腾成啥了？而实际上她并没有这样说，她不仅没有说这种话，就连别的话也啥也没说。

他说，明娃不来了，咱们吃点啥呢？

她说，我啥也不想吃，我再睡一会儿。你把两个盘里的豆芽挑出来吃了吧。

他说，你已经两天没吃饭了，只喝了一碗粥。

她说，今天不想吃，明天吃。

他把黄绿两种豆芽往一个碗里挑的时候，她已经闭上了眼睛。他瞥了她一眼，看见她脸色苍白地躺在那里，忽然又睁开眼对他说，你要是能吃了，把白菜和豆腐也挑出来吃了吧。赶黑的时候，明娃要是来了，再给他炒新的。

他说，我能把两盘豆芽吃了已经不少了。

她说，那也要挑出来，留着明天吃。拿一碗热水一泡，既当菜，又能当汤，好喝得很呢。

他看了她一眼，心里说，那也是以前的事了，这会儿你可不行了，两天只喝了一碗粥，还是那种比水略浓了一点的粥。这以后，他开始把那些早已变得很不好看的菜挑出来，挑着挑着，发现她又睡着了。两种豆芽混起来，有一大碗，他一边吃一边看着她。有一阵，看到她一动不动地睡着，一点儿声音也没有，不禁吓了一跳，她那样子很像是永远地睡过去了，再也不会醒来。他推开碗，一个手里还拿着筷子，探过身去把另一个手伸到她的鼻子下面，一试，才放下了心，真的只是睡着了，出气还算正常，均匀，平稳，只是略微有点细弱。

吃完饭，他来到院子里，发现外面已飘起了雪花，天阴得像一个晚上，难怪刚才吃饭的时候越吃觉得屋里越黑。他先去看老牛，老牛正在圈里卧着，看见他站在外面，也抬头看他。又找到两个装过肥料的空袋子，苫到屋檐下的一堆木柴上。然后隔着窗户对她说，下雪了。

整个院子里都没有一点儿声音，只有雪花落到他的脸上。

回到屋里，他又说，下雪了。

她忽然睁开眼，对他说，我是不是又睡着了？

他说，那还用说，你今天最少睡着了二十回。

她说，我们好像坐在一趟夜行的车上。

他看着外面越来越阴黑的天气，说，你说得对，这会儿，正在过山洞。

纷纷扬扬的雪花在阴黑晦暗的天气里飘着。

这一阵，她想起一件事。她说，你注意到没有，这一趟回来，四猴好像对海海有些不耐烦呢。

半天没有听见回应，抬头一看，看见他也睡着了，靠着墙，嘴张着。

2018 年 11 月 5 日

一夕

1

灰砖，黄瓦，红门。门外有树，不过很可能也不是什么很稀罕的树，不是杨树就是柳树，要是一些没见过的树，也应该会引起他们注意的。

进去之前，先把自行车拴到了树下。怕不保险，还拴了两根绳子，车把上一根，后座上一根，都和树系在一起。因为后面还有孟春花和她的徒弟等着要上场，另外还有从扑县来的一男一女要表演魔术，所以他们两人只唱了一个小段以后就出来了。前后大概也就不过二十来分钟，一出来就发现拴在树下的两辆自行车都不见了。八墩怀里抱着胡琴，咦了一声。二丑朝四周看看，看见不远处有几个人在那里站着，有人正看着他们笑，当下就有些明白了。

二丑说："啊呀，我看出来了，这可是个灰地方，那么烂的车子也有人能看在眼里。"

八墩说："只能说明这个地方还有比咱们更穷的人呢。"

二丑说："这地方不能再来了，再来，闹不好连裤子也得丢了。"

八墩说："要丢也丢你的，我这裤子给人也没人要。"

二丑看了一眼八墩，八墩穿的是一条补了很多补丁的旧棉裤，看上去又厚又笨，确实是那种扔到路上也没人要的东西。这才秋天，八墩就已经提前穿上了那么笨重的棉裤，平时走路也是慢得不能再慢，几乎就是一步一挪。二丑干瘦，又是个急性子，就经常在路上又喊又叫的，嫌八墩走得慢。二丑认为他是太胖的缘故，但八墩却说自己是因为腿疼的缘故，腿一疼起来，钻心的痛，能一步一挪地走，已经十分不容易了。

从干河到凉都，中间还隔着一个叫四姑的地方，这半年多来，他们两人就在这三个县的地方来回转悠。转悠得多了，原来不认识的也差不多都面熟了，常常会碰到一些看过他们演唱的人。有人看见了，就说，哎，前两天不是才唱过吗，咋又来了？是没走还是又来了？听到别人这样问，两个人就笑，很不好意思地笑，也是觉得脸上热辣辣的，很有些没脸呢。

在一个长着两棵沙枣树的院子里，围了一圈人在看他们，二丑打着竹板，八墩拉着二胡，两个人很卖力地唱着。因为担心别人说他们唱得不好，二丑无论在声音还是动作上都极其用力，竹板上的彩绸不断地从他的脸前飘过，有时会缠绕到他的头上或脖子上。一圈人就那么看着，后来终于有一个穿着西装的人上来给了他们二十块钱。二丑把钱装好以后，整个人快要蹦起来了，声嘶力竭地唱道："感谢感谢真感谢，感谢这位大哥哥的好恩情！"

人群里传来笑声。有人对二丑说，你最少比人家大二十多岁呢。

二丑说，那也是大哥哥，大三十岁也是。

旁边又有人说，干他们这种事的，就得嘴甜一点，会说话才行。嘴要是再不甜，那就更没活路了。

2

二丑和八墩他们这种唱法，最大的好处是从来也不需要正式登台表演，当然也从来没有人给他们搭台，搭了他们也用不起。他们随时都能开始，也随时都能结束，人家的门外，屋檐下，院子里，说唱马上就能唱，说不唱了，胡琴一收，背上行李就能走。除了这些，他们这一路的和别的演唱者最大的不一样的地方还在于别人都是轻轻松松地在表演，而他们在表演的时候，背后还要背着行李，多是被褥一类的东西，用一根绳子通过两个肩膀把行李捆在背后。唱的时候，背后的行李会随着身体的运动也跟着一起运动，起伏，明显是一种累赘和难受，让人看了唏嘘，觉得心里很是不好受。这其实也是一种表演的策略或者方法，因为大部分的人看到那种情景都会替他们感到吃力和艰辛，沿街乞讨一样的卖唱已经够可怜了，还得背着行李唱，所以也就能得到更多的同情。还有的时候也确是没有地方放行李或来不及放。不过，这样背着行李唱，也只适合像二丑这样的身材干瘦的人，太胖的不行，像八墩那样的就不行，背后背着一卷东西，还要放开嗓子唱，会非常费劲，甚至常常会出不上气来。二丑对八墩说，咱们两个人表演，我背着就行了，你就不用背了。其实八墩也不是一个怕吃苦很爱占便宜的人，他也常在背后背一点东西，尽管不是被褥，有时是两件棉衣，或者一个帆布提包。因为八墩还要站着拉胡琴，边拉边唱，背得太重了确实也会对他形成新的困难。

他们一个村庄一个村庄地走，专门找那些家里有喜事的人家，结婚的，老人或孩子过生日，过满月的，还有就是刚刚盖起新房的，所有这些人家，都很需要及时地听到一些让他们的心里感到安慰和高兴的好话，吉祥话。不过后来逐渐发现，结婚的人家多半是不需要他们这种人来道喜助兴的，早些年还行，这会儿则完全不行了，所有结婚的人家都不再需要他们了。每一家结婚的都张灯结彩，有正经的音响，所有来的宾客也都穿戴整齐，亮闪闪的汽车唰唰地一辆接着一辆。有的人家还要放礼炮，就像在进行一场战争，小钢炮一样排成一排蹲在地上，上面绾着红绸，时辰一到，巨大的轰隆声立刻响成一片。一开始他们还不明白那些结婚的人家为啥总是把他们撵出来，是怕他们唱得不好吗？后来有人告诉了他们真正的原因，才知道原来并不是担心他们唱不好，而是压根就不想让他们这号人出现在年轻人的婚礼上。嫌你们寒碜哩，不体面呢，知道哇？你们也不想一想，这会儿有哪个年轻人还能把你们这种表演放在眼里？你们往那儿一站，那差不多就是往人家脸上抹黑呢。别多想，啥原因也没有，这是唯一的原因。一个常给别人的婚礼当总管的人这样对他们说。从那以后，他们也就知道了，凡是再看见有结婚的，他们便不再去碰钉子，最多只是远远地看上几眼，知道那样的喜庆场面与他们这种人无关。其实，不光是他们这种流浪狗一样的散兵游勇，就连那些三五个人，七八十来个人的吹打班子也统统没人要了，只有乡间出殡的时候才会看见那些人的身影，那也早已成为他们唯一的去处。坐在灵堂旁边的帆布棚子里，隔一会儿吹打一阵，停下来的时候就喝着棚子里炉子上烧开的水，穿着白色孝服的人在他们的视线里走来走去。

3

昨天，在鸿毛镇，看见白花花的一堆人正在办丧事，高音喇叭里播放着一曲高亢嘹亮的悲音，是一阵如泣如诉的唢呐声，吹的是北路道情。听到那声音，二丑和八墩几乎同时停住，就站在纸灰飞舞的街上听了一会儿。如果不带任何偏见地来说，那唢呐吹得真是好，一声声直往人的心里钻，之后又一片一片地荡开，荡到漫山遍野，黄叶飘零，以至于让专门以拉胡琴为生的八墩也不得不承认吹得人真是肝肠寸断。两个人忽然来了兴趣，决定过灵棚那边去看看，看看是哪一个班子，是谁在吹，说不定还认得呢。

过去一看，才发现是一个只有四个人的班子，领头的那个吹唢呐的不认得，却认得其中那个拉二胡的，是六道沟的永康。二丑用一个手势和那个叫永康的打了一个招呼，然后就站在旁边看他们吹打。旁边的灵棚里正在烧纸，白花花的人在棺材前跪了好几排，纸灰飘扬，不断地有黑色的纸灰飘到人的脸前。过了一会儿，烧完纸，他们那边的吹打也暂时停了下来。那个叫永康的年轻人把手里的二胡放到一张桌子上，然后就过来和二丑说话，叫了二丑一声"叔"，先掏出烟敬他们。八墩不抽烟，二丑点了一支。

身边和周围全是艳丽的花圈和纸人纸鹤，他们也不敢硬靠，怕给人家靠坏了。

说起来，这个叫永康的年轻人却是正经的科班出身，他是凉都艺校毕业的，在学校学的就是二胡专业。除了二胡，永康还会笛子和钢琴。不过，来到社会上以后，那两种已完全用不上，只有二胡还有用。可是，在一个几个人的班子里，一个人常常要顶好几个人用，你不能只会一种乐器，那几乎就等于是在吃闲饭，那谁能养活得起你，拉二胡的还必须同时会吹笙，甚至鼓板和唢呐也得能来两下。这样，永康就又学会了笙、鼓板和唢呐。刚才就是，二丑和八墩也都看到了，永康背靠着身后的帆布棚子，拉一会儿二胡，然后趁唢呐响起的间隙，把二胡放下，又十分熟练地拿起放在一旁的笙，捧在脸前等着。

二丑抽着烟，问永康他们是哪天来的，来了几天了？

永康说昨晚上才来。

二丑又问这一个事情完了，总共能给多少。

永康说不知道，一切都是老板在做，联系业务，与主家商谈，最后结算，从来都是由老板出面。永康边说边指了一下先前吹唢呐的那个人。

除了正式的价钱，另外每吹打一场，每个人还能得到一盒烟，大方一点的东家给两盒。已经三十好几的永康成家还没几年，那可能稍微有一点儿和所做的事情有关，别人都说他们是专门吃死人饭的，不过他一直都在努力赚钱。他爹活着的时候，还曾经托付过二丑，帮助他物色对象，一开始还真是挺费劲的。后来，可能很多人也都想明白了，男人，不管他是干啥的，只要能挣钱就行，就很顺利地成了家，还有了两个孩子。二丑对他说，你这么好的手艺，又会那么多乐器，我早就说不愁找不到。永康说，我那点儿东西根本不算啥，一个人出去不好混，我们老板那才叫厉害呢。刚才你们也都听见了吧，唢呐吹得不赖哇？不光是唢呐，别的乐器，没有他不会。除了吹打，另外还很会谈判，跟着他，挺省心的。

听永康这样说，二丑忽然多少有些凄伤。这么一个只有四个人的吹打班子，都有和人谈判的权利，而他和八墩，却从来都没有过那种资格。多少年了，从来都是别人说了算，人家同意，你才能开口，且给多少是多少。八墩的唱词里就有一句"大婶大嫂快来看，给多给少不烦恼"。那就是说给人们听的，不计较给多少，也没有资格和理由计较。可是，人家要是不愿意，你也只能背起行李走人，再没啥好说的，人家不想让你唱，你总不能赖在门上不走吧。另外他们也不敢，因为有的地方的狗很厉害，常常一进村就呼啦一下围上来一群，有时候已经出了村，它们还在后面汪汪地追赶，他们不得不一边抵挡，一边仓皇撤退。后来，他们渐渐地总结出一个规律，那就是越是偏远穷苦的地方，那里的狗就越厉害，因为平时很少能见到生人，看见一个就不会轻易放过。以后，凡是狗多的那些地方就再也不去了。

听见唢呐吱吱地响了两声，那是休息结束，新一轮的吹打又要开始了的信号，永康就和二丑告了别，重新回到帆布棚子里，操起二胡。

正要打算走的时候，从棺材下面忽然伸出一只手来，二丑和八墩都吓了一跳……很快又有一个人爬了出来，手里端着一个碗，原来是一个给棺材上油的人。

4

　　自行车看样子是找不回来了。二丑对八墩说，只能动用咱们自己的11号车了，想不动用也不行了。

　　听见二丑这样说，八墩就有些愁苦和无奈，他知道所谓的11号车就是每个人的那两条腿。八墩最怕走路，走得慢还在其次，关键是走不了多远腿就会疼，可是不走又不行。

　　八墩把胡琴抱在胸前，说："那咱们就走吧。"

　　二丑却说："等一会儿，等等孟春花。"

　　孟春花这会儿正在里面唱着呢，她那宽阔沙哑的嗓音在半空中回荡，又传得很远。"哎呀这种日子就没个盼头……"一听就是她的声音，先说自己，然后再祝福别人。

　　八墩说："各走各的，等人家干啥？"

　　二丑说："和她说两句话。"

　　八墩说："就知道你又放不下她了。"

　　二丑说："最近连着好几回，不管去哪儿，都能碰到她，你不觉得这里头有点儿说道吗？"

　　八墩说："有啥说道？"

　　二丑说："缘分哪！你这个死八墩！没有缘分，你就能随随便便地碰到一个人？"

　　"我没看出来。"八墩说，"我只知道她和咱们做着一样的事，又都在这么些个地方来回转悠，经常碰见那再正常不过了，要一直都碰不见，那倒是才奇怪呢。"

二丑说:"你这个肉墩子,无论啥事,多好的事,让你一解释马上就没意思了。"

"我说的只是一个事实。"八墩说。

二丑说:"好,你就抱着你那个事实吧,等一会儿孟春花出来,你就保证你不要和她说话。"

八墩笑着说:"我不说,我就在旁边看着你们说。"

八墩笑着,露出一排白牙。八墩这个人,不仅嗓子好,尖细,嘹亮,还很爱说笑,每次唱完了都会笑嘻嘻地看着人们,眼睛很小,笑的时候就看不见那两个眼睛,大脸上只能看见一排白牙,人们也都很爱看他唱。倒是作为带头大哥的二丑,则常有人反映他的表情不太好,尤其是唱到费劲处的时候,不仅声音嘶哑,难听,还常常变得龇牙咧嘴,面目也很是狰狞。

二丑和八墩搭档也已经有五六年了。他们这种走村串户的,就像说相声的,也是有一个逗的,还得有一个捧的,二丑从来就是逗的,无论和谁搭档,都是以他为主。二丑原来的那个搭档叫陈秋生,有一年秋天过铁路的时候,一只脚卡到了铁轨和水泥枕木之间的一个缝里,半天没拔出来,最后死在了火车下。二丑平时最不愿意想起的就是那天的情景,无论何时何地,只要一想起很多年每天朝夕在一起的陈秋生像一个蚂蚱一样忽然蹦跶着就不见了,二丑就会觉得人生真是充满无常,处处无常。正是秋天,天蓝得让人发晕,到处都是火红的高粱地和白黄的玉米地,二丑在前面先过去了,等了半天还不见秋生过来。回头一看,才发现秋生站在铁路边上,身体呈弓形,头和上半身在铁路外面,一条腿却还在铁路里面,正在使劲,拉犁一样,想把那只脚拔出来。火车就是那时候过来的,一转眼,二丑看见秋生就像忽然之间有了一副翅膀一样,在铁路边上忽扇了一下,然后就不见了,好像飞走了一样。

那以后，二丑有好几年没有搭档，直到后来在凉都遇到了八墩。

八墩姓徐，叫徐八墩，一身肥肉，人长得粗粗圆圆，却有一副十分尖细嘹亮的嗓子，这和二丑那种天生沙哑干涩的嗓音正好成为一种搭配，一种对比或互补。除了能唱，八墩的二胡和板胡也拉得很好。二胡时常拉得呜呜咽咽，好像一种哭声，板胡则能拉出一种天高云淡的感觉，寂静，遥远，声音里一个人也没有，有时却又很像是一个人正走在去上坟的路上。

二丑对八墩说，我叫二丑，你叫八墩，多好的搭配，就像是老天爷专门派你来的。

八墩说，你算是说对了，临来的时候，老天爷就对我说，你就去找二丑吧，你哪儿也不用去，就在凉都等他，他一准来。

二丑说，就像在高老庄收了猪八戒一样，我也是一到凉都就收了你。

八墩说，你才猪八戒呢，不信你问问人们，看看大家怎么说。

二丑说，啊呀，我当时一看，好家伙，肉墩墩的一个家伙，坐在地上，坐在凉都粮食局外面的树荫下，佛爷一样。再一听，嗓子还挺好，唯一担心的就是怕太能吃。

八墩说，我能吃，又不吃你，吃我自己呢，我自己也能养活自己呢。那么多年，我抱着一把胡琴，走南闯北，也没把自己饿死呢。

成为搭档以后，八墩也慢慢地知道了二丑先前的那个搭档叫秋生。有时候走在路上，八墩就问二丑，秋生的那只脚当年卡在铁道上的时候，他有没有去救过。二丑听了就有些急，就说，咋没救？救不了啊。救不了，死一个，要是去硬救，死的就不是一个，是两个。

5

二丑第一次见识八墩吃饭就是在这个叫东瓦窑的地方，那时他们来给一家刚刚盖好新房的人家念喜。站在那个簇新的院子里,他们唱"高门楼,大瓦房,票子攒下九火车,几辈子也花不完……"东家也很高兴,好话听了有几箩筐,一家人高兴得眉开眼笑。唱完以后,就把他们留下来吃饭,就那一顿饭,八墩就把二丑惊呆了。六个馒头,六个鸡蛋,两大碗烩菜,这就是八墩一个人吃的。二丑不断地在桌子下面用脚踢八墩,让他少吃一点。后来八墩嫌踢得麻烦,不能专心吃饭,就端着碗和盘子,坐到屋檐下的台阶上去吃。二丑又追过去,低声说:"行了,差不多就行了,少吃点儿吧。"又说,"你这种吃法,会把人家吓着的,传出去,以后谁还敢留咱们吃饭?"

八墩说:"不吃了,再喝一碗粥,咱们就结束战斗。"

二丑吃惊地张大了嘴,说:"还要喝一碗粥?能不能不喝了?"

八墩很坚决地说:"不能。"

二丑说:"你不是已经吃了两碗烩菜了吗?"

八墩说:"那能一样?烩菜是烩菜,粥是粥,那咋能一样了。要一样,世界上也就不会同时有那两种东西了,要么有烩菜没有粥,要么就只有粥没有烩菜。我才看了,那粥熬得好。"

二丑说,行行行,你去吧。你这种人,给人当长工也没人敢要你。

"这话我信。"八墩说,"早些年就听我们老人说过,地主们一个比一个小气。"

说着话,就又慢慢地挪过去,端了满满的一大碗粥回来。

二丑坐在台阶上,用一只手捂着脸,对正在喝粥的八墩说:"唉,总有一天我要被你气死。"

八墩戴着一副小圆墨镜,笑着,露出一排白牙。"我真是有些想不明白,"八墩边喝粥边对身边的二丑说,"我吃饭,你生啥气,又不是吃你。要是吃你的,你生气,那还好理解。"

三天前，他们又来到东瓦窑，刚一进村里，就碰上了东瓦窑村的温世贵。温世贵不仅是东瓦窑村的干部，还开着一个石料厂。一看见二丑和八墩出现在村里的街上，温世贵就高兴地说，好，来得正好，还正想让人找你们去呢。

于是就跟着温世贵往他家里去。

二丑悄悄地对八墩说，咱们也不是一点儿用也没有呢，还有人惦记着咱们，想找咱们呢。

原来是温世贵给他老娘祝寿，想请人来念喜，唱一唱，乐一乐，庆祝庆祝。二丑和八墩进来的时候，看见院子里已经有不少人了。有单独一个人背着三弦的，有一男一女唱二人台的，甚至还有一个说快板的。因为没人听，说快板的这些年已经不多见了。还有很多看热闹的。

二丑也是慢慢地才发现八墩这个人很善于临场发挥，也能根据每一户人家的实际情况随意改变唱词，人虽然很胖，脑子却不臃肿，很灵活。看见老太太祝寿，看出老太太是一个喜欢长寿的人，就一边拉着二胡一边唱，说老太太最少能活一千八百岁。把温世贵的老娘高兴得嘴都歪了，脸上笑成一朵花，立刻就让儿子给赏钱。温世贵就先一人给了他们二十。

他们就是在这个场合，在温世贵的院子里碰上孟春花的。

众人唱了快一半的时候，孟春花和她的那个徒弟才从外面进来，两个人都背着行李，风尘仆仆，也不知道是从哪儿来的。很可能是听到这边唱得热闹，吹打得响亮，一路寻着声音找过来的。尤其是孟春花，裤子上有土，头发上挂着草秸，更像是刚刚才收完庄稼，直接从地里来的。宽身板，大嗓门，笑声爽朗，很多时候不需要看见人，只要听到那种略带些沙哑的宽阔的大嗓门，就知道孟春花来了，或者至少有她在场。她新收的那个徒弟却正好和她相反，二十来岁，细眉细眼，细皮嫩肉，头发不是辫子，更不是披散着，而是梳成两个抓髻，很像是庙里的那种烧香打水的小道姑。说话的声音很稚嫩，一唱，更让人听了揪心，像哭。

二丑问孟春花："从哪儿收的这个新徒弟？"

孟春花哈哈大笑，说："管得倒宽，不告诉你。"

二十多年前他们就认识，那时他们都还年轻。孟春花问他们最近的行踪，二丑说，到处乱刮达，不管走哪儿都没人要，家里有喜事的人家不多，有喜事而又想让他们唱的就更少了。

孟春花说，我们也和你们一样。

轮到孟春花和她的徒弟小凤上场了。师徒二人，一个粗声大嗓，一个细声嫩气，粗的像宽阔的大河大路，细的如宁静的小溪小径。不难看出孟春花在唱的过程中一直都在貌似不经意实则却很小心地照应帮衬着她的那个徒弟，两个人手里的彩绸都在各自飞舞。她们没有乐器伴奏，就是在干唱，说好听一点叫清唱，仅有的只是一人一副竹板和叶子。

小凤打着竹板和叶子，舞动着彩绸，唱着讲述自己的身世：

"一十三岁上死了大（爹），"

师父孟春花接着就补充道：

"姐姐妹妹乱刮达。"

二丑和八墩坐在房檐下，也目不转睛地看着。

小凤声音清脆、稚嫩，清脆中又自带着一种极力遮掩的悲伤，在温世贵家的院子上空回荡。才唱了几句，作为东家的温世贵便被感染了，感动了，忍不住了，便主动地上前去给钱。

八墩戴着小圆墨镜，胖大的身躯坐在房檐下，看上去很像一个坏人。看见温世贵上去给钱，他笑着对二丑说："还是女人们挣钱更容易，咱们累得吐了血，也不及人家小嘴一张来得快。"

二丑说："回去和你爹妈算账去，问他们为啥没把你生成个女的。"

八墩说:"这会儿无论说啥也迟了,他们都在地底下呢。"

6

八墩告诉二丑,他听说了一件事,凉都有一个退休了的民政干部,一年前死了女人,那个人好像看上了孟春花,有意续娶。孟春花这边呢,好像也很愿意。

听见八墩这样说,二丑的脸上立刻便布满了烦躁。

二丑说:"这事你从哪儿听说的,我咋不知道?"

八墩说:"凭啥非得让你知道?你是谁?这世界上就不能有你不知道的事情?"

二丑说:"我不信。那个人不可能娶她。再说,孟春花野驴一样,他能弄得住?"

八墩说:"听你的意思,他弄不住,你就能弄住?人家孟春花好像也说了,说要是嫁过去,以后也就再不出来唱了。"

二丑只是说他不相信,别的没再说。好大一会儿工夫,再什么话也没说过,抽着烟,一会儿看看地上,一会儿又看着路上,脸上黑得像一个阴天。

八墩看着他说:"心乱了吧?一看就乱了,乱成了一团麻。"

二丑说:"我没乱,你才乱了。"

八墩说:"乱了就是乱了,不要不承认,一听说孟春花要嫁人你就乱了。"

二丑:"我又不是她男人,我乱啥乱。"

八墩说:"你乱是因为你想成为她的男人。你看我就不乱,因为从来就想也没想过。"

二丑说:"你说他们真能成了?我觉得成不了。"

八墩说:"成了成不了也没你的事。认识那么多年都没弄成,这会儿就越不可能了。"

二丑说:"女人们都是糨糊人,心里想啥,咋想,永远不清不楚。别人看不明白,弄不清楚,也就算了,关键是好多时候连她们自己都说不清。"

八墩说:"本来人活着就是一笔糊涂账,就连皇帝也是在瞎混呢,你以为他有啥正经。"

就想起三天前在东瓦窑的时候,假借着看孟春花手上的戒指,趁机拉着孟春花的手不放开。不料,嘴上却不争气,一不小心说了一句孟春花——也可能是所有的女人都不喜欢听的话。说这金戒指是铜的吧?一看就是铜的。孟春花立马就啪的一下把他的那只手打开了。

"拿开你的鬼爪子!"孟春花这样对他说。

又说:"铜的铁的和你有啥关系?你有本事送一个金的给我。"

二丑就说:"你要是同意跟我,我就送你一个金的,两个。"

孟春花说:"等下一辈子吧,这一辈子是不行了。"

他们坐在路边,等着孟春花。有一个尖嘴猴腮的人骑着自行车过来,一只脚踩在一块石头上,问他们:"哎,卖唱的,唱一个小时给你们十块钱,干不干?干就跟我走。"

二丑看了那个人一眼,说:"不干。"

尖嘴猴腮的人说:"十块钱还不干?那你们想要多少?一万,十万?"

二丑说:"你知道一个小时唱下来要费多大的劲?十块钱连两碗面都买不了。"

那个人抖动着一条腿说:"那好,我给你们十万,够你们买两碗面了吧？跟我走吧。"

二丑和八墩互相看了一眼，不再说话了。

果然，转眼就翻了脸，恶狠狠地瞪着他们，还骂他们，说像他们这样的，饿死活该。

后来就骑上车子走了，一边走一边还在回头骂着。

二丑说："本地人，惹不起。"

八墩说："外地人哇你能惹起？"

像是被八墩噎了一下，二丑嘴张开，却又没说出话来。仔细一想，觉得那倒也是，八墩说得很对。

不久，从那边又来了一个四五十岁的男人，长得宽盘大脸，虎背熊腰，却骑着一辆又瘦又小的女式摩托车，把车停在二丑和八墩的面前，看了他们几眼后，问他们一天能挣多少钱。二丑说，不一定哩，经常一分也没有呢。

那人就说，那你们吃啥，靠啥活？吃土？吃风？

听见一上来就这么说话，就知道今天的运气又不怎么好，又是一个难说话的人，八墩就低下头开始修理胡琴。其实胡琴并不需要修理，他只是象征性地紧了紧弦，手上也并没有用力，又检查了一下弓上的马尾。经常能碰到这种人，不知道到底要干什么，他们早就习以为常了。长年累月地在路上走，什么古怪的地方也都去过，碰到啥样的人和事都不奇怪呢。

二丑也没说话，把墨镜戴上，看上去像一个盲人。

看见两个人都那样，那宽盘大脸，相貌堂堂的人就有些生气地说，好心关心你们一下，还不说实话！除了给社会抹黑，给国家丢脸，你们还能干什么，还有什么用？

说完了，却还不走，还虎视眈眈地骑在小摩托车上，似乎是在等着要看他们的反应。他们没有反应,一人一副墨镜,区别只是一副又小又圆,另一副大而方,一个脸朝上,看着天空,另一个脸朝下,看着地上。从那里面看世界,世界从来都是一个阴晦死寂的晚上。

7

他们在路上走着,孟春花和她的徒弟背着行李,走在前面。因为八墩走不快,他们两人就落在后面。后来,走着走着,他们突然发现天已经黑了。

其实天早就黑了。

一路上也没看见一个亮灯的地方。后来,他们就走进了那座看上去凄凉漆黑的破庙里。他们觉得,要不是新修了这条路,他们还不一定碰上它呢,它原本坐落在一个远离大路的地方,说偏僻也完全说得过去。孟春花一开始还不愿意,他们劝了她好一会儿,她还是执意要往前走。看着她们消失在黑暗中的身影,二丑还有些空落和难过。不过,走出去一二十分钟以后,她们就又返回来了。

那时候二丑和八墩已经在东边的一间小房子里靠着墙坐下了,身下有一些草,一动就窸窸窣窣地响。进门以后,在正面的一个泥台上摸到一截拇指那么长的蜡,二丑正想点着,八墩说不要点,等到需要的时候或关键的时候再点,这时候点着有什么意义,一点儿意义也没有,也没有什么要看的。就两个人,有啥看头,你没见过我还是我没见过你。

就摸黑坐下,手里拿着那截蜡。

刚坐下,二丑就对八墩说:"这么黑的天,孟春花为啥非要走?"

八墩说:"你说呢?"

二丑说:"可能是不想和咱们在一起,对咱们不放心。"

八墩说："我这人实在,好说实在话,我觉得主要是对你不放心。要是光我一个人,她们肯定不走。"

二丑说："对你放心?"

八墩说："放不放心我说了也不算,只有她知道,你有机会问她去。"

孟春花师徒二人就是那时候返回来的。听见两个女人在黑暗中的庙门口说话,八墩就问："咋又回来了,是不是碰到狼了?"孟春花说："那也不稀罕,这庙里不是还有你们两个老狼嘛。"

孟春花的徒弟小凤说："这黑的啥也看不见。"

刚才她背着行李上台阶时脚下被一丛乱草缠住,差点绊倒。很快,又听见她师父的头碰在一根柱子上,发出咚的一声。

二丑就出去把那一小截蜡给了孟春花,让她们点上,又指了指西边的那间小屋,说那本来就是留给她们俩人住的。

听见外面的树唰唰地响着,摇晃着,树枝间灌满了稠密漆黑的风声,听见有野猫在叫。

听见孟春花和她的徒弟小凤在那边咚咚地折腾,在很费劲地搬东西,又似乎正在满是厚厚的灰尘的地上滚动着一个东西。因为没有门闩,更没有锁子,很可能是在用石头从里面把门顶住。

听见小凤说："师父,用不用把今天的账再算一遍?临唱完出来的时候,那个人又给了我三十块。"

孟春花说："噢?还又给了三十?……算了,那是专门给你的,你另外放起来吧,不要往大账里算了。"

"不行,师父二十,我十块。"

"你这孩子真啰唆,让你放起来你就放起来吧。"

"没有师父哪有我,师父二十五,我五块。"

"越说越没边了,你收好就行啦,师父不要你的钱。师父还不老,还能挣得动。"

黑暗中,二丑说:"今儿个黑夜就是个今儿个黑夜哩。"
八墩说:"油糕放在狗窝里了。"
"你就不能说句好话?"
"油糕放在狗窝里,狗就会睡不着,会一直惦记着。"
"你好像也不瞌睡,一直醒着。"
"我可没惦记。我早就想睡了,让你们折腾得没法睡。"
"我有时候就在想孟春花那个老娘们,胸前那么大两个东西,又不让摸,那有啥用呢?"
"你咋知道没用?你咋知道不让摸?只不过是不让你摸而已。"
"噢,原来是这么回事。那你呢?"
"我可不像你。我知道自己人不行,各方面都不行,所以从来也不想。"
"想一想也不犯法吧?"
"不犯法是不犯法,不犯法也不能想。有些事情就是不能想,因为想了也没用。你想有一房子的钱,有可能吗?没可能就不要想。实际上,想没可能的事情,也是另一种犯法呢。"
"想一下也不行?能咋,能死?"
"哎,你还别说,还真能死了。人要是总想那种永远都没可能的事,迟早会出事,送了命。"

三更天的时候,一个干瘦的身影窸窸窣窣地起来。
"你睡哇,我去看看那两个女人在做啥。"
"狗终于忍不住站起来了,奔着那两个油糕去了。"

以为会辩驳，却好半天没有声音，再看时，早已没了人影。过了一会儿，黑暗中响起一阵有些失魂落魄的脚步声，像是还碰翻了一个破碗或香炉。

　　"唉，完了，全完了。"

　　"咋啦？"

　　"老狐狸带着小狐狸早就跑了。"

　　"跑了？这么深更半夜的，她们能去哪儿？"

　　"谁知道呢。你听见门响了吗，我是一点儿也没听见。"

　　"我也没听见。"

　　"看着粗枝大叶的一个人，心里也全是道道呢。"

　　"睡吧，这一下你该歇心了。"

　　"你以为我不想睡？我要是能睡着早就睡着了。"

　　"把她的名字念上一千遍，你就睡着了。"

　　"你听谁说的？"

　　"别管是谁说的，你念着试试看。"

　　"不会吵着你吗？"

　　"不会，我心里又没她。"

　　"孟春花孟春花孟春花……"

　　"唉，不能这么念，要在心里念，别出声。"

　　"在心里念，别出声？那不和祷告一样吗？"

　　"对，就像祷告一样，就是在祷告。"

　　"唉，算了，咱们睡吧，我觉得我这会儿已经能睡着了。"

2017年10月30日

幕落时有狗叫，野草呈倒伏状

姜秀山坐在门前，一只蛐蛐从他的脚前路过，他弯下腰，低头把它捉住。因为担心它又要咬人，又怕它趁机跑了，就用大拇指和二拇指紧紧地捏住。捏了一会儿，发现它很听话，既没挣扎，也没有乱咬乱动，就有点怀疑是不是用力太大，已经捏死了，就小心地放开，放到另一个手心里，仔细一看，他不禁有些惊讶，才发现原来并不是一只蛐蛐，而是一截电线的皮。一缕涎水在他咧嘴笑的时候趁机从嘴边流出，姜秀山发现这东西真是太像一只蛐蛐了，长短一样，大小也差不多，最关键的是颜色，猛一看就是个蛐蛐，要是换成别的颜色，他也断然不会把它认成蛐蛐的，比如白的或者红的，有那种颜色的蛐蛐吗？姜秀山没见过，所以也就敢肯定不会把它认成是一只蛐蛐。他把它扔掉，搓了搓手，想起去年还是前年，发现炕上有一颗瓜子壳，就在他捡起来准备扔掉的时候，一个手指头上忽然传来火辣辣的一阵痛，随即就看见有圆圆的一颗红豆一样的一滴血稳稳地出现在那个手指头上。那还真是一只咬人的虫子，而并不是他以为的一颗瓜子壳，看见要捉它，就急了，前面的几根胡须针一样又尖又细，到今天也不知道那一次到底是被那虫子的嘴咬破的还是被那几根针一样的须刺破的。

　　姜茂顶就是在姜秀山扔掉那只假蛐蛐以后从外面进来的。

姜茂顶对姜秀山说，大爷，在这儿坐着呢？

姜秀山看见是姜茂顶，就说，你来做啥？

姜茂顶说，明天，国庆的孩子要过生日，来请大爷您去吃饭。

姜秀山说，国庆是谁？我不认得。

姜茂顶说，是我的那个二孙子。您忘了，有一回您半夜里肚疼，有人背起您，那就是他，国庆，您肯定认得的。

姜秀山说，连他都有了孙子了？

姜茂顶说，不是，他还年轻，他哪有孙子，是他的孩子。

姜秀山说，你一共有多少个孙子？

姜茂顶说，也没多少，老大老二的加起来，一共有三个孙子，三个孙女。

姜秀山说，那你家人口也不少哩，吃饭的时候一定也是哄哄的乱七八糟的。

姜茂顶说，其实也不乱，早就都分开过了，他们各过各的，只有过年过节的时候才在一起。

姜秀山说，我不去，我谁也不认得。

姜茂顶说，我您总认得哇，您不认得我？总不能连我也不认得了哇？您别怕，不是还有我嘛，有我在哩。再说，您不认得他们，他们可都认得您呢。

姜秀山说，啊呀，吃也吃不动了，喝也喝不动了。

姜茂顶说，一般的菜呢，您要是想吃就吃上几口，要是不想吃就别吃，有一帮年轻的呢，让他们吃。有专门给您准备的呢，保证您都能咬得动。

姜秀山说，就像苏连胜做的那种？

姜茂顶笑了。姜茂顶说，您还能记得苏连胜？好记性哩。

又说，不能像他那么稀软，您这种岁数的人能咬得动就行啦。

苏连胜曾是这一带的人们最认可的一位善于制作各种宴席的厨师，虽然经常把肉蒸得像糊糊，完全不能用筷子夹，只能低头吸溜甚至直接喝下去，不过这会儿早就已经不在人世了。

姜秀山说，蔡家窑的那个女人是谁？和我说了半天话我也不知道她是谁。你知道她是谁吗？

姜茂顶说，蔡家窑的？哪个女人？

姜秀山说，就是前几天来过的那个，你不是还见了一下嘛。

姜茂顶说，唉，您又搬了家了，那哪是蔡家窑的，是火神庙的。

姜秀山说，火神庙的？噢，管她是哪儿的，我是想知道她是谁。

姜茂顶说，好像叫菱花，到底是不是就是这个名字我也不敢肯定。她妈管您叫舅老爷，这是肯定的，没问题，不过这个菱花，她应该管您叫啥，我也一下说不上来了。

姜秀山问，她妈是谁？

姜茂顶说，我三姑的——

姜秀山说，你三姑？

姜茂顶说，我三姑——也就是您的三妹，这您总知道吧？这个菱花呢，我想想啊，叫我叫舅舅，啊，不对，她不能叫我舅舅，应该是菱花她妈叫我叫舅舅，这才对。这中间还隔着一个菱花她姥姥呢，她姥姥是谁？她姥姥就是我的二表姐。她妈比我小一辈，我又比三姑小一辈，那她妈就应该是我三姑的外孙女……啊，终于闹对了，闹清楚了，就是这么个关系。

姜秀山说，我还没闹清楚。

姜茂顶说，算了，没闹清楚就没闹清楚吧，闹清楚也没意思，您就别管他们了。

姜秀山说，看你这话说的，一点儿情意也没有，亲戚们能不管？

姜茂顶说，好，得管，管哇。

太阳黄亮黄亮地照着，有蝴蝶在屋檐上下飞着，也有的时候会忽然低下来，从他们两个人的中间穿过。其中有一只，两次碰到了姜秀山的耳朵。自那以后，姜秀山的眼神就开始跟着那只蝴蝶走，但走不了一会儿就跟不上了，它飞得太快，太乱，没有任何的规律，完全不知道它要去哪，看也看不出来。在半空中慢慢旋着，看那样子以为它又要下来了，却不料忽然又哗地一下上去了，姜秀山一时跟不上，就呼呼地喘起了粗气。一扭脸，他看见了姜茂顶。

姜秀山说，你咋来了？啥时候来的？

姜茂顶说，来了有一会儿了。

姜秀山说，来了也不吭气。

姜茂顶说，咋没吭气，咱们不是已经说了半天话了嘛。

姜秀山很尖锐地看了姜茂顶一眼后说，你就瞎说哇，从小就经常瞎说，一辈子也没改了。

姜茂顶说，唉，这老汉，真是完了。

姜茂顶从门前的台阶上站起来说，我走呀，还有别的事呢。刘富英家的牛在沟里跌死了，我去看看剥出来没有，买几斤肉。

姜秀山说，谁死了？李玉莲？李玉莲死了？

姜茂顶说，谁也没死，死了一个牛。

姜秀山不相信地看着，但是看到的只是姜茂顶的一个背影，姜茂顶已经走出去了。

周围没有人了，蝴蝶也走了，有可能是跟着姜茂顶一起走了的，不过更有可能是自己从房后走了，眼前重又变得静悄悄的，只剩下墙头上一层黄亮的光线还在。姜秀山觉得，外面一定发生了什么。他忽然想起早在姜茂顶进来之前，就好像听到过一阵唢呐的哀号声，就在那时，姜茂顶乱七八糟地从外面进来，说起了别的事，一干扰，就全忘了，好半天再没有想起来。那说明什么？说明又有吹鼓手班子进村了。黄铜的喇叭，总是被他们用得很脏，上面经常黑漆乱污的，更少不了鼻涕唾沫，不过声音却没有外表那么脏，外面再脏，也一点儿不影响里面，每次吹出来的声音还是从来都黄灿灿亮哇哇的。当那种撕扯的哭腔不知从哪个方向传过来的时候，他一边的一个眼睛狠狠地跳了几下，上下眼皮之间像是有一根短短的线拉着，无论跳上跳下都完全不由他自己做主。好像当时就想问姜茂顶谁家在吹打，却没有问成。

　　他决定自己出去看看。

　　摇晃着起了三次，终于站起来了。

　　姜秀山扛着一把锄头，鞋底哧啦哧啦地摩擦着，他原想只要顺着唢呐声传来的方向，哪怕多绕几个弯，也总能找到是谁家在吹打。可是等他来到街上的时候，却再也听不到唢呐声了，他站住，竖起耳朵听着，还是没有，后来又把锄头从肩上拿下来，当作拐杖拄在胸前。他忽然发现锄比拐杖好多了，又高又稳，差不多能托住一个人一半以上的分量。而拐杖，最多能算是一根打狗棍，有时候连狗也打不了。不是吗，他记得裴生太好像就用拐杖打过狗，结果不仅没打着，还把狗惹恼了，直接就上了他的身上，咬他的脸，还把他的一整条袖子从肩膀那儿齐整整地咬了下来。好些时候过去了，裴生太的那条血淋淋的胳膊还会时常出现在很多人的眼前。裴生太后来好像是死了，至于是啥时候死了的，姜秀山不知道，因为从那以后，他再也没有碰到过裴生太，就觉得裴生太很可能是死了，不然咋会一次也碰不见呢。要是还活着，多少也总得出来走动走动吧，可见是真的不在了。可是就在不久前，看见郭骡子提着一筐酒，说是要往裴生太家送的，郭骡子是对迎面过来的一个人说的。姜秀山隐隐约约地听到好像说裴生太要过生日,当即就觉得自己听错了,他们说的一定是另外一件别的事。

姜秀山站在街上,弯曲着腰以上的上半部分,锄把杵在胸前,打量着看到的每一个人。没有人和他说话,他至少问过两个人,但他们好像都没有听见,都嗖嗖地从他的身边过去了,好像前面有事情在等着他们,后面又有东西在追赶着他们。姜秀山把锄提起来一点,这样就不会碰到路上的石头了,快走到姜茂顶家附近的时候,看见姜茂顶一个人在路边站着。

姜秀山问姜茂顶,我才听说裴生太还活着?不能哇?

姜茂顶说,咋不能?活着呢,活得好好的。

姜秀山说,不可能。

姜茂顶说,看您这老汉,那咋不可能,您不也活得好好的嘛。

姜秀山说,我,人们经常还能看见,可是裴生太,我一回也没有碰见过他。

姜茂顶说,您没碰见,并不等于人家就死了。比如有一个人,好几年没见您……

姜秀山说,你是说,也会以为我不在人世了?

姜茂顶说,我可没那么说,可难保别人不那么想。

姜秀山说,想得对。问题是……

姜茂顶说,问题是人家就是还活着呢,活得还挺好。

姜秀山说,你见过?

姜茂顶说,见过,见过一回。

姜秀山不再看姜茂顶,转过身自言自语地说,奇了怪了,我咋就一回也没碰见过他呢。

姜茂顶在他的后面没有说话,一直到他走出去很远了也没说。姜秀山走着，觉得好像还有一件事要问姜茂顶，那事却躲着不出来，不露面，不让他想起来。姜秀山看看四周，发现不知什么时候已到了村外。没有人，前面的一片地里，有一个黑黑的东西，歪歪斜斜地杵在地头边，远看时以为是一棵又黑又硬的老树杈，又往前走了一会儿才看出是一个人，却不知道是谁。姜秀山手搭凉棚，一边继续往前走一边仔细打量着，看着看着，他的呼吸忽然变得又粗又快，嗓子里传来阵阵呼噜呼噜的响声，有痰被惊醒，手心里也出了汗，胡须好像也湿了。离那个东西越来越近了，姜秀山越看越觉得，那个黑黑的东西，有点儿像黄志勇呢。

他看得没错，那就是黄志勇。

这家伙竟然还活着，这让姜秀山没有想到，还以为他早就不在了呢。

姜秀山和黄志勇，已经有五十多年没有说过话了。除了姜秀山和黄志勇，还有好多人也相互之间几十年不说话呢，比如李夺印和王三牛，刘成万和刘成祥，比如杨巨财和杨登科，张水财和袁大锁……至于女人们之间，那就更多了，复杂到连她们自己也常常会迷糊不清。

姜秀山来到地头边，看着黄志勇说，你还活着？

黄志勇说，那当然，可要活呢。

姜秀山说，我以为你早就死了。

黄志勇说，放心吧，你死了我也死不了，我一定会死在你的后面，虽然你没我大。

这倒是实话。姜秀山想着黄志勇的岁数，肯定还没有一百，但九十好几是没问题的。

五十多年前的一天，他也是这样扛着一把锄头，正要往地里去，也是正走到这一带的时候，却不料半路上被黄志勇叫住，让他不要下地了，即刻收拾收拾，去后草地买马。

后草地？好差事呀！不仅能出去见见世面，每一天的工分还会额外多出一倍半。姜秀山除了意外的懵懂和惊喜，压根也没有想过这么好的差事怎么会轮到他，怎么会落到他的头上。记忆像一根干硬而又粘连枯萎的肠子，已多年堵塞，坏死，不通任何一点音讯。忽然有人提来了水，小心地灌进去，很快就湿润了，很快就又通了，一条发白的羊肠小路渐渐地浮现了出来……那些天，姜秀山感到心里被一些叫不上名字的东西胀得满满的，躺着和坐着的时候就不必说了，走路的时候身上也是沉甸甸的，甚至平常地咳嗽一声，也会有东西飞出来。幸亏没有多少人认得，即使看见了也往往会因为不认得而不加理会。姜秀山感觉自己走路捡到了一个金元宝，又怕人知道却又无比地想让人知道。本来想过了清明再走，但是黄志勇说不行，得赶快去，趁着他们那边还冰天雪地的时候，草料也越来越稀缺越来越紧张的时候，要是等人家那边的草再长起来，草绿了，水也清了，那就全完了。于是，就在当天，午后的后半截，他们就沿着那条发白的羊肠小路上路了，路两边的草不断地被丢下，渐渐地越走越远。

　　路上，姜秀山问同行的马小六有对象了没有，马小六说丈母娘还没出世呢，等她出世了才能再考虑这个问题。姜秀山就笑，笑着翻过一道梁，眼前又是一道更大的梁，除了天上飞着的鹰和地上他们三个人，方圆以内再没有任何能走能动的别的活物。鹰像是几件黑色的棉袄飘浮在天上，马小六看了一眼天上，告诉姜秀山说，将来要是能像你一样找到一个人尖子，这辈子就没白活。姜秀山让马小六的这话惊着了，好半天回不过神来，先是忽然肚子痛，后来又脖子疼，因为他从来没有觉得自己家里的那个女人会是别人眼里的人尖子，马小六说并不是他一个人这样看。姜秀山问还有谁也这样看，马小六说那可多了，大家差不多都这么看。他们走着，看见月亮如同一个赤红的苹果一样挂在天上，才发现已经到了后草地。真的就和黄志勇说的那样，遍地什么也没有，就一些稀薄的荒草，还都让冰雪压在下面。地上没有水灵灵的果实，只有天上才有那么一个赤红的果子，满天上也才只有那么一个，那也还得必须要到了夜里才有，而每天夜里都会有牛羊冻死或者饿死。这一趟，一去一回，有四十多天，虽然中间也吃过不少冻死的羊肉，可是等到回来的时候，姜秀山还是瘦得鬼一样。一进门，看见女人像一个水灵灵的白萝卜一样站在地上，想起一路上马小六的话，就比原来格外留心了一些，这一细看，意外地发现果然还很有些姿色。以前怎么没发现呢？姜秀山不知道，也说不上来，只听见附近什么地方在一个劲地敲鼓，声音咚咚的，既响又不响，既不是年节，又没有庆祝，怎么会有鼓声传来？要不是别人先发现了，他可能至今也还糊里糊涂地啥也不知道呢。他想起一件类似的事，有一天，住在旁边的三鬼他们家来了一个人，非要用一百块钱买他们院子里的一块瓦。就孤孤单单的一块瓦，很多年了，一直盖在鸡食盆子上，鸡吃完食以后就用它盖上，是防野狗来偷吃鸡食的，前些天还咣当一声掉在地上，差点儿打碎了。听来人这么一说，想起一甩手给出的那价格，想到那二者之间的悬殊，三鬼他爹瞬间就警觉起来了，脸上的皮肉顿时收紧，部分头发唰唰地站起来，嘴边的胡子也原地跳了起来，就觉得那块长期以来一直盖在鸡食盆子上的瓦很可能有些来历或说道，立刻就把那块上面溅满了鸡食和鸡屎的瓦简单地清理了一下，然后拿回屋里放进了一个柜子里，并用一堆旧衣裳严严实实地压住。姜秀山觉得，他的女人很有点像是三鬼家的那块瓦呢，当然要比它好得多。以后的一些夜里甚至白天，时常会隐隐约约地听见有人在叫他的名字，看时，却又什么也没有，不是黑洞洞的夜便是白晃晃的天。走到街上或者地里，三五个人站在一起正说着什么，看见姜秀山来了，立刻就什么也不说了，或者另外起个头，说起一件别的事。姜秀山讪讪地站在旁边，眼前的几个人虽然都熟得不能再熟，却发现自己已像个陌生的外人，甚至异类，瞎蒙咕咚地闯进来，把别人正在进行的一件事活生生地打断，掐灭。一个人，反应再迟钝，再不灵敏，只要时间长了，也总能多少嗅到一点儿什么。回到家里，墙上有影子在电影一样疾走，看见她正从镜子前撤退，衣角飘扬，头发黑亮。现在的她，不梳头脸上不抹油就不出门。

这是当年春天的事。秋天过了一多半的时候，姜秀山又一次被派往后草地去买马，这一次由于对方不缺草料，所以很难缠。还有的每天喝得醉醺醺的，谁也不理，天塌地陷也不管。他们得捕捉时机，侦察情况，看见一清醒了便赶紧堵上去谈判，商议，因为很可能稍微一耽搁一错过，人就又不见了，所以他们在后草地耽搁的时间就更长，有六七十天，比春天那次多出近一个月。姜秀山和黄志勇是从什么时候开始不说话的呢，好像就是从姜秀山冬天回来以后开始的，并不是突然就不说了，而是慢慢地减少，一次一次地减少，一次比一次少，越来越少，越来越少，到第二年春天的时候，好像就完全没有话了，就不再说了。姜秀山平时一个人站在院子里，有时嘴里会突然蹦出一个字：狗！或者——驴！女人要是正巧要出门，夹带着满身的脂粉气往街门口一走，正巧就看见好像是黄志勇的身影才从巷口那里闪过去。

五十多年过去了，他们好像是今天才第一次开始说话。姜秀山看见黄志勇银色的胡子还只剩下一小把，头也比过去缩小了不少，小得尤其明显，又干又小，像一个被忘在墙角里的小南瓜蛋子，原来的那个头多大呀！但是黄志勇挂着一把小镢头，说他还能一镢头刨开一个坑。姜秀山一眼就看出黄志勇那是在瞎说，在给自己壮胆，也是在吓唬别人，让人不要把他看成是一个没用的人。姜秀山想，我一锄就能把他锄倒，让他再也站不起来。面对严重缩小了的又比他大了好几岁的黄志勇，姜秀山忽然发现自己很强壮很有力气，这是从来没有过的。

姜秀山对黄志勇说，你圪缩得够厉害的，我差一点没认出你来。

黄志勇说，你不也一样嘛，还说我呢。

姜秀山认为黄志勇又是在瞎说，自己圪缩了，还要把别人也拉上，让别人也和他一样。

姜秀山说，你成了一个干核桃了。

黄志勇说，别以为你不是，你也是。

姜秀山说，还是那么霸道，老虎死了，架子还不倒。

黄志勇说，我好歹还有个架子，你呢，连个架子都没有，可怜哩。

姜秀山对黄志勇说，她到死也没承认。

黄志勇说，那种事，女人们哪会承认，所有的女人都会不认账。

姜秀山说，不承认就没事啦？不承认也没用，反正我知道。

黄志勇说，既然你啥都知道，那还问啥。

姜秀山说，那不一样，那能一样？

原来的那个头多大啊！有人曾经不止一次地目测过，放在眼里掂量过，说黄志勇的那个头，如果割下来放到秤上称，少说也有二十斤，闹不好会更多，三十斤？四十斤？有这种头的人往往也总是离权力不远或者最近，黄志勇就是一个最好的例子。另外还有张鼎山、王大光、彭铁梁等人，也都能很好地说明这个问题。姜秀山有些愣怔地站在地头边，好半天怎么也不能把眼前的这个干核桃一样的黄志勇和原来的那个头大得像斗一样的黄志勇重叠成同一个人，首先尺寸就完全对不上，大的大，小的小。如果说原先的那个黄志勇是一件刚刚缝制好的宽大的袍子，那么现在的这个干瘪老头就是一身洗刷过无数遍的缩水缩到不能再缩的早已枯朽的短打，他像一个缩小了的影子一样印在原先的那个宽大的影子上，如同一个人的小拇指旁边悄无声息又浑水摸鱼地长出来的那第六个小指头。黑漆漆的夜，昏暗暗的灯，姜秀山听见门吱儿——的一声，有风进来了。他记得那本来是一个有月亮的黑夜,快吃晚饭的时候,月亮就已经出现在东山顶上了,圆圆的、黄黄的,像一张有些模糊的猫脸,俯看着下面。地上虽然不能说是明晃晃的,但是至少也不黑,可是后来却忽然没有了,黑暗全面铺展,网一样张开。那是怎么回事?记得很小的时候就听人们说过,说月亮要是看见了人间的羞耻事,虽与她无关,也会羞得把自己的脸捂起来,要是来不及捂,就直接躲进云彩里去了。

住在姜秀山他们前面的倪永清的女人告诉人们,说他们家的布票让耗子拖走了几张,实际上是她另有用处。倪永清说,它们要那做啥?也去买布,给自己或一家大小做衣裳?

后来在黑洞洞的街上乘凉的时候,姜秀山对愁眉不展的倪永清说,你也不要太麻烦,人世间尽这种鬼事。

姜秀山并不是借着黑夜随便说说的,也不仅仅是在宽解倪永清,他是有感而发。那时候他刚刚意识到一些原来不曾留意过的蛛丝马迹,很多不清不楚的谜一样的东西,很多看不明白也想不明白的东西,有的铁板一样死死地压着,有的露着缝隙。发现这人世间真是要多幽深就有多幽深,要多复杂就有多复杂,谁一不小心要是踩空了,往往连叫喊一声都来不及。

黄志勇说,她不告诉你,那我来告诉你。原来不能说,现在能说了,好多事情就像药,经过了这么多年的存放,也早就过期了,失效了。

姜秀山说,失效了?

黄志勇说,对,你觉得还没失效?她都不在世了,你觉得还没失效?

姜秀山说,她不在世了就失效了?我不还在吗?

黄志勇说,你?你觉得你能算个啥吗?

姜秀山说,你觉得我不算个啥?

黄志勇说,我不和你抬杠!你算不算啥不重要。我只想告诉你,那个春天,那个秋天,是她这一辈子最快乐最幸福的一个时期。当然不只那两个时候,后面还有,我都记不清了。

姜秀山呆呆地看着黄志勇,忽然发现已插不上嘴,忽然发现自己原来根本不会吵架或辩论,这会儿只有黄志勇一个人在那里哗啦哗啦地流着,哗啦哗啦地说着,快要把他淹住了。

黄志勇说,你不是一直都想知道嘛,今天我就全告诉你。

黄志勇说,她很会唱呢,没给你唱过吧?你从来也没有听过吧?

没有,这可是从来也没有听说过的事。姜秀山先是吓了一跳,接着又呆呆地想,平时在家里好像连哼哼一句也没有过呢。姜秀山好像问过她,她好像说不会。不会就不会吧,他想。

梅家窑好像有戏呢,你不去看吗?姜秀山一回来就把从外面听到的这个消息告诉了她。

她说,不去。

不去?为啥不去,他不知道,也并没有去再想。梅家窑只有二里地,一抬腿就到了,好多人平时哪天都得打几个来回。那时候他的心粗得像筛子,连她说这话时脸上是一种怎样的表情也不懂得去看,更不知道。实际上,即使是看到了,也是白看,因为他看不懂,更看不出什么来。只知道干活,外面干了不算,回来还要继续在院子里鼓捣那些破烂农具。即使一把刀,也要哧哧地磨上半天,菜刀磨得像镜子,镰刀磨得如月牙。有时候看见她在镜子前站着,甚至一站就是很久,就想女人们真麻烦,真不知道有什么好照的,不认得自己了吗?

黄志勇说,你没看见她越活越年轻?那就是最好的证明。就凭你家里那点儿粗茶烂饭,能让她变得那么年轻那么漂亮?那不是你的功劳。和你在一起,她只是觉得活得没意思。

就按照他说的,就算他本人一点点功劳也没有,就算家里那些粗茶烂饭也同样一点点功劳也没有，那么，是什么让她越活越年轻呢？他不知道，真的不知道，也真的说不上来。

黄志勇说，除了会唱，她还会跳呢，这你更不知道吧？更从来也没有给你跳过吧？

什么？除了会唱，还会跳？这不大可能吧？不可能！这绝对是黄志勇自己编造出来的。

姜秀山说，给你跳过？

黄志勇说，那当然，没跳过我平白无故编这做啥？

黄志勇说，一回到你们那个家，她就把最难看的衣裳换上，难看的褂子，难看的裤子，更有的时候头也不梳脸也不洗，别的你不知道，这经常在你的眼前上演，这你总知道吧？

哎？对呀，他这说得好像也挺对呢，狗嘴里有时候也能吐出几句像样的正经话，事实也好像就是这样呢。他背着一捆山一样的草从外面回来，隔着窗户看见她的脸好像肿着，眼睛也有些虚浮，身上的衣裳当然也不好看，从背后看，要是光看她那身衣裳，说是一个四五十岁的女人，也不是瞎说她也不冤枉她呢，不过他早就已经习惯了。因为她常说在自己家穿啥不一样，这说得难道不对嘛，好像也挺对呢，好多人都这样呢。那天他去宋财旺家，一进门，险些又原封不动地退回去，是宋财旺家里的那种空气一进来就给他一个迎头痛击，把他打退的：宋财旺本人不用说，才劳动回来，自然是一身又咸又湿的汗味；炕上的两个小孩子呢，都是一身的尿臊气；至于宋财旺的女人芳芳，身上也不知是一种什么味，身上的衣裳，尤其胸前那块，污漆麻道的，一看就很脏了，他是硬着头皮才硬进去的。一边往里进一边想，这女人这是咋了，也不知道洗一洗？后来宋财旺还要留他吃饭，吓得他说完事一溜烟就出来了。

黄志勇说，她也很有劲，两条腿把人夹住，就像被蟒蛇缠住一样，这你知道吗？噢，你要是从来没叫她夹过，从来没让她缠过，你肯定也就不知道。

确确实实，这事姜秀山不知道。先不管黄志勇是不是在胡说，首先可以肯定的是没有这样的事，因为姜秀山从来没有见过。按照她那种一贯一本正经的性格，姜秀山不相信她会像蟒蛇一样把谁缠住，绝不可能。是的，这一定又是黄志勇这老狗在胡编，说的是另一个人。

姜秀山说，反正她已经死了，你就一个人编吧。

黄志勇说，我算是看出来了，凡是你没亲眼见过的，你都认为是编的，假的，是不是？你真可怜！你也从来不相信地球是圆的吧？

确确实实，这事姜秀山也从来都没有相信过。那么多的村庄和城市，那么多的人，那么多的水，那么多的山，真要是圆的，总有一些会粘不牢掉下去。无数个年头过去了，听说过有什么东西和人掉下去了吗？

黄志勇说，再跟你说一件事，她胯那儿有一颗"红豆"，这你总见过总应该知道吧？

轰的一声，姜秀山觉得眼前有大火着起来了，其间还有啥东西炸响。灼热的火焰跳跃着围了过来，最前面的那些已经缠绕着上了他的身，又从身上来到脸上。姜秀山觉得自己已经被烧伤了，疼痛处流出了亮晶晶的油，他不由地往后退了几步，看见放火的黄志勇就在对面。

确确实实，这是真的，姜秀山知道，这一点黄志勇没有胡说。

那种地方他也见过？那个红色的小点，那可是包裹在她那条短短的内裤里的，要是不脱下她那条短短的内裤，就连她本人也看不见呢。她说，你先去院里等我，我换完衣裳就出去。姜秀山就知道她这是要大换，从里到外的换，不是平常的小换，就拿着要出门的包袱在院里等着。看见铁锹倒了，过去扶起来，看见地上有几根草棍，又弯下腰捡起来。她娘家那边的一个侄女要出嫁，他们将在她换好衣裳以后就上路，前去贺喜。

天气预报说最近这几天没雨,可是雨哗哗地下着,远处的地里水蒙蒙雾腾腾的。姜秀山站在湿淋淋的屋檐下接雨水,趁着雨水叮叮咚咚地流进桶里的那个时候,他对她说,要不等天晴了还是去一下医院,让人家医生给看看,要是能割就割了它。说的就是她那颗"红豆"。

她说不去。

窗户开着,她坐在里面,手里正绣着一个东西,说不去的时候,她连头都没有抬一下。

黄志勇说,原来这都是秘密,不能叫你知道。她身上还有一个开关,具体在哪儿你也不知道哇?平时关着,可只要一摁那个开关,她整个人就发动起来了,她常说她一伸手就能摸到云彩。

你摁过?

你说呢?

姜秀山嘴张了一下,要说什么却没有说出来。

你要是非说我没摁过,那就算没摁过。

黄志勇看着姜秀山,脸上显得宽宏大量地笑着。

姜秀山想说却又没有说出话来,是因为他从来就不知道她的身上还有一个什么鬼"开关",就像黄志勇说的,具体在哪儿他也不知道,更不知道那指的是啥。人身上咋会有开关?

黄志勇看着他,笑着,手上做了一个摁开关的动作。姜秀山看见了,姜秀山好像听见叭的一声,很清脆地从对面传来。

确确实实,有人往姜秀山的手里吹了一口气,姜秀山事后回想,那有点儿像是一种道法甚至一口仙气呢。那口气来到手里以后,姜秀山就觉得手里沉甸甸的了,手腕上也顿时有了劲。姜秀山手一硬,忽然把手里的锄举了起来……黄志勇跟着就把头伸了过来,嘴里说着,来,你来——有种照这儿打!你没种。一边说着,一边又用头去撞姜秀山的胸前。

　　远处和近处都没有人，姜秀山听见附近有树叶在唰啦唰啦地响，远处有狗在叫。

　　姜秀山回头看了一眼不远处的村庄，看见有一股力量穿过整个村子，像个破衣烂衫的孩子一样，破烂处如翅膀，满头大汗地从村口那边一路跑来，一来了就直接钻进了他的手心里。

　　姜茂顶正在他自己的院子里站着，姜秀山来到门口，把他叫出来，两个人走到一个没人的地方后，姜秀山对姜茂顶说了快晌午的时候发生的事。尽管姜秀山事先曾提醒他让他不要怕，但是在简单地听完那件事情以后，姜茂顶的脸还是一下就白了，接着又变得又紧又硬。

　　姜秀山来叫姜茂顶，是想让姜茂顶去把黄志勇埋一下，因为他没有埋，也因为没有铁锹，只是把黄志勇推到旁边的一条没有水的水渠里以后又在黄志勇的身上苫了一些杂草和树枝。

　　姜秀山对姜茂顶说，事先没想到要用铁锹，我当时要是有铁锹我当时就埋了。

　　姜茂顶摇着头说他不去。姜秀山说，不去就算了。

　　姜茂顶说，大爷，看您这事做的，唉，这……

　　姜秀山说，唉啥！这一回，把他消灭了，我也就再没啥牵挂的了。

　　姜茂顶说，您真是想不开，消灭他做啥？您看他那样儿，不消灭也快完了，顶多一两年。

　　姜秀山说，你是说一两年后等他自己死？那不行，他自己死了那不算，那等于我啥也没做。

　　姜茂顶说，您这正好，人家瞌睡，您立马给个枕头。不都是个死嘛，非得死在您手里？

姜秀山说,你不知道,他不瞌睡,还说他寿数长着哩,可要活呢。我就不信这个邪,我看他咋活。他能顺顺利利活到现在,那是因为从来没有人闹他,要是有人闹他,我看他咋活?

姜茂顶说,噢,别人谁也不去闹他,就您去闹他?

姜秀山说,别人闹不闹我不管,我和别人不一样,别人不闹,我也得闹他。

姜茂顶说,我的大爷,您连这也听不出来?他那是在成心气您呢,让您发作让您犯法呢。

姜秀山说,不对,你说的不对,他是把我看扁了,一辈子看扁我,认为我不敢。

姜茂顶说,这还不是上了他的当了?看扁就看扁去,他看扁怕啥!他现在那样活着和死了有啥区别,一点儿区别都没有,出来进去理都没人理,就只剩下他一个人出出气,胡乱走动走动。大爷,你还在意一个死人咋看您吗?他想咋看就让他咋看去,扁的还是圆的由他去。

姜秀山说,问题是没死,明明就是还活着嘛。你不懂,你不知道一辈子让人看扁的滋味。

姜茂顶说,咋不懂,谁没有让人看扁过。

好像什么地方有一头牛,很是悲伤沉闷地叫了一声。

姜茂顶返身朝他自己的院子里走去,姜秀山以为侄儿是被吓跑了,实际上姜茂顶是回去取铁锹,然后准备去村外的那个地方把人埋了。到这时为止,姜茂顶还没有真正看到黄志勇呢,他想象不出此刻那里到底是一种怎样的情形。他拿着铁锹出来,看见姜秀山还在外面站着,就让姜秀山先回去,不要在街上站着。姜秀山看见姜茂顶拿着铁锹,就很听话地回去了。

按照老头子先前的描述,姜茂顶出了村,走了一会儿就到了那个地方。姜茂顶没有到地头边去看,因为姜秀山说是在水沟里,说一开始是在地头边,但是人不动了以后被他推到了旁边的水沟里,就沿着水沟一点一点地看,一开始还真是没看出什么来。姜茂顶边看边想,事情做得还挺仔细的,他这么留意地找,猛一下还没找到,从这附近路过的人绝对更什么也看不出来,更不会想到有一个人躺在树枝和杂草的下面。第二次重新开始仔细寻找的时候,一开始还是没有什么发现。后来有一个东西让姜茂顶忍不住多看了两眼,走近了低头再一看,看见是一只穿着鞋的脚,姜茂顶顿时就站住不动了,知道找见了。实际上,这只脚姜茂顶第一次的时候就看见了,只是没有理会,以为是一截树根或一块石头,一晃就过去了。姜茂顶用手里的铁锹把那上面的杂草稍微扒拉了一下,果然看见下面是一截小腿,裤腿上全是土。姜茂顶没有再继续往上扒拉,知道不用再看了,这就是黄志勇。姜茂顶把铁锹拄在手里,听见自己的脸上发出一阵沙沙的响声,他朝四周看看,四周没有人,不远处的路上也没有人。

姜秀山问姜茂顶,路上碰见人没有?

姜茂顶说没碰见。

确确实实,去的时候没有碰见一个人,后来回来的时候也没碰见一个人。

那时候天已经快黑了,姜秀山和姜茂顶坐在屋里,烟雾从他们两个人的中间穿过,又在他们的头顶上面盘旋着,绕着,就像一团解开后的绳子。姜茂顶从外面进来的时候,正好有一只虫子从屋里向外面走,姜茂顶没看见,一只脚迈进来,只是听见脚底下传来嘭的一声。姜茂顶告诉姜秀山,坑挖了有一人深,别的先不敢说,至少犁地的时候是肯定犁不出来的。

姜秀山说，犁就从他的脸上过。

姜茂顶说，离他的脸还远着呢，没有人能犁得那么深。

姜秀山又问，有没有人张罗着寻他？

姜茂顶说，没听说。村里一个人也没有。

姜茂顶刚坐下，忽然又站起来，像是炕上有钉子。接着又心神不宁地坐下。

姜秀山说，看你毛毛神神的。

姜茂顶说，我倒是不想毛毛神神呢，可是没办法不毛毛神神。

姜秀山说，那还不简单，不想毛毛神神就不要毛毛神神。

姜茂顶说，那能由我嘛，要是能由我那就好了，不由人呢。

姜秀山点着一支烟，吸了一口，外面好像有人说着话往远处去了。

姜茂顶说，大爷，这一回您可是把我害死了。

姜秀山说，有你啥事？人是我打死的，又不是你打死的，别往自己头上揽。

姜茂顶说，咋能没我的事，那人是谁埋的？

姜秀山说，埋一下也算？

姜茂顶说，唉，您这老汉，说您胡闹您还不承认。

姜秀山说，胡闹也就这一回了，一辈子也就胡闹这一回了。

姜茂顶说，您还想要几回？我觉得警察们迟早要来。

姜秀山说，来了我就跟他们走，不来就算了。

姜茂顶说，那我呢？您走了，我也跑不了。

姜秀山说，别怕，我这命早就不值钱了，大爷不会把你说出去的。

姜茂顶说，大爷您今年八十几？

姜秀山说，有八十七八了吧。

姜茂顶说，您说的是虚岁吧？

姜秀山说，虚实有啥区别，再虚能虚到哪去？我也该走了，我可不像他说自己可要活呢。

说到走，姜秀山忽然想起了那两只燕子。

两只燕子又走了，它们就住在姜秀山的院子里，姜秀山发现它们有了孩子以后和没有孩子的时候是一样的，每天都早出晚归。他好几回把一碗粥放在地上，等着它们来吃，可是它们一次也没有吃过，只是飞来飞去，好像连那碗粥看也没看一下。它们怎么不下来吃，你知道是咋回事吗？因为它们从一开始就没觉得那是给它们的，放上一百年，也永远和它们无关。

姜秀山对姜茂顶说，我要是走了，那两个燕子要是回来，别忘了给它们在院子里撒点儿米，给它们喝粥也从来不喝，好像不喜欢喝稀的。

姜茂顶说，尽胡闹！谁见过燕子喝粥？燕子不喝粥。您是不是还想给它们炒两个菜？

姜秀山说，我没说要给它们炒菜，我自己还不炒呢。

姜茂顶说，您好像有那个意思呢。

姜秀山说，那就给它们撒点儿米，我就说给它们撒点儿米嘛。

姜茂顶说，好像米也不吃，只吃它们自己捡到的，不吃别人给的。

姜秀山说，你撒上，让它们自己下来吃。

姜茂顶说，撒也白撒，撒了它们也不下来捡。

姜秀山说，奇了怪了，那它们从哪儿捡？

姜茂顶说，具体咋捡我也没见过，我想只能是到地里，梁上，崖畔上。

姜秀山说，我算是看出来了，说来说去你就是不想给它们撒。啊，我想起来了，你和它们有过仇，你拿棍子捅过它们的窝。

姜茂顶说，唉，看您这老汉，啥不好听就说啥！好好的说着说着就又说起这种事来了，那是年轻的时候，不懂事的时候，我发誓从那以后我再没有做过那种事。

看见姜秀山的一张嘴黑洞一样朝着他,姜茂顶就又说,行,不就是撒一把米嘛,我撒就是了,至于它们来不来吃,那我可没办法,它们不听我的,我也叫不下它们来。

姜秀山说,不早了,你也回去吧。

姜茂顶就往出走,走到外屋的时候,看见一把锄挂在墙上,就觉得这应该就是那把打死了黄志勇的锄。当下就听见眼前一阵叮叮当当的乱响,连眼眶也在通通地跳。姜茂顶停住,想了一下,又返回去对姜秀山说,那锄您还不扔了,又拿回来做啥,嫌证据还不够吗?

姜秀山说,往哪儿扔?我还有用呢。

姜茂顶说,我顺路把它扔了吧。

姜秀山说,不能扔,夏天用锄的地方还多呢。

夏天?还有夏天吗?还能有几个夏天?姜茂顶一边往出走一边心里想。听见脚下传来啪的一声,接着又噗的一声,知道又有虫子被踩住了,前一个干硬,后一个饱满、圆实。再一次路过那面墙的时候,他想看看锄头上有没有血,却因为外屋黑黢黢的,什么也没看见。上前闻了一下,并没有闻到血的味道,当然也更没有黄志勇的味,只有一股他熟悉的铁的味道。

当年这房子和院子刚建起来的时候,也是新崭崭的,屋里全是梁椽和门窗释放出的木头味,当然还有新生活一样的油漆味。院墙也有一人半高,砌墙的石头都血气方刚,有棱有角,天不怕地不怕的愣头青一样。愣头青怎么了?再愣,再生,也得立正,也得列队,也得接受教育和凿打,按照规则和尺寸,一块一块垒起来,外面再抹上泥和白灰,被包在里面,慢慢地也就没了脾气。所以院墙一直都有,只是后来好像越来越低了,一年比一年低，常有狗不声不响地跳进来，当然是大一点的，小狗娃子还不行，只能在外面一遍一遍地抓墙，看见别人进去了，就急得哇哇地乱叫。小狗不知道有门，实际上凭它们的身型，完全能从门口那儿钻进来。现在院墙最低的地方，鸡也能进来，翅膀一扇，连飞带跳地就进来了，满院子里到处乱走，捡东西吃，有时甚至还嘣嘣地啄他的鞋。也有时好像并不饿，在墙头上站着或者卧着，用一双圆圆的小药片似的眼睛看着姜秀山，姜秀山闲的时候也会看着它们，相互打量着。

第二天，有风，有麻雀，红嘴的鸦在不远处王老虎那个没人烟的院子里的一棵树上唱着。黄蓝两种颜色的阳光也早早地来了，一来了就网一样铺好，支开。姜秀山坐在门前，一个外表像蛐蛐一样的东西又从他的脚前路过，姜秀山低头看了一下后说，又想哄我？门儿也没有。

就在他重新坐直的时候，忽然看见那个东西嗖嗖地往前面去了。他张大嘴，像是噎住了。

咚的一声，姜秀山把从山上背回来的一块石板放下，他准备用它来盖在新院子的水道上面，这样下雨时院子里就不会积水了。因为秋天到来的时候，十九岁的姜秀山就要娶媳妇了。

媒人带着那个姑娘还有她的一个姨姨此刻就在他们的屋里，她们这已经是第三次来了。

屋里有生人在，姜秀山一直不敢进去，更不好意思进去，一个人站在院子里，用指甲抠着墙上的土。他爹出来，看见他在抠墙，就说他，别抠了，再抠墙就塌了。看你那点出息。

2019 年 3 月 15 日

阴山南麓

1

"老乡，请问这是阴山吗？"

"不知道。"

"怎么会不知道呢，你们不是就住在这山下吗？"

"听不懂你们的话哩。"

一老一小，站在一条长满蒲公英和水稗子的路边，老的手上挽着一个大包袱，小的可能只有两三岁，手里竟然也提着一个小篮子，篮子里不知放着些什么，上面用一块旧花布盖着。看出那几个人还有话要问，老的忽然扯起小的，慌慌张张地走了。听见那个孩子说：

"姥姥，鞋里进去沙子了。"

"走快些，等到了你二姨家再说。"

一转眼，就看不见那一老一小了。视线尽头只是灌木、庄稼，再过去就是那山。

两辆汽车，六个人，三男三女，一出现，一下车，就把这个苦寒的地方给惊醒了，照亮了。鸡叫了一阵儿，从院子里飞到墙头上，拍着翅膀，那种像是白内障似的眼睛不知看着哪里。狗汪汪地叫着，却又不敢真的上前去，六个鲜亮的人尽管眼生，也不是那么可怕的，可他们身后的那两辆虎虎生威的越野车让它们感到畏惧和惊骇，这可能也是它们一直不敢扑上去的真正原因。刚一开来的时候，连地都在震动，摇晃，还有一种从来都没有闻到过的气味，全都轰轰隆隆地压了过来，这也就不难理解，几分钟前还一直以为自己不会飞的鸡们，为什么都一惊一乍地上了墙头。

一个魁梧的男人拿出一张地图，展开后看了看，接着又看看面前的山，对同行的另外几个人说："没错，就是这里。"

"老乡们真愚昧呀，"另一个人说，"世世代代住在这里，却不知道自己身在何方。"

"他们不需要知道。"一个女的说。

正是午后，迎着太阳打量，山像是镀了金，只是镀得不很均匀，有明有暗，有深有浅。地上，山间，开始有各种影子出现。

"这山上应该有动物吧，怎么什么也看不见呢？"

"它们应该是害怕了，知道姚总来了，隋教授来了，孙菲女士来了，都找地方躲起来了。"

"隋教授的隋是哪个隋，隋炀帝的隋？"

"正是，不然还能是哪个隋。"

"我还以为是随便的随呢。"

"帝王究竟算哪种人呢？最能随便的人，还是最不能随便的人？"

远远地看见一个人喘着气跑过来，在两辆黑亮黑亮的车前停住，笑着说：

"大家好！我是这个村的村长，欢迎大家来观光。"

2

客人们拿着照相机四处活动去了,村长开始找人给他们张罗晚饭。

有两只鸡还愣愣地站在墙头上没下来,村长过来过去的时候,它们就用它们那圆圆的眼睛看着村长。看得村长心里有些毛,有一回就停下来,看着它俩说:

"别看,一会儿就吃你们呀。客人点你们的名呢。"说完,还朝它们笑了一下。

这么多年,他还是第一次发现鸡的眼睛竟然那么圆,像圆珠笔前面的那个白圈圈。又想到,这可能是它们在所谓的故乡生活的最后一个下午了。

四个女人,三个男人,都是来帮忙做饭的。大锅、大勺、铜盆、塑料盆,葱、蒜、辣椒,在门前摆了一地。又让人在几棵白杨树之间拉起两根绳子,万一来雨,很快就能变成一个棚子。又在柱子上挂了两个灯笼。

听见那边的油锅滋啦滋啦地响了起来,在不断飘过来的油烟里,村长产生了一种过年的感觉。不过,很快就又发现那是一种错觉,因为过年总是和冰雪和寒冷连在一起的,而眼下正是暖和的夏天,山上的树绿了,有的地方的草已有半人高。

一个女人忽然惊叫了一声,头发被火焰燎了一下。村长过去看了一下,说:

"挺好看的,卷得弯弯曲曲,省得你专门去烫头发了。"

另外两个女人,一个在和面,一个在切菜,都哧哧地笑着。

大约快五点的时候,两个男人开始捉鸡,他们问村长要捉几只。村长想了一下后说,他们六个人,其中三个还是女的,有两只足够了,一只熬汤，另一只和土豆炖在一起。

捉第一只的时候很容易，因为那只鸡还一直站在墙头上，像是睡着了，所以他们一回身就捉住了，正是村长先前与它说过话的那只。第二只本来也在墙头上，但看到第一只被捉以后，就跳到了院子里，又飞又蹦，咯咯地叫着，怎么也不愿意被捉住，一度还上了树。从杏树上被捅下来，又飞到了一棵李子树上。后来又掉进一个水盆里，湿漉漉地爬出来，飞一样地从那几个做饭的女人中间穿过，溅了她们一身一脸的水。几经折腾，身上也掉下不少的毛，鸡毛到处乱飞。村长分别从自己的头上和肩膀上捡到好几根鸡毛，拿在手里看了看，对那两个仍在摸爬滚打的人说：

"看看你们两个，连一个鸡也捉不住，还能做成个甚？平时还总不满意，总觉得是社会埋没了你们，社会埋没了你们吗？"

两个人都没有作声，看那样子更像是根本就没有听见，他们一个蹲着，一个弯着腰，大气也不敢出，正从不同的方向慢慢地朝那只鸡围拢过去，向它接近。

看到那情况，村长不仅马上闭了嘴，不再数落，就连自己喘气的声音也变小了。同时，他还向那几个干活儿的女人示意，尽量不要弄出太大的声音来。

鸡终于被逼到一个墙角里，再也没有希望跑了，喉咙里咕噜了两声后，闭上了眼睛。一个人上去摁住，又把它的两个翅膀交叉着扭到一起，拎了起来，说：

"叫你不听话！叫你再跑！"

拎着鸡走到一个正在拣沙葱和野蒜的女人身边，问："水热了没有？"

"早就热了。"女人低着头说。

就去杀鸡，杀完后放进一锅热水里，准备褪毛。

村长叫住另一个刚才参与捉鸡的人，低声说，晚上我想给他们吃新土豆。新土豆？这时候哪有新土豆？对方有些迷惑不解地问道。村长说，你不是种了十来亩嘛。对方说，我是种了，新的也当然比旧的好，问题是还不到时候。这会儿才六月，要再过两个月才能吃，你又不是不知道。村长说，不白吃你的，人家会付钱的。对方说，这是钱的问题吗？付钱也不能吃，不到时候。这个时候，就是皇帝来了，也没办法给他吃，要杀要剐只能由他。你要不信就去地里刨一窝看看，最大的也才只有核桃那么大，还又麻又水。你要是不怕把那几个人麻死，不怕人笑话，我这就给你刨去，他们才能吃多少，有一垄足够他们吃的了。

说着，伸出一只手在村长的头上摸了一下。

"干甚？"

"我想摸摸你是不是在发烧，说胡话。当了干部，连季节也不分了。"

村长很快就发现是自己的不对。啊，真是忙昏了头，和发癔症差不多呢。这季节确实还不到吃新土豆的时候，也许往南面的地方行，但他们这里却无论如何也不行。想起来它们刚开过花不久，还正在生长，那遍野的小白花也就是前两天的事。

既然新的还不到时候，那就只能给他们吃旧的了。想到这里，村长又对那几个女人说：

"把山药的皮都去掉，去干净，别像在你们自己家一样，皮也不去，就直接扔到锅里了。"

几个女人没有说话，也没有人理他，因为就在他说那话之前，已经有一个女人在给土豆去皮了，她的脚边已堆了不少削下来的皮。

一个女人问他："你今天不开会？"

他看了她一眼，正要说什么，一回头，却猛然看见那两辆汽车的周围不知什么时候聚拢了十来个孩子，有的用手在车身上和玻璃上摸，还有的把脸贴上去，好像在听什么声音。还有两个老人，也在车前站着，手里都拄着棍子，其中一个手搭凉棚，正透过玻璃往里面看。

村长相信，再有十分钟，也许根本用不了十分钟，车一定会被弄坏。这感觉一出现，他就听见他的脑子里传来一阵房倒屋塌的声音。没有人用东西在他的头上打他，袭击他，但他却看见眼前金星乱舞，有数不清的绣花针一样的东西在飞来飞去，两三根绑在一起，跌下去了，又升上来了。他揉了一下眼睛，看见还有零散的金星粘在手上。他跑过去，大声地说道：

"不敢摸，摸坏呀！都离这车远一点儿！"

他乍开两只手，弓着腰，赶鸡上架一样轰着那些孩子。驱散了小的，剩下两个老的。村长对他们说：

"您俩人给他们起个带头作用，去那边晒太阳多好。要是再能捎带着给他们讲个故事，把他们吸引住，那就更好了。"

"已经坏啦？"一个老人问。

"没坏，"村长说。"这不是怕坏了嘛，坏了还了得？这么两个大家伙，这要是给人家闹坏了，咱们一村人绑在一起也赔不起呢。"

两个老人愣了一会儿，然后就都走了，一个往东，一个往西。

3

一个女人对村长说：

"没酱油了。"

"你家里有没有？"村长说，"回去拿一趟，到时候和你的工钱一并算。"

女人从凳子上站起来，摘下围裙，说：

"俺那可是好酱油。"

"赶快回去拿去吧，"村长说，"我也没说你是赖酱油。"

回去拿酱油的女人很快就从坡下消失了。一直坐在旁边，先前参与捉鸡的那个男人先是冷笑了一声，然后对村长说：

"每天喝糊糊，你相信她家里能有好酱油？"

"人家刚才在的时候你咋不说？"村长说，"你甭管她。你到半山腰去一趟，把那桶泉水提回来，估计接了有多半桶了，一会儿炖鸡，沏茶，全靠它了。"

"一有个事，就总有人要浑水摸鱼。这会儿的人们，我算是服了他们了。"

先前参与捉鸡的男人自言自语地说着，慢慢地站起来，把一件衣服拿在手里，离开院子，下了坡，穿过一片稀稀落落的杨树林和杨树林那边的莜麦地，沿着山脚下的一条小路，朝山上走去。村长站在这边的院子里，能看到他上山的样子，走得不是很积极，像是在不情愿地一下一下地往前拱。那件衣服一会儿拿在手里，过一会儿又出现在肩膀上，一下都没穿过。

就这样儿，还想当支委呢。村长注视着那个越来越远，越看越渺小的背影，在心里想道。等哪天真的当了，可能就再也用不动了。

村长望着对面的山，一点儿都没变，几乎还是他小时候见过的模样，从来也没觉得它有什么特别的，不料近些年却不断地有人专门大老远地跑来看，拿着照相机到处咔嚓咔嚓地乱瞄，乱拍。从那时候起，他发现，一个东西，一种事情，如果前一百年，前几十年，一点用处也没有，后面的年份里就很有可能会派上用场。那么，同样的道理，如果前面的年月里风光过了，热闹过了，到后面也就很有可能会一年不如一年，一出溜到底，很可能会变得连狗屎都不如，看都没人多看一眼。他想，这可能就是所谓的风水吧？前半年到你家，后半年去他家，一圈一圈地转着。这中间，无数个年头里，似乎还有一双高高在上的眼睛一直都在看着这一切。

山上的光线正在变深。

荞麦已经开花，满地的红秆绿叶。

荞麦像是青绿的湖水，风一吹，绿浪滚滚，燕子、石鸡、白头翁、画眉，在那涌动的麦浪上面飞来飞去。

不知什么时候，一个戴草帽的人出现在村长的面前，向村长说了一件事，也就是三两句话。村长听着，眉心处开始抽搐，渐渐地拱起一个疙瘩。后来，村长就和他相跟着一起走了。

4

晚上六点多钟的时候，那六个人陆陆续续地都回来了，他们看见村长正站在桌子前等着他们。桌子看上去很大，是用两张桌子拼起来的，上面已摆了茶壶、茶杯。

他们开始解除身上的东西。六个人，至少有十个照相机，村长看得有些傻眼，为甚要用那么多，一人一个难道还不够用吗？其中更有一个照相机，把村长吓了一跳，又大又重，有一个猪头那么大。村长用自己的目光给它称量了一下，没有二三十斤，起码也有十几斤。而且，村长越看越觉得它像极了一个猪头，尤其是镜头凸出来的那一截，酷似猪嘴的部分。

一个长得很好看的女人对村长说：

"空气真好,你们一定能长寿。"

村长笑笑,刚要说什么,那女的又说:

"我拍了你们的莜麦地、胡麻地,还有山上的青杨树,青杨树比竹子还漂亮呢,看——"

说着,朝着山麓的方向,举起相机,让村长看。村长心里一惊,他们又去胡麻地了?刚要凑过去看,但对方身上的一股浓浓的香水味飘了过来,像一道看不见的铁丝网,把村长隔在了网的那一边。村长尽量歪着头,表示自己在看,其实却什么也没看到。他又不敢太靠近她,唯一的收获只是鼻尖上多冒出一层汗。

那时候,夕阳正在坠落的途中,把山上的那一面映得通红,而站在山的这一面看,山峰的边角呈现出黄铜或赤金的景象。有羊群正从山上下来,在山间的细窄处走成一条弯弯曲曲的白线。等到了较为宽阔的地方以后,先前那道弯弯曲曲的白线开始断裂,散落。坐在院子里的桌子前朝山上观望,感觉那群羊并不是从山上,而是从天上一路斜坡下来的。

树下一字排开六个脸盆,盆里有清水,旁边还搭着谁也没有用过的新毛巾。看着他们洗完了脸,村长就叫人往桌子上端菜。

"喝啤酒哇?"村长征询他们的意见。

他们说好,这时候只想喝啤酒。

随着一阵通通的脚步声,两个年轻的后生扛来四捆啤酒。酒打开,倒满,白沫子溢得到处都是。几个女的一边尖叫着躲闪,一边用纸巾擦手,擦腿。座中有一个人叫小聂或是小宁,村长始终没听清他的名字。叫小聂或小宁,其实也不小了,四十三四的样子,和村长的年龄差不多。这个叫小聂或小宁的人说,他的车上还有二锅头和干红,如果有谁想要喝,可以随时去取。但没有人表示要喝。

太阳落下去不久，天稍微黑了一会儿，月亮就又升起来了。村长正要合闸，打算让灯亮起来，被众人阻止住了。他们说不要灯，就在月光下喝酒，说话，没有比在月光下喝酒更好的了。村长也就不再坚持，心想不亮灯更好，还省电呢。本来电线下午就已经拉过来了，上面坠了两个二百瓦的灯泡。

"古人就是在月光下喝酒的。"那个叫姚总的人说。

众人都点头称赞，又说了一些浪漫，意境高远之类的话。

月光下，没有古人，却有六七个村里的孩子七高八低地站在一边看着，村长发现后，就过去驱散他们，让他们各回各家吃饭去。

还有好几只狗，先是在树下蹲着，看着，等后来开始吃饭的时候，就也开始活动，兴奋无比地摇着尾巴，在人的身后和桌子下面窜来窜去，寻找着想吃的东西。一个女的忽然惊叫了一声，说有一只狗在舔她的腿。

"它用舌头舔我。"她显得楚楚可怜地说道。

"这话说的，既然是舔，那就只能用舌头，"那个叫姚总的人说，"不然你让它用什么？用别的还能叫舔吗？能用爪子舔你吗？"

众人一阵大笑。那个女的说：

"姚总最坏了。"

小孩子可以驱散，几只狗却很难赶走。村长像是和它们捉迷藏，打游击一样，不断地驱赶着喝喊着它们。村长瞅准一个机会，踢了其中一只狗一脚，并警告道：

"不准舔客人的腿！"

也不知是不是刚才舔人的那一只，平白无故地挨了一脚，又钻到桌子下面去了。那个被狗舔过的女的摸着桌角的黄铜包钉，忽然说：

"这桌子不会是古董吧？"

"那也说不定,"那个叫隋教授的人说,"在这种地方,天高皇帝远,一个喂猪的槽子,喂鸡的碗,装小米的坛子,都有可能是古董呢。"

村长站在旁边笑着,不说是,也不说不是,而是在不断地提醒他们,要他们多吃羊肉,羊是他们来了以后才现杀的。但是,让村长没想到的是,有一个皮肤稍显黑的女的,却是一个吃素的,什么肉都不吃,除了不想杀生,更觉得不洁净。她提出想吃一碗干净的白米饭,可是却没有。村长对她说,我让她们给你单独做一碗面吧。素女伸出一根手指,强调说:

"记住,是素面。"

众人喝酒说话的过程中,村长兴冲冲地走过来,除了端来一碗素面,另外还有一盘土豆泥,都是专门为她做的。但是,吃素的女的看了看,说,算了,我还是吃面包吧。

为什么?连其他几个人也都觉得不解。原来,素面里放了葱花和芫荽,而土豆泥里面拌了当地的沙葱和野蒜,原本都是为了增色和提味的,却没想到正是这几样东西坏了事。素女乘此机会向大家宣讲修行知识,她解释说,葱、蒜、芫荽、辣椒,虽然不是肉,但却属于"小五荤",同样不能吃的,吃了人就会不洁净。

村长觉得自己遇到了一个从未遇到过的难题,他坐在一块石头上,捂着脸。他在想,到底该给她弄点什么吃才好呢。后来,他抬起头,看到了她脚上的高跟皮鞋,她挎着的皮包和腰间的一条装饰用的宽皮带,按常理,她的衣服下面应该还有一根真正顶用的窄皮带。那些东西,难道都是用纸做的吗?如果都是真皮的,那一切又该如何解释?他觉得自己有些糊涂了。另外,一个人,每天开着汽车来来去去,难道真的就比一个吃肉的人要洁净得多?

月亮像一个明晃晃的银盘，挂在村子的东边，位置很低，更像是这个村子里自己的一件东西，悬挂、寄放在附近的天上。那个叫姚总的人歪着头看了几次，后来对众人说：

"真奇怪，在这地方，月亮好像离人间的距离更近一些。"

"没错，我也早就发现了，"被狗舔过的女的说，"和平时的那个不一样。"

"等再过两年退休了，住在这里也很不错。"隋教授说，"盖两间房，种一亩地。"

"那你来哇，"村长对隋教授说，"到时候我要是还当着村长，我帮你批地基。"

后来他们又说起了别的，有的话村长插不上嘴，就那里站着，众人笑的时候便陪着他们一起笑。有一阵子，他觉得衣服的后面被拽了一下，以为是哪一只狗在扒他，便回手打了一下。不料，刚打完，就又被紧紧地拽了一下。正要看个明白，就听见隋教授对他说：

"村长同志，有人找你呢。"

他回过头，看见村里的马焕正站在他的身后，刚才反复拽他的正是马焕。看到马焕的那张有胡子的红脸时，他忽然想起了什么。

"走，咱们找个地方去说。"他低声对马焕说。

5

他们走进院子拐角的一间西房里，一个老人正在炕的一侧躺着。村长说：

"海叔，您睡您的，我们说点事。"

"六月天吃羊肉，自古以来也没这种事呢。"老人说，"都是冬天,过了小雪才杀羊。"

"客人们非要吃,能不满足他们吗?"村长说,"我也知道时令不对,可现在不讲那些。"

老人翻过身去,脸冲着墙,听不清在嘟囔什么,好像在说有什么东西乱了。

"你把俺家锁锁给抓起来了?"马焕呼哧呼哧地喘着气说。

"谁说的?胡说八道。"村长说。

"那人在哪儿?这么黑了还没回去吃饭。"

"我让宝宝和六六看着他呢。"

"好好的为甚要看着他?"

"好好的?好好的我能找人看他吗,钱多得没地方花吗?就因为要看他,宝宝和六六一人还要挣三十块钱。本来一开始还想要五十呢,硬让我给压成三十。"

"俺不管你几十,俺只想知道为甚要把他抓起来?"

"还问呢,今天,要不是知道得及时,制止得及时,你那宝贝儿子就给你捅下大娄子了。"

"甚的大娄子?"

"他要拿刀砍人呢。"

"要砍谁?"

"就外面吃饭的那几个人。"

"为甚要砍他们?认也不认得。"

"他们来的时候,他们的车压了你们家的胡麻。我去看过,压确实是压了,不过就压倒两垄,而且有的已经又重新直起腰站起来了,应该还能活。真正压倒的,其实也不多,要是榨油,顶多能榨半碗油。就算是半碗,一碗油,锁锁他就至于要砍人嘛。"

"谁说他要砍人?他们不是都好好的吗?"

"唉,你这种当爹的,就知道你会护短,都已经提着刀出来了,要不是拦得及时,这会儿说不定已经出了人命了,你就哭去哇。"

"他不敢,俺知道他,他也就是嘴上说说。今年春天,有一回还叫唤着要砍他二姐夫哩,砍了吗?至今也没有呀。前些天,还和他二姐夫两个人相跟着去了一趟锡林哩。"

"非得真砍了你才信?他说要砍他二姐夫,可能有他砍的原因,至今没砍,也一定有没砍的原因,今天没砍,不等于明天不砍。有你这种爹,这样的老丈人,他二姐夫被放倒,可能也只是个时间问题。"

"听你的意思,俺那儿好像没救了。"

"说老实话,我一看见他就头痛。"

"你先别头痛,你到底把他闹到哪儿去了?"

"哪儿也没闹。"

"总得有个地方哇?大队办公室?地窖里?"

"在杨巨财家的南房里。"

马焕听了,转身就往外走。村长说:"你可不敢把他放开啊,到时候他再拿着刀出来,你们父子俩要负全责。"

但是马焕好像完全没听见,等村长紧跟着他来到院子里以后,马焕早已经不见了。

清白的月光下,那六个人还在喝酒,说话。

"村长同志,"那个叫姚总的人招手叫道,"过来喝一杯酒,抽支烟。"

6

他喝了一杯他们递过来的酒,喝完后他们又给他倒了一杯,白沫子又溢到了桌子上。他习惯性地本想低头用嘴吸溜一下,觉得流了可惜,又怕他们笑话,便临时改用手,把那一堆白沫子捋到地上。一个眉毛又弯又细的女人给他扔过来一张纸,湿湿的,还很香。是她自己的纸,他想。村里的小卖部没有这样的纸。

那个被狗舔过的女人和隋教授分别往两边挪了一下,给他在中间让出一个位置。他坐下后,他们又给他点了一支烟。他其实不大会吸,但为了和他们说话,与桌子上的气氛相适应,他还是尽量咝咝地吸着。不过,吸着吸着,他忽然不再敢吸了,因为他看见那个皮肤微黑的吃素的女人手里拿着一把扇子,冷着脸,一下一下地扇着,每次烟雾快到她那里时便都迅速改变方向,往别人那里飘去。那时候,他想,人生最幸福的是什么?就是永远也不要和这样的女人在一个桌子上坐着。他注意到,那个被狗舔过的女人反倒是个随和善良的人。

"当村长几年了?"坐在他旁边的隋教授问他。

"三年了。"他说。

"哦。是上面任命的还是选的?"

"算是选的哇。"

"这还不错。"隋教授接着向其他人说,"有的地方,一当就是二十年,三十年,统治得像国王一样,滋生黑暗那是必然的,想不黑暗也不行。"

"咱们这位村长同志可不像那样呢,"那个叫姚总的人说,"你们看他的这件衬衫,穿了有两三年了吧?"

"有两三年了。"他说。

"我还有一个发现，"被狗舔过的女人说，"他系着皮带，但里面好像还有一根红裤带呢。"

这一回，他像是被抓住了把柄，发现了什么见不得人的隐秘，被说得更加有些不好意思了，用手挠着头说："今年逢九哩，虚岁四十五，家里人非让系一条。"说完后他想，这个女人怎么能看到那条红裤带呢，是弯腰的时候，拿东西的时候，不小心露出来了？

那个眉毛又弯又细的女人向他打听一个传说，好像就发生在他们这里，就在村东的那个湖上。一个戏班子，赶在关城门前进了一座城里。一名鼓师因为拉肚子没有赶上，被留在城外。天亮，发现自己睡在水边，就是他们村东的那片湖水。他说，那个传说他也听说过。不过，那不叫湖，他们这里的人们都管它叫海。

叫小聂或小宁的说："海？那也能叫海？"

"那有什么稀奇的，"被狗舔过的女的说，"干旱地区，一个水泡子也常被叫作海。"

"在没有水的情况下，"隋教授说，"一滴眼泪就是一个湖。"

"都别吵吵，我还没说完呢。"眉毛又弯又细的女人说，"以后，每逢月明风清的夜里，水面上就会传来乐曲的演奏声，却只有丝竹箫管，没有鼓声。村长同志，你听到过湖……哦，不对，应该是海，你听到过你们海面上的那种演奏吗？"

"没有。"

刚说完没有，他就后悔了，他悄悄地掐了自己一下。真是愚蠢呀！还他妈村长呢，其实却连个话也不会说。你就说你小的时候，童年的时候，曾经听到过水面上传来的那种演奏，那又能把你怎么样呢？能让你少一条胳膊还是缺一条腿？不，什么都不会缺。你那样说，只会有好处，坏处却一点点也没有。县长乡长，他们不是多次说过嘛，若先天不足，没有名胜古迹，故事、传说、神话，也是一种资源呢。上个月的三干会上，还给那些有文化的秀才们布置任务呢，让他们创作神话故事，以引起外界的注意。现在，人家自己主动问到一个，你却还含含糊糊。其实你那样说了，只会为你们这个偏僻闭塞的苦寒之地加分、增色呢，只会让你们的那个所谓的海更多一层幽深的神秘。这中间有什么坏处嘛，一毫一厘也没有呢。唉，人要是过分老实了，恐怕就不能叫老实了，可能只能叫愚蠢。

他低着头掐了自己一会儿，等再抬起头的时候，一下就愣住了：马焕不知什么时候竟又来了，顶着一张赤红的脸，正站在他的旁边。

他站起身，拉着马焕，又朝不久前去过的那间西房里走去。

7

还在窗户外面的时候，马焕就看见他的儿子锁锁坐在炕的中间，另外两个人，宝宝和六六，坐在不同的两个方向，三个人谁也没说话。村长没有说假话呢，锁锁确实没有被五花大绑，但是，锁锁的两个手腕上却各拴着一根绳子，而绳子的另一头，分别握在宝宝和六六的手里。一看见眼前的情形，马焕就都明白了，这就是怕锁锁跑了。

马焕想起以往看过的戏，戏台上的犯人有时候就是这样的呢，用绳子拴着，走来走去。不过，要比起林冲，比起那个叫苏三的女子，锁锁手腕上的那两根细绳子真不算个什么，既没有扛枷，也没有被那种白亮白亮的铁片子锁着双手。

"锁锁，"马焕对儿子说，"你饿不？想喝水不？"

"不饿，不喝。"锁锁看也没有看他。

"想不想去茅房？"

"不想。"

"去尿一点儿哇,小心憋坏了。"

"你想去你去。"

连着碰了锁锁好几个钉子,马焕一时不知该有些说什么好了。后来,他又问锁锁,如果他现在去找村长,马上把他放开,他能不能乖乖地跟他回家,不再拿着刀出去?锁锁的回答很干脆:"不能!只要放开他,他一定还要拿着刀去找他们。"

马焕在地上转了几个圈,想不出任何一个办法,就又来找村长了。

刚一关上门,马焕就对村长说:"唉,犟死了,咋说也不听,还要动刀。"

"所以说不能放他。"村长说,"我就担心你把他放出来。"

"俺也不是不明事理的人呢,他真要把别人砍了,他也活不了呢。"

"你才反应过来?你这个儿,也该想个办法了,不能老是这样,外面一来了人,他就闹这么一出。你还记得不,去年夏天,县里周部长的女儿来玩,人家公主一样坐在车里,他呢,把他那张破脸贴在车窗上使劲往里看,硬生生地把人给吓哭了,发誓以后再也不来了。人家不来了,他舒服了?这要搁在四十年前,不用公安局出面,公社武装部就把他收拾了,一绳子捆得他小鸡一样,扔进黑房子里,不给吃不给喝,看你还老实不老实。"

"上面三个姐姐,就他这么一个小子,是有点把他惯坏了。"

"他老这样,以后谁还敢来?咱们这个地方,也就这两天,草青了,树绿了,才有人来。等到了冬天,白毛旋风一刮,冷得连嘴都张不开,谁还来,请都请不来呢。"

"平时俺们也经常教育他哩。"

"就你们能教育了他?外面有人来,对各家都有好处呢,人家又不白来。比如今天,羊是武兴旺家的,鸡是王贵家的,就连酱油都是于彩霞从她家里拿来的,这些都是要付钱的,这不是好事?就说今天,你家要是有独一份的东西,比如说龙肉,我也一样敢给他们上,那价钱得是羊肉的多少倍?"

"你净说没的,俺家哪有龙肉?"

"我就是打个比方。可是,你家锁锁却是一个不折不扣的破坏者。幸好一拨一拨的人们之间互不认识,也不通音讯,要是通着,那就全完了,没一个人会来。你就没想过让他出去闯闯,在外面找个事干?"

"闯闯?闯不起哩!俺就这么一个儿,万一有个三长两短,那咋办?你忘了宋喜的二儿子,也说要出去闯闯,结果出去没一个月就死了。那几天,俺眼皮子老跳,耳朵里总听见一句话:叫你乱跑,叫你再闯!那话要不是老天爷说的,就一定是阎王爷说的。"

"你咋净看那些不好的例子呢?闹好了的,成功了的你都不看。"

"俺不想让他好?依俺的心思,俺还想让他以总统主席为榜样哩,可那能挨得上,榜得起吗?人得实际。就像你,你是村长,你最多能把乡长当成你的榜样,能干到他那个水平就已经不得了啦,你总不能把省长当成你的奋斗目标哇,啊?北京热闹不热闹?上海大不大?再热闹,再大,那和咱又有甚关系?蛋的关系也没有。"

"谁说让他去那种大地方了,小地方,眼前也行嘛。我有个主意,让他到硫黄沟煤矿去哇,我的一个连襟在那儿管点事,我要和他一说准行。"

"德龙,俺就那一个儿,你让他去硫黄沟,那不是绝俺的后吗?"

"你这是甚的话,那么多人在那工作,难道都是成心去送死的?"

"可俺就是怕呀,就是担心呀。"

"那就哪儿也别去了,就留在村里祸害哇。"

"听你这话,俺家锁锁好像是一个炸弹?"

"你没觉得他有点儿那个意思吗?"

"他炸过?他也没有真的炸过呀。"

"炸弹,并不是因为爆炸了以后才叫炸弹,没爆炸以前,也叫炸弹,没有别的名字。"

"德龙,好口才哩!怪不得那年能选上村长。"

"讽刺我?我也是让你们逼的。我做这些图了个甚?人家在那里大吃大喝,可我到现在连一口水都没顾上喝。今天一天,好几家都有收入,有我一分吗?你儿子闹着要杀人,为了看住他,宝宝和六六一人还要挣三十块钱,那六十块钱到底从哪儿出,我都没想出来。"

"人是俺家的人,那六十块钱俺出。"

"你能有这份心就了不得了。"

"锁锁说你骂他是二不愣,神经圪蛋。"

"你是他爹,你公心一点儿说,他是不是个二不愣,是不是个神经圪蛋?"

"唉,是肯定是哩,可这要是叫开了,怕连个对象也找不上呢。"

"你以为是今天才开始叫的?人们一直都在那么叫他,恐怕只有你这个当爹的不知道。"

8

月亮已经升高,他们还在喝酒,说话。

村长在旁边站了一会儿,终于瞅准一个插话的空隙,问他们晚上的住宿如何安排。那个叫姚总的人说,给他们安排三间房,其他的就不用管了。

两个女人关心能不能洗澡,村长说没问题。那个皮肤微黑的素女问能用山泉洗吗,最好是泉水。村长面露难色地说,用泉水恐怕不行。要是四十年前来,那一定没问题,别说洗澡,撑船都不是个事。那时候的泉水从半山腰涌出来,像一根柱子一样,每天哗哗的,日夜不息,堵都堵不住。现在呢,你说它没水吧,它还有一点儿,说它有吧,却只能慢慢地滴答。在下面接一个木桶或者铁桶,一天一夜的时间,差不多能滴满一桶。

说完这话以后,村长看到三个男人倒无所谓,但那三个女人的脸上都不同程度地掠过一层阴影般的失望,这让村长心里也有些歉疚和不好受。他对他们说:

"不过,你们放心,等你们走的时候,每人给你们带一桶泉水。"

"你拿什么给我们带?"两个女人刚要说好,那个叫小聂或小宁的对村长说,"一天一夜才滴答一桶,我们六个人,那不得要滴答六天六夜?"

"我说的桶,"村长说,"不是我们平常接水用的那种大木桶,那也没法带。我说的是一种白塑料桶,专门装水用的。"

"能有一饭盒吧?"叫小聂或小宁的人冷笑着说。

村长也听出了那话里的揶揄之意,不过没往心里去,只是笑着说:"比那多。"

一时间,忽然有些冷场,凄清,坐在清白的月色里,竟有一种冰凉沁骨的感觉。那个眉毛又弯又细的女的交叉起两只胳膊,抱了一下自己的肩膀,她的脸在月色里变得更加雪白。村长有些吃惊地看着,脸真白呀!感觉宛若仙人。心里想,自幼在这山脚下长大,见惯了皮糙肉厚,身材没样儿的女人。在他们这个地方,人与人没什么太大的差别,所谓的不同，也无非就是表妹比表姐年轻几岁，三姐比二嫂顺溜一些。

忽然，眉毛又弯又细的女的吃惊地说道：

"你们听，有演奏的声音，好像就在他们的那个海面上——"

众人便都屏住呼吸开始仔细谛听。过了一会儿，那个叫姚总的人应该是听到了什么，但是却说："可能是谁家电视里的声音吧？"

9

夜已经很深了，村长才开始回家。

六个人，三间房，三男三女，他们到底怎么睡呢？

一路上，村长的脑子里都被这个问题占据着。月亮停在正中，到处都青蒙蒙的。路上没有遇到人，草丛里不时传来蛐蛐的叫声，青蛙在看不见的地方嘎嘎地叫着。

六个人，三间房，如果一人一间，就会有三个人没地方去，显然不对。大家都聚在一起，让另外两间房空着？更不可能。三个人一间，六个人两间，又有一间会被空下，那又何必多要一间？

从海边的那个沙窝前经过的时候，他猛然拍了一下自己的头。愚蠢呀！怎么能说自己从来没有听到过海上的那种演奏呢，明明听到过的呀。有的老年人也听到过，他记得，他们管那种演奏的效果叫深吹细打。他的眼前浮现出一个多年以前的情景：三个七八岁的孩子，就坐在这个沙窝前，好像就要睡着了，在昏昏暗暗的天色中，迷迷糊糊地听见有笙管笛子的声音在前面细声细气地吹奏。感觉有两扇门很快就要在水面上打开了，就要有人从那门里走出来了，却一直没见打开。

也许后来打开了，但他们可能早已经睡着了。

六个人，三间房，最合理的安排就是两个人一间，可是，剩下的那一男一女又该怎么办?

回到家里后,他还在想。后来,他的脑子里忽然哗地一亮,像是有一扇窗户打开了,他觉得自己终于知道他们要怎么睡了,他坐在那里笑了。

他的外甥女,十五岁的女中学生小慧,做完功课后从里面出来,看到他的那种神情,说:

"舅舅,你笑得很猥琐呢,想到什么了?"

2014 年5 月14 日

青纱帐

1

桃花开过了，河水回黄转绿，风里已满是夏季的暖意。

卖花盆的越来越多了，他们站在碧色的柳丝下面，露出瓦一样的脸。

在没有汽车和摩托车的时候，走在某些寂静的小街上，有时会听到一种低远而琅琅的清音，——那就是从乡下来的卖花盆的人，他们守在街道的一边，小心翼翼地敲击着自己的货色，让它们发出引人驻足而又不含炫耀的声音，他们敲花盆的动作比平时在家里打孩子的时候要轻得多，甚至比抚摸女人的时候还要轻上许多；后者是揉搓兼报复，前者则完全是渴望，是一心一意的忍耐与翘首期盼。当然，也有人从来不敲，一下也不敲，一声不吭地坐在路边。

如果从一开始就蒙上你的眼睛，剪去你的来处，不让你目睹你所处的环境和去处，你也完全不知道自己在哪里，有一个人领着你，或者你独自一人从一条行人稀少的两边垂挂着藤萝的小街的尽头一路走来，一路仔细听去，你仿佛置身于熏风拂面、钟磬吟鸣的古代。

假如没有这样的时辰，注定我们不会相见，即使不小心遇到，也定会擦肩而过。

2

卖花盆的人拉着一车出窑不久的花盆，离开身后那个乌烟瘴气的城市以后，一个人在寂静的郊外慢慢走着。所谓的郊外其实也不寂静，不过比起那些塞满了人的街道就非常人少了。

慢慢地，后来路两边的地方就渐渐地宽阔了，再后来逐渐就有了原野，原野里开满了黄白两种颜色的金盏花，清风吹着，路边明亮的水沟里一会儿游动着棉花似的云彩，一会儿又飘满了金色的光泽。变得真快呀！卖花盆的人边看边想，好像比换一件衣裳还容易呢。

卖花盆的人是被盘踞在城里的一些蛮横的同行们驱逐出来的，他们不允许他拉着花盆在城里出现。已经有很长一段时间了，这个乡下的人对于某些规矩还是弄不明白，有些事物于他也颇生僻而遥远，就像太硬的食物，不能在他的肠胃里得到必要的消化一样，它们也难以深入到他的记忆里去。比如，常听见有人说很棒，他却至今也不明白什么叫很棒，啥叫加盟。

这些天，他养的一头骡子病了，所以他自己拉着车载着花盆出来卖。骡子在家里养病，卧在阳光下，浑身发烫。他听人说，大牲畜，连睡觉都是站着的，一卧下就坏了，这让他很担心。卖花盆的人拉着车走一段路，眼前就会不知不觉地拱起一道光滑如水的脊梁，定睛看时，又什么都没有了。再走一会儿，那东西就又虚虚地有了，一闪一闪地浮现在前面的路上。

另外，还有一种无中生有的喘息，那种气喘吁吁，大汗淋漓的声音隔一会儿就要来一次，卖花盆的人感到很奇怪，不知道那是什么，就一边走着，一边前后左右地朝四处看着。

车上的花盆，最大的直径接近一米，最小的也有普通人家的饭碗那么大。有一个头脑活泛的人曾对卖花盆的人建议，用各种颜色的油漆将所有的花盆全部刷新一遍，那样一来，出手将会更快，光看外表首先就赢了，人是衣裳马是鞍，品相一上去，你说什么价就是什么价。

卖花盆的人是个没主意的人，平时无论谁对他说一句什么，他都要仔细掂量摇摆，然后决定采纳或者不采纳，这一次他没有听那个人的话，是因为他算了一笔账，油漆所花费的钱让他吓了一大跳，太胡闹了，太过分了，他想，不能那样干！别人掏钱买花盆就够意思了，怎么还要雪上加霜，给花盆滚上油漆，再描上金线？除了折寿，那能有什么好结果？把花盆装扮得像出嫁的新娘一样，种花还是看它？他这人其实很保守，但是他从来没觉得自己保守。

平常是骡子驾着车，并没有觉得出门有多么辛苦，现在，卖花盆的人拉着一车花盆，每遇到一些坡度，他都会感到无比吃力，事实上真应该少装一点。他感到自己一路上不断地出汗，又不断地被风吹干。下一辈子，说什么我也不能投错了胎，转生成一个骡子啊马呀！卖花盆的人边走边想，那会有受不完的罪：吃草，拉车，驮重物，挨鞭子，被人骑，遭人喝骂，最终很可能还躲不了那一刀。现在活在世上的牲畜们，它们的前身是谁？肯定都是有前身的。

在那些平坦的路上，卖花盆的人拉着车一溜小跑。远处的青山和炊烟寂静而缥缈，有些树是红色的，像是用一粒一粒的沙子粘起来塑成的。有人在不远处的一个水塘边钓鱼，从那个死挺挺的似乎很难说话很不通情理的背影看上去，应该是一个脾气暴躁的胖子。

卖花盆的人住在乡间的一座旧院子里，家里没有一盆花。他的母亲活着的时候，曾养过一株叫白玉棠的花，却并不是种在花盆里的，而是种在院子里的，就在窗户前面的那块地里。白玉棠，母亲一直都是那么叫的，至于真的是不是叫白玉棠，叫得对不对，他就不知道了。

3

昨天晚上，卖花盆的人心神不定地在自己的院子里走来走去，从外面回来后，他很想给自己的那头病中的骡子打一针，但转来转去一直下不了手。他把借来的注射器握在手里，另一只手插在裤兜里。过了一会儿，他感到自己的手心里冒汗了，注射器也开始变得湿漉漉的。

那时候，附近院落里的一些羊在微蓝的夜色里咩咩地叫着，它们刚从田野上回来，正在无序地团团乱转，很像是一群没有接到任何命令的士兵，互相吵吵嚷嚷地转着，来回挤着。

卖花盆的人站在昏睡不醒的骡子前默默地看了一阵，然后踩着梯子，扶着院墙向外看。有好几年了，卖花盆的人一直想象住在自己左边的邻居是一个漂亮端庄的女人，年龄大致应该在三十岁到四十岁之间，不会更大，也不会更小，只是不知道她是什么时候搬过来的。

事实上他的左边是一座近乎荒芜的院落，早就没有人住了，原先的门窗也残缺不全，院子里长满了半人高的蒿草，又肥又大的白蝴蝶在草上飞来飞去，还有漆黑的野猫、乌鸦一类的孤独的东西。但卖花盆的人从不这样看，那院落和房屋在他的眼里一直都温馨，幽静，芳香缕缕。乌鸦不是乌鸦，而是一种身体更大一些的吉祥的燕子。野猫也不是野猫，而是一种会跑动的机械玩具，尽管从来没有看到过她的孩子，可是难道她不应该准备一些玩具吗？

卖花盆的人善于说服自己，在一次乃至数次的劝说后，开始默认一些事实。是的，并没有什么特别的原因，一切都只因为有那个女人活动在其间，她的呼吸，她的芳香和美貌，时时吹拂着他，熏沐着他的每个白昼和夜晚。

房子的右边是一片小树林子，一些细白的羊肠小路隐现在那儿。

但是每当夜深人静的时候，卖花盆的人常常自己对自己说："谁说那是一片小树林子？那不是一片小树林子。"是的，那不是一片小树林子，那怎么能是一片小树林子呢？当然不是，那是又一个家庭呢，住在那里的，应该是一对患有失眠症的夫妻，细想起来，他们搬来不觉已经有些年头了。

病恹恹的骡子被他暂时忘记了，甚至连一天来的饥饿和疲劳也忘了，卖花盆的人将自己的身体趴到梯子上，贴着墙头，只露出一双眼睛，向左边的院落里张望着——

服过晚间的第二遍药以后，那个女人从屋里出来，来到窗外的葡萄架下。透过她的窗户，能看到里面的一只余温尚未完全散尽的药锅，不久以前，它在火上突然发出一阵吱吱的响声，像是马上就要炸裂了。她站在门口，手里抓着帘子的一角，不无焦虑地远远地注视着它，她想起了去年冬天的一个下雪的晚上，也是这样的一种声音……这一回，那种吱吱的声音响了一会儿后便慢慢消失了，熏黑的药汤咕咚咕咚地冒着气泡，均匀地起伏着，翻滚着，将深长的药力扩散到四处，又蛇一般从屋里爬出，穿过静悄悄的院子，攀上墙头，把卖花盆的唤醒。

卖花盆的人很相信自己的眼力，如果他的判断正确的话，早在一两个月之前，甚至更早一些的时候，隔壁的这个女人就病了。看见她天天吃药，卖花盆的人感到心焦如焚，又觉得什么忙也帮不上，倒只能一旁偷看，看着那个肤色白皙细嫩的女人每天将那熏黑性苦的药汁不假思索地灌下去，卖花盆的人感到有些不忍，生成这样，却摆脱不了病魔，天天喝药，又有的人长得不怎么样，却又异常健康，世界怎么会是这样？多么不公平呀！多么残酷呀！卖花盆的人想道，为什么偏偏让那么漂亮的女人每天服药，让那些黑汤源源不断地流进她的身体里？长此下去……为什么不让右边隔壁的那一对患有失眠症的夫妻每人每天也来一碗？他们才真正有病，需要镇静，安神，酣睡不醒，不是吗？黑暗中立刻有个声音对他说，懂得什么叫公平嘛，还成天动不动就叫嚷公平，这就叫公平，这才是公平，不圆满就叫公平。

卖花盆的人吓了一跳，仔细再一想，觉得说得在理，心里渐渐地也就不再乱翻腾了。

卖花盆的人站在梯子上回过头朝身后看看，他的院子是清冷的，甚至有些死气沉沉，他忽然感到自己不仅有一头——暂时躺倒了的——骡子，而且似乎还应该有一群羊，这样，他每天出来喂羊的时候，隔壁院里的女人是完全能够听得见的。卖花盆的人将身体贴在梯子上，恍惚中看见自己一边往羊栏前走，一边把筛子里的碎石子捡出去。他端着筛子，耐心地喂它们，嘴里嘟嘟囔囔地说着话，隔壁院里的女人没有听清他在说什么，也许以为他是在责备他那几只羊，埋怨它们在外面放牧了一天，晚上回来还得再吃一餐，使他破费。卖花盆的人在心里对自己说，又其实是在隔着空气和夜色对某一个人说，说没关系，我不在乎破费，几只羊又能吃多少？我养羊不是为了别的，就是为了养着，为了这个院子里有些声音和动静，只要有人能听见我在说话，听见有丁零当啷的日常生活的声音回响在这个院子里，那就行了。

女人会不解地问卖花盆的人，为什么要把筛子里的碎石子捡出去？

卖花盆的人说，倒不是怕它消化不了，只怕硌了它们的牙。

静悄悄的交流使卖花盆的人感到欣慰而充实，他感到自己留给那个女人的印象应该说还是不错的。不是吗？这些日子以来，家里家外接连出了一些事情，他的心境不好可想而知。而他，孤独的卖花盆的人，竟没有倒下，也没有自暴自弃，更没有直接去跳井或者上吊，一直挺过来了，这是最值得庆幸的，那说明他并没有被那不幸的遭遇吓倒，打垮，有时还断不了隔着墙头与她开几句玩笑,而她似乎也很愿意和他说一些事情,说哪个人本身能一尘不染,没有一点儿毛病呢?你若是不注意别人的长处,有意无意地回避他们身上的那些好的东西,你就会烦恼不断,没有一天能有什么好心情。生病能使人冷静地反省自己,这样的降温,这样的拷问审视不是每个人都能遇到,一个在各方面都很得意的人是看不见自己的毛病的。看不见就等于没有吗?在很多人身上还确实就是,一个浑身病菌的人时常觉得自己很干净呢。

每个人都有隐秘的暗疾,甚至肉眼看不到的硬伤。

多少年过去了,卖花盆的人和他周围的人们还是不习惯饮用开水,他们总是喝冰冷的生水,不管什么时候,只要从外面一回来,只要一感到口渴了,他们即会不假思索地摘下挂在瓮上的水瓢,咕咚咕咚地喝上一气凉水,然后一抹嘴就没事了。那可是直接从井里提上来的生水呀!并不是烧开后又晾凉的凉水,但他们不怕,从小就习惯了,从未有过什么顾虑。

有一次,那个女人正在院子里的炉子上烧开水,卖花盆的人踩着梯子,趴在墙头上仔细看着,青蓝的烟雾一会将那个女人团团罩住,一会儿又从那院子的上空透迤而去。

恍惚间,卖花盆的人感到自己的身体热辣辣的,他的一个本家侄子忽然像一只猫一样也出现在墙头上,龇着牙对那个女人说:"你连井里打上来的冷水都不敢喝,还住在我们这个村里干什么呢?不如搬走。"

卖花盆的人吃了一惊,这话正是他要说而又一直不敢说出口的——

"混账孩子!没大没小的!"

卖花盆的人伸手将他的侄子——哪来的什么侄子呀——从墙头上推了下去,隔壁的女人听见那孩子跌倒在地上后"哎哟"了一声,于是便对卖花盆的人说:

"摔着了吧？你干吗使那么大劲？他还是个孩子呢。"

"没教养，他妈的一点儿教养也没有。"卖花盆的人说着，一张脸又重新慢慢地浮现在墙头上。说起那孩子，卖花盆的人对那女人说："听他的？他不够数，生下来就不够数，能有七八成就不错了。"

"你又在跟别人说我傻？"那孩子在墙下尖声说道，"我还要告我妈去。"

"去呀！快回去告去呀！"卖花盆的人说，"她来了我也还是这话。"

4

葡萄架下的阴气很重，站在墙头这边也能感觉得到，有一团一团的黑气在水一样地涌动着，那个女人在那里坐了一会儿后就离开了。有几滴水凉飕飕地落到卖花盆的人手背上。

卖花盆的人的目光像一只蝴蝶一样追随着那个女人，直到她穿过院子，打开街门，站在门口，它仍在她的身边飞舞不息，一会儿附到她的衣服上，一会儿又飞到她乌黑的头发上。

仿佛是一夜之间，街上的树木全绿了，村里村外的荒草和一切荒芜陈旧的东西都在开始隐退。春天来了，初夏到了，连窨子里那些贮存了一秋一冬的土豆也都发芽了。这一带的春天，实际上相当于南边的夏季，四、五月份才开始逐渐返青，回黄转绿。真正的春天里，差不多每天都在刮风，没有什么显绿的东西，人心也依然禁锢在多雪的昨天，少有萌动。田野里蒙着去年冬天的积雪，屋后的背阴处悬挂着长长短短的冰柱。刮大风的时候，整个村子都在黄尘中摇晃，门户频频振响，怪声怪气，彻夜不休，谁能说那是草长莺飞的阳春三月？山中，岗上，旷野里，眼里的绿色只是一种不可名状的绿意，仿佛一种初浅心迹的流露。草木远远谈不上丰茂，肥美，不只是卖花盆的人想象中的那几只羊在外面放牧了一天后吃不饱肚子，所有放牧在山岗上和旷野里的羊群与大牲畜们也全都一样，它们只能在那些地方尝尝鲜，闻闻春天的气息，在徜徉的过程中解决不了根本的问题，因而那也不能叫吃草，只能说是啃青。唯一显示季节变化的是它们身上的旧毛开始褪了，就像一身穿旧了的衣服，日显斑驳而瘦弱，陈旧，天气越热，它们的毛也就褪得越厉害。为什么牲畜们不在冬天的时候褪毛？

有一位老人，今年已经九十多岁了，他的名字叫姚贝贝。为什么牲畜们不在冬天的时候褪毛？姚贝贝老人说，那是大自然的主意，是她一手安排的。另外，牲畜们要是敢在冬天的时候褪毛，那纯粹是自讨苦吃，自寻短见。大自然是一个庞然无际的神，人、牲畜、植物、兽类，可以说一切有生命的东西都是她的叶子和油脂，是她的速度与姿势。她不让牲畜们在冬天的时候褪毛与不让人们在冬天里没有衣服穿是一样的。她把蚕和麻送给人们，又将桑叶和柞树送给蚕，一环套一环，互相搀扶，互相牵连，彼此赖以存活，缺了哪一个都不行，都会形成死结，少了哪一环也不行，都会顿时停止，一切也将不再转动。不妨设想一下，她把五谷蔬果以及肉类都送给我们了，却唯独不给我们盐，不给我们水，我们会怎么样呢？

相当长一个时期内，我们不可能找到另外两种东西来代替盐和水——

有一天他从一个罐子里取了一点盐，摊开在眼前，看着，又舀来一瓢水，放在旁边，这两样每天都要用的每天都离不了的东西让他看了好一会儿，仿佛从来没见过似的。后来，又在想象中开始给羊剪毛，一只剪完，又开始一只，没剪的都在一旁等着。很多人都赞同姚贝贝老人的说法，他也赞同，那老人的那些朴素而令人惊讶的见解也很能使人接受，没有人冬天给羊剪毛，它们自己也不褪，好像也少有人在寒冷的冬天里剃一个光头，除非另有原因。

那女人离开门口，向街里走了一段，好像有事要去哪儿，但是不久又掉头往回走。街上很少看见有人，风里已满是夏季的暖意，沿街有人家的牵牛花已越过墙头，探到了墙外。

树木和花草的香气使卖花盆的人感到振作，他看见那个女人慢慢地在街上走着，不久，他感到自己的身上也有了力气，他活动了几下胳膊，听到关节处的骨头在咯咯轻响。

那也许是个好兆头哩。

卖花盆的人这样想着的时候，那个女人已走过了一处临街的屋子，有好大一阵，到处都没有她的影子，好像在晚风里消失了。后来，她屋里的灯终于亮了，却没有人的身影在窗前伫立或晃动。不是这样的呀！卖花盆的人低声对自己说，以前的情形不是如今这样的。

黑暗中，远处有人在关他们的门，有的很猛，很响，甚至会让人不由得一激灵，只有那些年深日久的门才会吱呀吱呀地叫着，呻吟着，顺着夏夜的熏风一路传过来，一飘就是老远。

卖花盆的人从梯子一下来以后，也关上街门，回到屋里。

一边走，一边又伸手到鼻子下摸，一个时期以来，卖花盆的人经常闻到自己的鼻子下面有很浓的血腥气，他仿佛有一种不祥的预感。卖花盆的人知道自己的鼻子下面没有血，用手根本摸不到，倒是用慢慢的呼吸才能摸到那血腥的气息和味道：腥咸，还有一种腐烂的甜味。

什么也没有，别信那些。

什么也没有，别信那些。

卖花盆的人一遍一遍地对自己说。母亲死后，他忘记给白玉棠浇水，他以为家里只剩下他一个人了,他没想到还有一个会呼吸会生长的生命,几个月以后,白玉棠死了。那天,他一个人正在屋里吃饭,忽然听到外面传来"嚓啦"一声,像是一个人将一张脆响的纸扔了进来,他急忙跑出去,吃惊地看到最后一片白玉棠叶子落了下来,如一片烤得酥黄的烟叶。

……

白玉棠死了,那个女人来了,好像前后脚的事。卖花盆的人操起扫帚,将屋里屋外打扫干净,落叶、尘土和柴草被清除出去。卖花盆的人边干边想,万一她什么时候突然进来呢?

在清理屋里屋外,在做那些的时候,卖花盆的人头一次发现自己的家很乱,很糟,东西随便放,没有次序,骡子在院子当中散发出马的气息,有时还打着响鼻,发出咴咴的叫声。

不过使他略感安心的是,那个女人从来没有走进他的院子,他最怕在他正扫得灰头土脸尘土飞扬的时候,她突然进来。卖花盆的人对自己说,她有病,身材虽然很好,但患的也许正是一种暗疾。再说,一个孤身女人,怎么能随便到什么人的家里去串门呢?那当然不行。

接着就又拷问自己:我是个什么人呢?坏人?没安好心的人?居心叵测的人?

我不是一个坏人。我不是。

仿佛要更正似的,他一边在院子里走动,一边反复对自己解释,强调,洗刷。他发现,要把一个什么东西马上纠正过来,也不是一件容易的事,比搬动一个花盆吃力多了。后来,他就不再想那些了,也不再解释和强调。他对自己说,反正我的心没有坏了,我怕什么!

村里的人似乎都知道那个女人的病。

平时不怎么出门是一个证据,还有那些煎煮过的药渣也是一种证据,门后的长长的过道里堆着她吃剩过的黑乎乎的药渣,不久前刚清理过一次,这几天竟又有了,小山似的。

每隔一段时间,卖花盆的人就看见有一位老中医前来为她诊断。老中医拄着竹杖,留着轻飘飘的白胡子。哪里是倾倒药渣的理想所在?老中医指点道,十字路口,所有的十字路口,任何一个十字路口。那样一来,熙熙攘攘,南来北往的人很快就将你的病带走了。

卖花盆的人心里一惊。

被诊断的女人脸上也显出不自在。一个人的病好了,灾消了,是否意味着会有更多的人要不可避免地接受那不幸的转移,在不知不觉中沾染顽病,重病缠身?这样的主张,这样的祛病手段与医家的原旨未免不令人生疑。老中医一听连忙摆摆手说,多虑了你,咱们的做法谈不上悖反,绝不是嫁祸于人,那不过是把一团压在你心头的云雾驱散,飘向四面八方,让大家替你分担一点儿罢了。南来北往的客,每个人所带走的不过是象征性的轻描淡写的一笔,无论对谁都构不成新的灾难,而对你自己却就显得重要得多了,有时候,这样的一种处置方式比服药本身更为有效……老中医是这一带受人敬重的一位老人,但她没有听他的;谁也不知道她把那么多的药渣人不知鬼不觉地弄到哪里去了,先在大门旁堆一阵,后来就不见了。

卖花盆的人一天要往那里眺望几次,他多么想替她处理那些药渣呀!而她自己又能把它们弄到哪里去呢?即使勉强弄出去了,也未必就说得上有多么妥善,周围一带的地形,去向,对她来说,又未尝不是一种考验。

再有这样的事情,还是让我来吧!夜深人静的时候,卖花盆的人仰望着满天的星斗,一遍一遍地说着,祈求或许愿一样。我会干得很好,连请都不用,只消说一声就行了。他说,不要以为我整天板着脸,我不是一个很难说话的人，不是的；我的骡子病了，我的心有些灰。

十字路口。所有的风声鹤唳的十字路口，多少令人感到有些不安的十字路口，白日里的时候脚步纷乱，喧嚣不息，待到更深漏残的时候，只有冷风卷着柴草或废纸从那里窸窸窣窣地经过。也有的时候并非故弄玄虚。那个老中医就是那种适宜在十字路口一带独自行走的人，深夜出诊回来，脸和衣服被染得灰蓝，胡子更白更软，迎面看到他的人会大吃一惊，吓得魂飞魄散，迷失掉回家的方向。事实上所有的人看上去都像是暗夜里的一个来历不明的影子。

人和人是多么地互不通气，缺乏了解呀！谁说擦肩而过不是一种不幸？

卖花盆的人很小的时候，每到清明节的夜里，便跟随他的母亲到离家门口最近的十字路口去为家中的亡灵烧纸。那时候他们烧纸不说烧纸，而是说"给你姥姥寄点钱去，几个月一晃又过去了，再节省的人也会接不上的。"或者说，"你爹在那边又赌输了，脱不了身。不成器的东西，这回不能给他寄五万了，只给他寄一千，有多少他都得输出去。他活着的时候，我就没见他赢过一回。"……到了十字路口，他们用白粉在地上画好两个圆圈，然后将两份不同的纸分别放进去烧掉。火光升起以后，他们站在一旁看着；如果一个白圈里的纸钞慢慢地向与之比邻的另一个白圈里飘去，那必定是那位身为女婿的死鬼将自己贪财的手伸向他的岳母，争夺属于她的那一份。把一件事情弄乱的，不是风，而是他的手。每逢出现类似的情形，卖花盆的人都会听到母亲急躁不安地对着地上的旋风说，"急死了，看这个不要脸的！"没风的时候，黑色的纸灰慢慢地爬在地上，软软地贴着，一有风来，即开始旋转，转眼远走。

卖花盆的人熟悉这一带的很多十字路口。几乎每年临近清明节的前一两天，他都会听到有一大一小两个人慢慢地在雨里走着，他们低声说着话，缓慢地爬坡，拉着手过河，然后停下来，将手搭在眉心，向远处眺望。眺望过后，又开始走，渐渐地越走越远，消逝在雨里。

5

卖花盆的人停下车，蹲在路边，用一根筷子粗细的小木棍慢慢敲击着一个花盆。开始的一段时间，他只是在漫无目的地胡乱敲着，后来，竟渐渐地沉浸到那种单一的时断时续的清音里去了，仿佛敲花盆不是为了引来买主，而要使自身执迷不悟，深陷其中，越陷越深。

天上的云彩狼奔豕突似的奔跑着，那灰色的云显然要比白色的云凶猛得多，后者像一个娇生惯养的孩子，苍白，软弱，手无缚鸡之力，一触即碎。卖花盆的人一边聆听着清明的瓦声，一边关注着天上的情形。白云太嫩了，不仅幼稚，还相当脆弱，根本敌不过对手，看样子，白云终究要被冲散，化作一些散兵游勇。只可惜天上没有茂密的草丛，没有一个能够藏身之处。那一团一团的灰色的云多么像地上一些可恶的人呀！卖花盆的人忧心忡忡地想道。

天光好像不久前刚刚被水洗过，亮到最高最远处竟是一个耀眼的黑点。卖花盆的人认真盯着看了一阵，眼前渐渐开始发黑，很酸的眼里流出了几滴泪水。恍惚间，他看到那无边的碧色里洇出了一些殷红的血迹般的东西，有些相互连在一起，有的是单独的一片，越洇越红。如果不是一种致命的暗伤，那又会是什么？难道是云霞？是流来流去的动荡不止的彩虹？

忽然有一个人走过来，对他说：

"有直径两米的花盆没有？有多少，我要多少。"

卖花盆的人停止敲击，正眼看着那个人。"你说什么？"他说道。

"我问你有直径两米的花盆没有?"那个人说,"有多少我要多少。"

卖花盆的人听到自己的耳朵里嗡嗡地叫了几声,一些麦芒似的金星在眼前胡乱飞舞,他伸出一只手使劲儿在脸前扇了几下,两米宽的花盆?那得有多大?他都从来没见过呢,他已多少看出那人是在存心作怪,出难题,这以后还不知要怎么呢。于是,他笑着说道:

"瞧你说的,哪来的那么大的东西?全世界也没有那么大的花盆。"

"那是你没见过世界有多大。"那个人说,"我屋里现在就放着那么大的几个。"

"既然已经有了,怎么还要买?"卖花盆的人说,"那要占很大的地方。"

"不够用啊!"那个人做出一副人多势众的样子说道,"不瞒你说,我住的虽然说不上宽敞,可也有三十几间房(卖花盆的人听到这里被吓了一跳),就算不是每间房里都要摆花,那也得一二十个。"

"就是,"卖花盆的人说。"像伙房那些地方就不要摆了,一来浪费,二来……"

"我有七个女人。"那个人娓娓地说出后,卖花盆的人又被吓了一大跳,他吃惊地瞪大眼睛,看着对方,想这是一个什么样的人呢。那个人说:

"她们谁的房间没有养花,都不行,都要怪我,不管白天黑夜,都要找我算账(说到这里,他诡秘而会意地朝卖花盆的人眨了一下眼睛,表示心照不宣,就那么回事),我呢,是一个顶认真的人,我不是一个偏心的和喜新厌旧的人,我既然要养活她们,就要让她们每个人都满意,舒服,心满意足,要让她们每个人的房间里都有一个甚至几个大花盆。"

卖花盆的人蹲在地上,脖子上扬,头歪着抬起,脸朝着对方,饶有兴趣地听着,在那整个过程中,他有时很想插几句话,但又发现什么都插不进去，这让他有些急躁而又无奈。

"我对她们的要求一点儿也不算严，女人嘛，就是那么一种东西，她们喜欢听假话，好话，喜欢甜言蜜语。"那个人继续说道，"她们只有一个义务：每人必须给我生三个孩子。"

又是一件让卖花盆的人为之一激灵的事情，某种程度上，不亚于一声晴空霹雳，一次猛烈的打击。七个女人，每人生育三个孩子……卖花盆的人不禁掰着手指，替他计算起来。

"一三得三，三七……哎呀，难道你是二十一个孩子的父亲？"念念有词之后，卖花盆的人惊讶得叫出了声，"这可太能干太厉害了呀！"

"我是一个非常好说话的人。"那个人说，"我从来不重男轻女。男孩女孩儿我都喜欢，都是我的孩子。"

卖花盆的人不知所措地看着他，后来又点点头说："那是。"

"我知道你不相信我的话。"那个人说，"你可以亲自去看看，让你见识见识。"

说着话，那个人就伸过手来要拽，卖花盆的人立即紧张起来。卖花盆的人知道，这一带经常出事，"套白狼""跌马马""取经""换水"，有些事情邪得令人吃惊。有的人躺在路上装死，还有的人看上去像神志错乱的疯子，实际上却一点儿也不疯，一肚子鬼主意。

"走吧，去看看。"那个人对卖花盆的人说，"别以为我在骗你。"

"就不去了吧？啊？"卖花盆的人说，"我今天算是开了眼了，没白出来。我知道天有多大就行了。我推着这一车东西，去哪里都不方便。你那七个女人会笑话我的。"

"没关系，她们都分散着住，并不住在一起，目前只有老六和我住在一起。"那个人说，"我的老六真难得呀！从来没给我找麻烦，看见她，我就还想多活几年。"

卖花盆的人想，这话说得，不看见她，难道你就不想多活几年了？

那个人说着说着，似乎动了真情。卖花盆的人于是就说：

"其他的那几个难道不好吗？为什么不把她们全部集中起来？这样更便于你领导。"

"绝对不行！"那个人换上一副严肃的面孔，一字一顿地说道，"那会出大乱子。我不想在我家里出现无数秘密的小集团。她们相互之间的仇恨比我想象的要大得多。"

"我听说女人之间，不管她们表面上有多亲密，多要好，实际上永远隔着一层东西。"卖花盆的人说，"那是一层什么东西？"

"是吗？那需要进行研究。"那个人用手按着自己的太阳穴说道，"我没有研究过。也许是一种肠衣或蛇皮一样的东西。"

"我听说是一座山。"卖花盆的人说。

"这样说来我家里至少有六座山。走吧，去看看，去看看我山间的那些大花盆。"

有一种时断时续的喘息，一直在附近一带与他周旋，游戏。起初的时候，卖花盆的人还感到有趣，新奇，但以后渐渐地就觉得不自在了，他的眼睛被什么东西强烈地刺激着：他看到了一溜闪亮的马背，虚虚地起伏在前面的路上，水一样轻轻地波动着，摇晃不停……先前一度对他纠缠不休的那个人已经走远了，周围传来一阵短促的叫声。卖花盆的人慢慢地将自己的一只手抽出来，眼瞧着前方，视线里有一些静止不动的东西正在缓缓地向上蒸腾，朝着周围扩散。在那下面，青草按照地形的规则，不断地剪裁成各种各样的形状，有的一刀两断，从此以后分道扬镳，各奔东西，再无瓜葛，有的却暗中仍有牵连，甚至秘密地难解难分。

没有马的影子，但时刻能感到有什么东西正在附近及远处不断地奔驰，鬃毛飘扬，蹄声急促；没有大面积的水，但到处仿佛都有水的清光在波动，流泻，走到哪里都湿漉漉的。

卖花盆的人慢慢地走着，有时会不知不觉地停下来，仰起头朝天上张望着，朝四周认真地打量着，好像有一种很可怕很灵验的东西，一直都在暗暗地不动声色地俯看着每一个活着的人，俯看着每一个不走运的人和每一个得意扬扬的人，把那种深秋般的测试看成是神的旨意，也许一点儿也不算过分，很多时候，往往就是在毫无知觉的情况下，你已经被目测过了。

卖花盆的人在路上反复盘桓的时候，一个卖醋的人就是在这个时候过来的，也是从城市那边的方向晃荡过来的，一辆旧自行车上驮着两只棕色的木桶，一路上东张西望，声嘶力竭地喊一阵，然后闭上嘴向四周看看，全身的力气从上面移到脚下，一蹬就是很长一段距离。

卖醋的人一身酸气地骑车过来时，卖花盆的人突然情不自禁地打了两个响亮的喷嚏，强烈的酸气不容分说地朝他弥漫过来，刺激着他，卖花盆的人盯着蔚蓝的天空出神地看着，渐渐感到眼前越来越黑，眩晕的体验使他感到有些天旋地转，周围的一切在不可遏制地改变着。

卖醋的人跳下车子，推着车子小跑了几步后，酱色的脸上露出了惊讶的神色。

6

有一个人，应该从来没见过，但是已先后好几次在卖花盆的人的梦里出现过了，那是一个看上去薄情寡义的人，白脸，嘴唇很薄，头脑灵活，能说会道，善于交际。卖花盆的人在梦里想破了头，确定自己是不认识那个人的，可是，这个月以来，好像已有三次梦见过他了。

我老是梦见他有什么用啊？卖花盆的人想，我还不如梦一个脾气好、懂技术的兽医呢，他至少能给我的骡子看看病，看看它到底怎么了，然后对症下药，一针见血，骡子欢腾站起。

然而，就是那个不认识的人，一到了水里，就立即变成老赵了。

卖花盆的人感到非常奇怪。

老赵是卖花盆的人从前的一位好友，发小，两个人互相看着对方长大。梦中的老赵依然不听别人的劝阻，执意要在村后的水库里游泳，不过，他并没有出事，他的水性反而看上去好极了，自由，娴熟，浪里白条，神出鬼没，仿佛世上所有的水都是他的，都听他调遣，为他所涌，他在其中想怎么扑腾就怎么扑腾。他带着一脸明亮的水珠对坐在水边的人们说：

"下来呀！快下来呀！你们怎么不下来呢？我踩住了一条鱼。"

一条鱼怎么能激动人心，感动别人？哪能有什么蛊惑力？更何况那是从他的嘴里说出来的一条鱼。就算他踩住一只鳖，捕获了一条传说中的美人鱼，那又怎么样？大家都坐在水边，说的也都是一些湿漉漉的话，但没有人主动提出要下去，尽管水面蓝得像晴空，亮得像镜子。

老赵失望地重新钻回水中。

一些人坐在水库的边上，有的油头粉面，有的满脸心事。

卖花盆的人也坐在水库的边上，如乡间的一个无所事事的傻瓜，咧着嘴，糊里糊涂地听别人说话，看老赵在水里扑腾，一会儿冒出来，一会儿沉下去，稍觉开心，脸上便浮起憨拙的笑容。然而，最使卖花盆的人感到不可思议的是，他竟忽然看见了隔壁院里的那个女人，她也坐在水边，笑着。卖花盆的人想，她怎么也在这里？不应该呀，那时候怎么会有她？

四周一带的青草长得很高了，有些已掩住了人们的肩头，有的簇拥着她的腰。

是的，一条小鱼哪能鼓舞他人，大鱼都不一定能够办得到。

时令好像已过了夏天，但还没有进入深秋，眼前那清澈明净的水却已像井水一样冰凉了。坐在草地上，卖花盆的人感到无边的凉意直往脸上涌。他不时地看一眼那个女人，看看她的侧着的脸，看看她的脖颈和腰，看着看着，渐渐地就想起了她的病，想她也应该是怕冷的。

老赵对卖花盆的人说，他们不下来你下来。卖花盆的人对老赵说，我不敢，我怕淹死。卖花盆的人说的是真心话。他们看见他坐在摇曳的草棵子里簌簌发抖，一开始以为他是装的。

水边有一阵子静悄悄的，人们不说话的时候则都不说，都在闭着嘴想各自的心事，一旦有个人带头说起来，众人就都随着来了，乱纷纷的，仿佛有几面铜锣夹在其中，敲着，吵着。

卖花盆的人感到自己的身上很冷。那个女人坐得离他们有一段距离，她的头发看上去很乱。卖花盆的人想，不像是被水边的风吹乱的，倒像是被他们弄乱的，更像是才从水里上来。

那个女人看着眼前的水。老赵在水里十分卖力地游着。

"老赵真没意思呀！"

卖花盆的人这样想着的时候，并没有感到他和老赵之间的几十年的友谊正像手掌里的水一样迅速地通过并拢的指缝漏了出去，他只是惊讶而又无比陌生地看着水里的老赵，又看看水边的那个女人，忽然就对老赵感到无比地生分起来，仿佛昨天才刚刚认识他，而且一开始就没留下什么好印象，竟是这么一个没意思的人，公羊一样，在一个女人面前，拼命地表现。

老赵和我已经不是一条心了，已经不是原来的那个老赵了。

卖花盆的人低声对自己说道。人活着真没意思呀！老赵光着身体，表演消失和归来，一会儿冒出来，一会儿又钻进去，那个女人开心地大声大笑着。水库边有一些紫殷殷的鸟。

那些鸟振翅飞起以后，卖花盆的人才吃惊地看到它们的身体的另一半竟是另一种样子：肚皮雪白，爪子鹅黄。假如它们不飞起来，一直落着不动，他会以为它们的全身都是紫的。

老赵要是也是一只鸟，那么，从前的那个老赵无疑也应该是紫殷殷的，而直到今天，当他在水边和水里极尽表演的时候，卖花盆的人才猛然看到他那雪白的肚皮和鹅黄的爪子。

难道这才是老赵的真面目？卖花盆的人有些灰心地想道。

那个女人面朝水坐着，分开两条腿。

与其说她是分开两条腿，面朝水面坐着，还不如说她是分开两条腿面朝老赵坐着。

太远的就不说了，光前几年和去年，已经有八九个人在这里出过事了，今年还没有。满眼清澈明净的碧水，茂密的青草像防风的帐子一样在四周摇曳，太阳在高处照着，谁也不愿意，主要是不忍心将这样的一幅清凉宁静的图景与死亡或腐烂牵连在一起，残忍地拼贴起来。

卖花盆的人坐着坐着，忽然感到自己的身体向下缩了一下，感觉差一点出溜到水里。老赵像是疯了，一遍遍地在人们的眼前游着，自由自在地浮上来，将自己的骨骼和肌肉展示给那个女人看，主要是展示给她看，这谁都能看得出来，人们又不是傻子，谁也不傻。"没意思呀老赵！真是个没意思的人。"老赵，一只轻浮的公羊，卖花盆的人将那一切看在眼里。

老赵不住地发出一些快活的叫声，一些赤裸裸的叫声。一只赤裸裸的公羊就是那么叫的吗？其实，一个人干什么不干什么很多时候并不关别人的事，可是一旦外溢，那就不好说了。

老赵在那个女人的注视下，箭一般地射向远处，然后又箭一般地射回来，他站在离她最近的浅水里，露出大腿以上的部分，抹去脸上的水珠，眯着眼，看着她的两条分得很开的腿。

透过摇曳的细草，卖花盆的人能看到老赵的蓝色的短裤，它的里面兜满了水，紧紧地贴着那具疯狂的身体。老赵胸口的一道严重的黑毛一直延伸到肚脐以下。作为老赵的昔日的旧友，卖花盆的人太熟悉那道黑毛了，老赵有一个外号，"清一色，一条龙"，正是由此而来。

边上坐着的人，有的将腿伸进水里，轻轻地拍打着，还有的用手撩着水，哗哗地泼溅着。几个人坐在清风吹拂的堤坝上，对城市里的那种空气闷热恶浊的澡堂子和大众浴池充满了深深的恐惧、厌恶和鄙视。一切的想法、爱憎，都是短促的，直来直去，甚至转瞬即逝。张笑对人们说，就在前几天，他的一位姑父在一家堆放着无数白石头的浴室里洗澡的时候，因空气闷热恶浊而很快就晕过去了，不久以后就死了，抬出去吹风也无济于事了。张笑说着笑着，忽然闭上了嘴，不再说下去了，因为他发现人们都在用一种那样的很奇怪的眼光看着他。

毕喜对张笑说，那个人是不是你的姑父很难说（张笑立即反驳：怎么不是，这还能有假嘛，假冒这个又有什么意义，更何况还是个死人），那个浴室里是不是真有那么一个人洗着洗着就晕过去了，晕过去以后接着就死了，以后再也没有睁开眼，没有缓过来，也很难说。

张笑生气地说，难说，难说，什么都难说。照你这么说，咱们现在是不是还活着，是不是还在喘气，那也很难说，是不是？

这还用问吗？毕喜说，肯定的。

卖花盆的人迷惑不解地望着毕喜，他也认得毕喜，但对方使他感到生分而不可接近。卖花盆的人不知不觉地吐出舌尖舔了一下干裂的嘴唇，很快又像遇到危险似的急忙缩了回去。

真有这样的人呀！卖花盆的人想，他妈的，活了大半辈子，如今竟然对自己是不是还在喘气，还在活着，表示怀疑，一个人搞不清自己到底活着还是死了，那成什么了？不光怀疑自己目前还在不在人世，还要怀疑更多的人，让更多的人都跟着他一起昏头昏脑地卷进去，把那种折磨人的问题扩散到每一个人的头上，不得了呀！那还有个完吗？……这以后，有一种似笑非笑的表情停留在卖花盆的人的脸上，旁边有一个人正在对他说话，但他毫无察觉。

他正在更深入地想，他妈的，我可不能陷进去呀！不能像他那样一不小心陷到那里面去，那样的烦恼，连头绪都没有。一个老赵，已经够叫人烦的了，再陷入另一团乱麻里去。

有一个人操着铜锣般的声音，对垂头丧气的张笑说，你有没有那样一个好洗澡的姑父，咱们先不管；他是不是洗着洗着就晕过去了，晕过去以后就死了，咱们更不管（张笑插话道，你倒是想管，你管得着吗？啥你也要管，你以为你是谁？）。我是说，浴室里堆着那么多的白石头干什么？难道是石灰窑吗？是准备要烧石灰，还是石灰已经烧出来了？

此言一出，有人立即笑出了声。

张笑说，看你这颠三倒四，阴阳怪气的样子！甚屎的事也不懂，还就喜欢找碴儿，你以为我是在编着哄你们玩儿吗？我编那些干什么？我能得到什么好？

又有一个人说，浴室里为什么要堆放那么多的白石头，咱们不管（张笑苦笑着插话道，他妈的，又来了，又是老一套！人家用你管吗，你又能管得了吗？）。堆上黑石头和绿石头咱们也不管。我是说，发生了那么大的事，我怎么一点儿都不知道？竟从未听说。

又问另一个人，你也一点儿都不知道吗？

那个人说，我半点儿都不知道。初次，头一次听说。

张笑说，你们他妈的都怎么了，你们以为你们是谁？凭啥非得让你们也知道不可？正经的甚也不懂，甚也不会，就会抬杠，每次只要一说话就准有人跳出来抬杠，不抬就不舒服。

有的草已经倒伏在地上，周围一带的痕迹逐渐趋于模糊。卖花盆的人抬起一张梦游般的脸，他发现，不知什么时候，那个女人已经走了。再一看，老赵好像也不见了。有人问，那只姓赵的公羊哪去了？没有人能答得上来，因为谁也没看见。后来有人判断，老赵极有可能已经离开附近，向远处游走了，很可能不再回来，更有可能直接从水库的另一边上岸。

在卖花盆的人看来，张笑后来说的那些话不无道理。因为几乎就在同时，住在村子西端的毕喜的父亲正在咽气，而他们一群人却谁都不知道，包括毕喜本人在内，仍然坐在水库的堤坝上，有盐没醋地说着，胡七乱八地闲扯着。世上又有事情发生了，但并没有人告诉他们。

透过晃动的青草，他们只看到水面已经越来越平静，渐渐地又变成一面辽阔巨大的镜子。老赵走了，先前的表演也随着走了，谁都把他叫不回来，有人扯开喇叭般的嗓子也无济于事。

毕喜说老赵好像逃走了。张笑说，你又来了，他又没犯罪，逃走干什么？你想逃跑嘛，我给你指条路。毕喜说，我活得好好的，我跑什么？他走到一边，扩胸，深呼吸。不久以后，他走到离卖花盆的人不远的地方，慢慢地坐下，几枝蒲公英被压倒在他的身体下面。水里有一种草，像人的影子，又好像一种罪行，卖花盆的人看见了，但没有对任何人说。

几天以后，卖花盆的人见到了披麻戴孝的毕喜。当出殡的马车夹在晃动的白幡与稀稀落落的哭声之间从他的门前缓缓经过的时候，卖花盆的人才知道又有一个人不在了，在水库边的那时候，老汉正在咽气，但是他们谁也不知道这事。事先更是连一个招呼也没打,也没有任何的暗示,就一个人不声不响地走了。走了就走了,走了以后也就永远不再回来了。

就这样,毕喜的父亲像一只鸡一样悄悄地死去了。

7

卖醋的人从城市的那个方向一身酸气地骑过来,十分敏捷地从车子上跳下来,向卖花盆的人打着招呼。

"我早就注意到你了。"卖醋的人对卖花盆的人说道,"我早就知道这一带有个你。怎么坐在这里?"

卖花盆的人说:"跑得累了,歇一会儿。你知道我?你知道我是谁?"

"怎么不知道?"卖醋的人说,"卖花盆的朋友嘛。"

"我咋没见过你?"卖花盆的人打量着卖醋的,吃力地辨认道。

"因为你实在太粗心,其实我还是挺引人注目的。"卖醋的人说,"孟城、丰镇、黄家店一带的女人们都认识我,许多小孩子们也都认识我。周庄有一个一两岁的小孩子,说话还不太清楚,可只要一见到我,便会响亮地叫我'爸爸',我不是他的爸爸。"

卖花盆的人说:"那是咋回事?"

"就是,这很怪。"卖醋的人说,"我也一直没有想通,为什么街上那么多的人他谁都不叫,却唯独偏偏对我有那么大的兴趣?难道我的身上有什么与众不同的东西?"

"你的头上长着角呢。"卖花盆的人说。

"一两岁的孩子,懂得甚呢,甚也不懂。"卖醋的人说,"他们的眼睛就是一面镜子,真正的照妖镜。为啥有的人,小孩子们一见了他就受惊似的哭个没完,直往大人怀里钻?据我看,那种人还不一定是甚东西转世的呢。另一种人,像我这样的,孩子们见了就不哭,亲近。"

"我们村里有一个人,叫金蛋。"卖花盆的人说,"长得也并不高大,甚至也没多少力气,奇怪的是,几乎所有的狗,不管多么凶恶的狗,全都非常怕他,一看见金蛋来了,它们就都纷纷夹起尾巴溜走了。人们说,金蛋上一辈子一定是一只狼;如果不是一只狼,那么,至少也是一只豺。"

"我常在这一带跑,我怎么没见过?"卖醋的人说,"什么时候让我也见见这个金蛋,我会看相,让我看看他到底是个甚。"

"你说的那个孩子我想起来了,"卖花盆的人说,"原来是他。我在那里卖花盆的时候,他也曾管我叫'爸爸',小声音又清脆又入耳,我的心一软,差点儿送给他们家一只大花盆。"

"不可能哇?"卖醋的人睁大吃惊的眼睛,瞪着卖花盆的人。"这怎么可能呢?他只认得我。我,明白吗?我,卖醋的人。"

他们在路边坐了一会儿。卖花盆的人多日来一直有一个疑问搁在心里,这也是他在外面从别人的嘴里听说的,这会儿,他忍不住问卖醋的人,问他啥叫加盟?那是什么意思?

"还真是有像你这样的人!"卖醋的人斜着眼看着卖花盆的人,得意地笑出了声。"连这也不知道,这还敢出来在这个世界上混?听着,加盟的意思就是让你入伙。"

听他这么一说,卖花盆的人明白了。他想起了不久前的一些往事。

这也是个既能吹又能谝的货呢,卖花盆的人看着卖醋的想道。前面不远处有一个村庄,隐隐地能看到那里的山墙和树,山墙的颜色有黄白两种,或高或低,树有浅黄的,还有深绿的。

卖花盆的人和卖醋的人决定到那个村庄里去。卖花盆的人边走边想,很多年前,曾经有一百多个人先后奔赴山东,加盟水泊梁山。他们中间,有些人是主动的,自愿的,积极的,天生就那样的,不那样就不行的;另外还有一些人则是被逼无奈的,起初完全可以不那样,但后来再不那样就不行了,就再也混不下去了……卖花盆的人感到自己的脑子里很乱,非常拿不准,在一些事情上,不知道自己算自愿的,还是被逼的,这样的尺寸还真不好把握呢。

卖花盆的人拉着一车花盆吃力地走着,车上的绳子在他的肩头上绷得很紧,不断地有摇晃声在路上响着。卖醋的人慢慢地蹬着车子,走在他的旁边。在卖醋的人印象里,这个卖花盆的家伙好像一直赶着一辆骡子车走村串户,现在却自己拉着车,难道……

又走了一段以后,卖醋的人终于忍不住问道:"你那骡子呢?卖了?死了?"

卖花盆的人停下来,他听到自己的心里"噗噗"地响了一声,仿佛被人从后面猛地刺了一下,他的脸色变得很难看,他转过头来,似笑非笑地看着卖醋的人,肩上的绳子像一个套。

"人都免不了一死,何况一个牲口呢。"卖醋的人安慰道,"咋死的?病死的?别是有什么珍贵的东西在作怪吧?去年,吊兰庄的一头牛得了乳腺癌,不吃不喝,每天哞哞地直叫,后来杀出来后,竟得了一大串牛黄。敢情是那宝贝在哞哞地叫,怕时间长了搁在它的肚子里坏掉,通知你赶快拿出来……你没有给你的骡子开膛吗?其实你应该剥开它仔细看看,万一里面藏着什么珍奇的东西呢?反正它已经死了嘛,剥开瞧瞧也不算罪过,那是在为你造福呢。万一也剥出牛黄,你就再不用出来卖花盆了,这能卖几个钱,拉上一车也没有几个钱。"

"谁说它死了?谁说它死了?"卖花盆的人仿佛在恢复体力,喘着气,有气无力地说道,"你怎么知道我的骡子死了?它没死。它今天没出来,在家里待着呢。"

"噢？"卖醋的人说，"令骡是过星期天呢，还是病了？"

"也没什么病，只是身上有点儿不舒服。"

卖花盆的人拉着车，看着前面的卖醋的人的背影，眼里不由得对他充满了憎恨。多么讨厌的一个人呀！卖花盆的人边看边想，什么都想打听打听，一上来就首先断定别人的骡子死了，怎么不说他的醋坏了？盼别人出事比盼自己得到牛黄还要性急，巴不得所有的人都或大或小地出点儿什么事，那样一来，他在旁边看着就舒服了，高兴了。他妈的，什么东西！

车上的东西沉沉的，使卖花盆的人不能走得很快。另外，卖花盆的人还有一层意思，想摆脱那个卖醋的，与他拉开距离。和他在一起相跟着走路，说话，卖花盆的人感到很不舒服，不时有一种大病缠身的感觉，另外还有一种随时布满陷阱的感觉，不知道啥时候会掉进去。

我一定要摆脱他，不能和他同时走进前面的那个村子，卖花盆的人暗暗地告诫自己。我要是和他绑在一起，我非病倒了不可。骡子已经病了，我要是再被闹得病了，我的那个家就全完了。这样想过以后，卖花盆的就有意放慢了脚步，原来的两步三步，变成了现在的一步。

卖醋的人像一只瘟鸡一样在卖花盆的人焦躁不安的视线里不紧不慢地蠕动着，他缓慢而有力地蹬着车子，不慌不忙，好像并不是出来卖东西，更像出来游玩的，他不时回头朝后面看一下，当发现与卖花盆的人拉开一段距离时，便停下来等一阵，等着卖花盆的从后面上来，也并不下车，只是将一只脚支在路边的石头上或某一道凸出的土坎上，嘴里哼着一种声音。

卖花盆的人尽管有意拖延，尽管走得很慢，但终于还是被卖醋的人等住了。

卖花盆的人于是硬着头皮与卖醋的人一起往那个村子里走。卖花盆的人懊丧地想，命里注定要有克星，任你在路上怎么磨蹭也不起作用，说不定躺在路边睡上一觉起来也还是没用，终究还得碰到一起，闹出些事来。白马惧青牛，猪猴不到头，金鸡见狗泪长流……

卖花盆的人这样想着，渐渐感到自己的脸上的皮肉绷得很紧很硬，极不舒服，身上也有些支棱，像一件浆洗过的衣服。抬头去看时，只见那个村子里的几段白墙已在树后露了出来。

"说不定这是我的麦城。"

卖花盆的人低声说道，又听见自己的身体里"噗噗"地响了一声。

最初的情形其实并不算紧张，也说不上多么严重，但到了后来，他们吵着吵着就动了手，至于又是怎么吵起来的，两个人好像又都想不起来了。卖花盆的人站在一道高大的墙下，墙内传来的阵阵嘶哑生涩的锯木头的声音他似乎完全没有听见，他只感到自己的右眼上方如跑马似的跳个不停。跳得真猛烈呀！他伸出一只手去按，刚试着想松开一下手，就又跳起来了！

他妈的，这分明是要出大事呀！

卖花盆的人听到自己的身体里面又"噗噗"地响了两声，很难说那是什么声音，但他不愿意将那声音与某种器械联想到一起……好像是一怒之下，他抬腿踢翻了其中的一桶醋。

看见一大片液体在街上蔓延，卖醋的人嘴里发出一阵呜呜的哭声。卖醋的人一边哭着，一边搬起石头去砸那辆车上的花盆，——至少有十只花盆很快就变成了一堆灰色的碎片。

到临近中午的时候，他们两个人都表示不活了，要血战到底，闹个明白。作为一个成年的男人，卖醋的人看到自己的几声很伤脑筋的哭叫引来了一些围观的人后，立即便住了嘴，不再哭了。他看到人群中有一个女人在笑，可以说那是一个能让他心动的很有姿色的女人，然而，就是她脸上的那种不可名状的笑容深深地刺伤了他。真是不巧呀！卖醋的人懊悔无比地想，我那难道不是在出丑吗？当着她的面，让她看了笑话……他妈的，一切都糟透了！

卖醋的人充满仇恨地看着卖花盆的人，虽然也曾哭得稀里哗啦，但他的脑子还不至于太乱，他明白，眼前的这个卖花盆的家伙才是一切问题的根源，什么不是他引起的？方寸，情绪，生意，脸面，欲望，利润，甚至一腔货真价实的爱美的心肠，在一瞬间全都突然乱了，七零八落，一塌糊涂。无边的灰尘纷纷扬扬地落下来，如一道道疏松的帘子垂在他的眼前。

他感到那灰尘落到他的心上了。

……

正是中午，围观的人中，立即有好事者去告诉本村的村长。村长正在与一个人下棋，对方的诡异的手段和刁钻的套路使他一筹莫展，不住地冒汗。村长一开始没听明白，只是不耐烦地对来人说，什么事，这也来找我？不看我正忙着嘛，打了一个花盆也来找我？洒了一瓶醋也来找我？我成了什么了？公羊？种猪？我官再小，再不值钱，也不至于这样。花盆打了就打了，打了再买去！我这里损失才大呢，两门炮，两只车，转眼就没了，我找谁说去？

报信的人急躁而又不失耐性地对村长说道，不是的，不是那么回事，是这么回事：有两个咱们谁也不认识的家伙，一个是卖醋的，另一个卖花盆的，他们在咱们村中央的街上打得不可开交，满街醋味，满眼碎片。

卖的又不是同一种东西，怎么会打起来呢？村长迷惑不解地问道。

那得去问他们。报信的人说，他们像是疯了，疯了也要闹个明白。

村长歪着头想了一阵，说道，去劝一劝，多叫几个人，把他们最好劝走,让他们离开咱们村里。至于他们想去哪里打,打去,那咱们也管不着,是不是?别让他们的血溅到村里的墙上。想闹个明白还不容易吗?等天一黑,他们就什么都明白了。

村长的一番话全是肺腑之言。再过两天,就会有人光临他们这个在各方面都属上乘的村子,进行参观学习和指导。村子是个文明村,村里村外的墙壁刚刚粉刷一新,街道也扫过了。

在那雪白的墙上,应该画上最新最美的图画,写上最鼓舞人心的文字,因此,无论溅上发黄的醋渍,还是暗红的血迹,都将是一种破坏,那比在墙上乱写乱画还要难看许多。

8

一群人又是推搡又是劝和,他们被从那个美丽整洁的村庄里劝出来以后,两个人坐在一条河边的树下。卖花盆的人点了一支烟,狠狠吸了几口后,又开始骂,却不见卖醋的人还口。仔细看时,发现卖醋的人正在嚼着随身携带的干粮,嘴里塞得满满的,两只眼睛却瞪着这边。

"出来还带着干粮,这狗东西!"卖花盆的人想,"先不要骂他了,等他吃完了,我再骂他,这会儿骂他,他也不能还口。真是个王八蛋呀,他妈的!那么多的花盆全毁在他的手里了。"

卖花盆的人没有带干粮,只好一支接一支地吸烟。到这时他才猛然发现,卖醋的那个家伙不能说不精明,出门还带着干粮,仿佛就是为了与人吵架而专门预备的。他先是惊异,后又有些气愤,就这一点来说,他觉得自己不及卖醋的。日常生活中,那一定是个挖空心思,绞尽脑汁,滑得不能再滑的家伙,谁住在他隔壁,做了他的邻居,都会叫苦连天,受不了。

碰上这么个人,也许是不宜出行的一条。

卖花盆的人一面注视着那边的动静,一面暗暗地对自己说道。

不久,树上好像有什么东西掉到了卖醋的人的脸上,卖醋的人停止咀嚼,先用手摸了一下自己的脸,然后仰头去看,头顶上面是一树扶疏茂盛的枝叶,树上面是天,露在枝叶之间。中午已过了,蝉在树荫里像振响的铁叶似的叫着。卖花盆的心里笑了一下,最好是一坨鸟粪。

卖醋的人吃完一块干粮,在身上摸索了一阵后,很快手上又拿了一块出来,灰色的,有普通的一块砖头的四分之一那么大,也不知是什么东西,放在嘴边吹了吹,不似先前那样狼吞虎咽,一鼓作气,而是慢条斯理地一点一点地往嘴里送,看上去像一位尊贵的客人。

怎么吃起来就没完了?卖花盆的人瞪着眼睛,心焦如焚地看着那个卖醋的人。看上去也不像是什么可口的东西,而卖醋的人却宝贝似的护着。卖花盆的人又说服自己等了一阵儿,见那边还是没有什么动静,便率先从树下站起来,对那个卖醋的人说:

"我也不和你吵了。你打碎我十个花盆,算我倒霉,我并不想让你全部赔偿,你只要赔我五个,咱们就各走各的,行不行?我不想待下去了,我一分钟也不想再看见你了。"

"我的醋呢?"卖醋的人说,"你踢翻了我的一桶醋,就没事了?光往里糊涂?我知道你是个糊涂人,我今天在路上一看见你就知道你是个糊涂人,可你不能光往里糊涂。"

"我糊涂?"卖花盆的人说,"你的醋像尿一样能值几个钱!"

"你的盆子像尿盆一样,又能值多少?"卖醋的人说。

"我最大的花盆,一个要卖七十呢。"卖花盆的人说。

"你还想卖七百呢,没有人搭理你,不是吗?"卖醋的人说,"我又不是不知道,你在这一带已经像狗一样转悠了好久了,喊破了嗓子,只出手了几个小尿盆。"

停了一会儿，卖醋的人神色严峻地问道："这么说，你也不准备赔我的醋了？"

"那就再打？"卖花盆的人说。

"打就打！反正晌午饭我已经吃过了，正要活动活动。"卖醋的人边说边从树下站了起来，不无夸张地活动了几下自己的身体（一看见他这种样子，卖花盆的人立即便想起老赵了：老赵在那个女人面前也是这样一副样子，夸张，显派，炫耀，肌肉，骨骼，体毛，一切能用的都拼命搬出来用，一切不能用的，也要想办法变废为宝。没意思呀！他妈的，老赵，还有眼前的这个卖醋的人，都是一些非常没意思的人，不知道他们到底要干什么），然后宣布秘密似的说道：

"不瞒你说，每天吃过饭以后，我都要多少活动活动，这已形成习惯了。"

"来活动吧，你这个二流子！"卖花盆的人说着，努力睁大眼睛，之所以努力睁大眼睛，是因为他忽然感到自己很疲倦，疲倦和睡意似乎正在远远地袭来……恍惚中，他看到对面的卖醋的人渐渐矮了下去，变得越来越小，似乎是谁家的一个不懂事的孩子，说不上是腼腆羞惭，还是顽劣无常，收拾这么一个小东西，太容易了呀！惊喜的心情又是无限的，很难用什么东西来界定。不过倦意又如同摇晃不定的蛇头，在他的眼前高高翘起、又匍匐而行。

"来呀！"卖醋的人在那边的树下尖声叫道，龇着牙，在自己的旧自行车前走来走去，他决心将桶里剩下的一部分酸水在对方扑过来的时候，全部倾泻到他的脸上去。是的，就这么干。他很清楚，从某种意义上来说，那早已不完全是纯粹的醋了，早上临出门前，他还又加了几瓢水进去，捡来的钞票不是钱，谈不上有多么心疼。

卖花盆的人没有立即过来，他只是站在自己的花盆前，对卖醋的人说：

"你叫唤什么？你就不怕我一拳把你打死，打成一个废物？"

"你看看你，你都快睡着了，还想打我？"卖醋的人冷笑着说道，"你要是想死，就赶快过来，让我来趁热打铁，打发你上路——我干这事最拿手了。"

"你是一个没有心肠的人。"卖花盆的人说，"你一点儿也不为你的老婆孩子着想，你就不怕他们成为可怜的孤儿寡母？"

"还是先想想你自己的后事吧。"卖醋的人镇定自若，胸有成竹地说道，"到了阴间，我不一定再卖醋了；而你，还是一个卖花盆的，还得扯着嗓子到处叫卖。"

"你不卖醋你想干什么？你想说你另有安排？"卖花盆的人说，"你的那副嘴脸告诉我，你天生就是个卖醋的。"

"我是不怎么样，"卖醋的人说，"但和你比起来，我至少弄个乡长镇长干干，绰绰有余。"

"你别提这升迁发达的事，你想把我羞死吗？"卖花盆的人说，"你要是能当乡长，我至少也是一个县长！那也是因为我不太会混，几起几落，耽搁下了。"

"你也想当县长？"卖醋的人盯着卖花盆的人看了一阵，忽然笑出了声，"猪上树，牛吃赶车的，有这事吗？你要是县长，八年前我就是市长了。"

"你要是市长，我早就是省长，省主席了。"卖花盆的人说。

"你要是省长，那我就更大得不得了啦。"卖醋的人挺着脚说道，"你哪能想见我就见我，嗯？恐怕提前一年预约也不成，知道吗？我很忙，没时间注意你们这些草芥一样的人。对了，你只能坐在电视机前看看我，看我每天在这个热闹的世界上飞来飞去。你过得一点儿也不快活，你就会不停地责备自己，你就会想：当年，我要是稍微约束一下自己，不和电视上的这个人吵架，那该有多好啊！一切就全都是另一种样子了。你埋怨自己见识短，没长后眼，坐失良机，你只能对你的女人孩子们用吹牛的方式掩盖你自己的不足和失败。你对她们说，当年，我和电视上的这个人吵过架，从郊区吵到一个山清水秀的村里，后来又从村里吵到村外——你隐瞒了被那个村里的人赶出来的事实——闹得不可开交，他打了我几个——你不说十个，而是说几个——花盆，我一怒之下踢翻他的两桶——你虚报了一桶——醋。听了你的故事，你的家人们并不被感动，你的子女们都会起来攻击你，说你愚蠢，短视，简直他妈的蠢透了，一点儿头脑也没有，他们为有你这样的父亲而感到羞辱，感到不安和绝望，感到走投无路。一家人，包括你的女人在内，都不想要你了。而且，更可怕的是，他们正在秘密地策划一件事情——一件对你非常不妙的事情，那事情，可以称得上是一个不折不扣的阴谋。"

"真不要脸，把自己描绘成啥？"卖花盆的人感到自己被一种严密而无边无际的东西罩住了，他双唇干裂，吃力地喘息着。在卖醋的人的眼里，他像一个刚刚从山里被捕获回来的动物，惊魂未定，不知所措，绳头锁链紧紧地锁住他……卖醋的人看着看着，不禁笑了起来。

"你笑啥？"卖花盆的人盯着他，很快向这边走来，他觉得眼前这个卖醋的真是有意思，把自己描绘成一个了不起的大人物，给别人安排一场谋杀，一场凶杀，咋想出来的呢？

"别的我不担心，我担心的正是这个，发生在民间，尤其是乡下的命案，一般都是这样的。"卖醋的人说，"你身边的人太危险了，一边是一个有野心有姿色，永远不能满足的女人，另一边是一群跟着起哄的孩子。你自己什么事都办不了，百无一用，他们要你干什么？"

"我该怎么办?"卖花盆的人用求助的眼光看着卖醋的人,从喉咙深处发出一声喑哑的征询,期望能求得一个主意。有一阵子,卖醋的说的那一切好像又是真的,对方的满身的醋味他已闻不到了,他早已忘记了其身份与职业,不知不觉中已然将其视为一种可靠的标志,一切的主张、信念、方法,都将源源地从那里涌来。……然而,那个可靠的人却酸溜溜地说:

"没有什么特别好的办法,先出去躲一段时间再说吧。"

"躲一段时间?"一段时间是多久?一个月?一年?十年?又能躲到哪里去呢?卖花盆的人茫然四顾,天空不知什么时候已变得阴暗起来,树下渐渐有了风,先在树的枝叶中间波动,涌泻,慢慢地流出来,在树下成形,成为一种起源或开始——事实上那并不是一种开始。

卖花盆的人在有风的树下走了一阵儿,脑子里忽然感到清醒了,于是,他像一只迷途知返的黑山羊一样,一边迅速地斟酌,判断,一边急忙跑到卖醋的人的面前,费力地说道:"胡说!你刚才所有的那些都是在胡说!我没有家室,身边又哪来的那些危险的人?没有人要谋害我。我孤身一人,还有一头身体不大舒服的骡子……"说到这里,他看看卖醋的人,见那家伙站在那里,安心地笑着,不禁感到后怕起来。眼前的这绕来绕去的圈套才是一个真正的诡计,幸好没有陷进去,要是再紊乱一会儿,再拖延一会儿,似乎就什么都变成真的了。

真是可怕呀!卖花盆的人吃惊地想道。险些就叫这家伙绕进去,差一点儿就卷进去!一旦卷到那里面去,剩下的就只有顺水漂走了,什么补救的办法都没有,也不会出现奇迹,就算能胡乱扑腾几下,也意义不大。河边没有奇迹,只有不可思议的猜忌、妄断和疑云。

卖醋的人天生有一种妖言惑众的能力,卖花盆的人耳根子软,就快要说服自己听信那一切了,恍惚间,他也仿佛真切地看到自己的屋里有一个漂亮而不贤惠的女人。那是谁？当然是他的陌生的妻子，为她的那些事，他几乎伤透了脑子，伤透了心。她无端地摆动自己的身体，表情暧昧，意义过剩……另外，也似乎真的还有一群没有心肠的、猫头鹰似的孩子。

假如不是因为没有清晰的方向，找不到一个明确的去处，卖花盆的人早就听信了卖醋的人的一番描述，丢下现有的一切，独自弃家逃跑了。为了躲避那谋害或暗算，也值得这么做。

多么危险啊，他差一点儿就不顾一切地跑了。卖花盆的人不无侥幸地想道，"要是再晚一点儿察觉……"但毕竟没跑，卖花盆的人想。就算我是个货真价实的傻子也没关系，只要多打几个定夺，多琢磨几回，就不至于闹出太糟的事情来。好啊，人活着多好呀！动脑子是一件多么有趣的事呀！

"我的家里只有我一个人，"卖花盆的人恢复了常态，心安理得地对卖醋的人说道，"什么事也不会发生。我没有滥情的女人，更没有你说的那种丧天良的，没孝心的子女。一般人有的那些乱七八糟的东西，我都没有。"

"这样好，这样最好。"卖醋的人笑着说，"省得将来麻烦。"

不久以后，天上下起了小雨。

卖醋的人抬头朝天上看看，伸手从怀中扯出一团嚓嚓作响的东西，展开后，竟是一件简易的雨衣，他把那件迅速膨胀的雨衣从头上套进去，罩在身上，顿时就像一只半透明的蝉。

"我不如他呀！"卖花盆的人呆呆地看着，暗自感叹道。他把什么都想到了，十年以后的事都被他计划到了，安排得妥帖而没有闪失。多么细心的人呀！出门带着雨衣，雨衣里夹着能够充饥，能够给人以力气和胆量的干粮，不得了呀！一个人怎么能想到这么多事情，且又都这么周到？要知道并不是每个人都能让自己有效地延伸，扩散，越洇越重。卖花盆的人惊讶地意识到自己多年以来的生活有些糟，也许根本就算不上是一种正经正规的生活，别人，周围的认识不认识的人，也从来没有人和他说过类似的问题，可是，这又关别人什么事呢？过好过赖纯粹是自己的事，好像也怨不着任何人，难道每一天咋过还都要别人来提醒你吗？

那时候卖醋的人已将雨衣披好，系紧，抬腿骑到自行车上，又一转眼，人已经不见了。

"我也要回家。"卖花盆的人站在雨里，轻声说道。

他的声音听上去显得非常遥远。卖醋的人临走前脸上露出一丝疑惑的神色，走出去没多远，卖醋的人回过头好像大声地说了一句什么，他没有听见，似乎那话刚一说出便被雨打湿。

他站在雨里，像一棵没有枝叶的树桩。

9

不断地有人利用各种各样的方法向隔壁院里的那个女人献殷勤：劳动，恭顺，奉承，缠绵……劳动表面上看好像是义务的，心甘情愿的，可是若没有所图，又哪来的义务和心甘情愿？世上没有无缘无故的爱，没有无缘无故的恨，谁天生就是心甘情愿的？卖花盆的人看在眼里，每次从外面回来，他都想让自己成为一个心细如丝的人。多注意注意有什么不好？他时时这样对自己说。隔壁院里常响起沙沙的声音，有很长一段时间，他不知道那是怎么回事。

在有月亮的晚上，卖花盆的人用一根筷子轻轻地敲击着某些不易出手的存货，它们使他感到眼熟，感到越来越没有距离。它们多像一些暂时嫁不出去的姑娘啊!是的,只是暂时,不是没人要,不是本身有什么问题或难言之隐,也不是过于挑剔,横竖不对,很难说那是什么!卖花盆的人一直找不到真正的原因,他长久地坐在屋檐下,有时孤零零地站在月光下。

有一个人,每到黄昏时分,就准时地到隔壁的院里来了,来找她,在窗外的葡萄架下,他一站就是很久,脸上流露出无限的深情和耐性,等她出来,或者他最终进去。那种时候,她在干什么呢?正在精心地梳妆,修饰,还是头没梳,脸没洗,在面对一大堆药草……隔着墙头,卖花盆的人能闻到一种芬芳馥郁的香气如烟纱一样在远处展开,渐渐笼罩过来。

尽管显现在葡萄架下面的那张脸是一个异常陌生的面孔,但卖花盆的人不相信自己会不认识他。从前,我们是多么熟呀!谁有什么,互相都清清楚楚。卖花盆的人心绪不平静地想道。别想瞒过我的眼睛,别以为我不认识你!我知道你——你是改头换面后的老赵。

就是这样。最初他在隔壁的院里刚一出现,卖花盆的人就很快注意到他了,尽管门前稠密的枝叶遮挡着他的脸,表面上看他可能不是老赵,但从本质上来说,他一定是老赵。

老赵一次一次地来,推开藤蔓掩映的小门,穿过湿润的过道,大胆地进来。"他已完全把我忘了。"每次听到隔壁的院里传来清晰的水声,卖花盆的人都会伤心地思前想后,抚今追昔。使卖花盆的人感到吃惊的是,一向洋洋得意的老赵竟也有一筹莫展的时候,有好几次,卖花盆的人看到老赵一个人站在窗外那阴森幽湿的葡萄架下面,既不进去,也不离去,好像在等着什么,仅仅几个月的时间,他的脸已变得一片黧黑,令人难以置信。这样的时候,卖花盆的人就会隐约猜到老赵和那个女人之间也许出现了某种是非曲直,甚至阴错阳差的误解。对老赵而言,打击,瓦解，摧毁，改头换面，重新开始，似乎说什么都不算过分，那一切都来得很快，先使他猝不及防，欣喜若狂，继而又让他难以招架，劳心伤神，断续，零碎。

透过墙上的缝隙，卖花盆的人感到自己已多少知道了一些。

问题是他至今也不清楚他们是怎么认识的，更不知是从什么时候开始的，他就住在她的旁边，竟然一直都聋子瞎子一样，事先什么都不知道，也从未觉察或听说，一直等生米变成了熟饭，他才知道，每每想起这些，都叫人难以忍受。卖醋的那个人就够得上一个地道的酸人了，竟然在他之外还有比他更甚的人。过了很久，老赵还瞒着他，一只螳螂从葡萄架上跳下来，在他的肩上爬了一阵后，很快不见了，老赵的那张脸正从枝叶的阴影间慢慢分离出来。

那个女人从屋里出来了，卖花盆的人听见从自己的胸前传来"噗"的一声，他的脸在半明半暗的光线里变得很白，一个时期以来，他总是在猝不及防的时候突然听到那不祥的声音。"这是啥声音？"卖花盆的人问自己，之后又是久久没有回音。一碰到一些不好回答的问题，就是这样的结果，永久没有回音。骡子在石槽前很秀气地一小口一小口地喝着槽里的水，像一个挑剔而变态的女人，它的情形时好时坏，仿佛有一种东西在暗中控制着它，一切都由不得它自己。不但它如此，有些时候，兽医好像也被一种无形的烦恼控制着，左右着。

有一种相对保险的含糊的退路，常常给人以一定程度上的遮蔽与护卫，就像下坡时有人在后面拽着，才不至于让你冲得过猛，不至于使你伤得太厉害，不至于使你的心完全变凉。

有时候不需要踩梯子，从墙这面的空隙里望过去，可以看到她那边栽种的番茄已开始挂果了,稍大一些的已接近于小孩的拳头,浅青浅绿的果实垂挂在旁边,成为她的一部分。

老赵的身上潜伏着一种他没见过的本领,多年来那种天生的东西一直未曾有过表露的时候,连他这样的发小,多年的好友都从来没有见过,就更不用说其他的无关的那些人了,卖花盆的人自从开始见识以后,那种东西便总是常常使他自觉不自觉地想起流传在乡间的牛瘟,想起盛开在村外和山岗上的有着粉色的米粒状花蕊的被人们叫作"鬼辣椒"的东西。

老赵媚笑着对那个女人说话,大半个白天都叽叽咕咕的,到了晚上,还没走,还在叽叽咕咕地说着,大约说的全是一些花红柳绿的话,说比如像她这样的人,老天爷就格外开恩,爱惜,看看你这个院子就啥也不用说了,栽什么就活什么。你要是在土里随便插一根烧火的棍子,随便浇上一瓢水,相信它用不了多久也能长出叶子,开出花来,闹不好还能结出果来。

老赵的甜蜜的恭维使她的脸上涌起红晕。卖花盆的人咬牙切齿地窥视着,他总算看清老赵了,为了接近她,使她更加欢心,满意,什么样的话老赵都能顺顺溜溜地说出来,什么样的事也都能不红不白地做出来。卖花盆的人想,我在路上随便遇到一个什么人,那也要比熟悉老赵熟悉得多。以前的很多年,老赵把他的那些本领严严实实地藏着,谁也没有见过呢。

然而,那个女人却谦逊又怨气很深毫不领情地说:"爱惜我,不见得吧?一年四季让我生病,病成这样,那也是他的恩赐吗?我的病要好了,我要是没病,我宁愿……"

后面的话忽然没有了,有可能扑到了黑魆魆的地上,不过也有可能压根就没说出来。

老赵压住声音,低低地问她一句话,卖花盆的人吃惊地看到老赵问过那话以后,突然向下缩去,像是矮了一截,像是要立即遁入脚下的松软的土里,他的头垂在葡萄的枝叶下面……

卖花盆的人先是屏声敛气地看着,后来毛骨悚然地打了一个冷战。

过了一会儿,卖花盆的人看到老赵又恢复了原样,某一瞬间更好像回到了十年前,他很重地呼吸的时候,旁边的一些薄薄的叶子随着一起振动,起伏,摆出立即要飘然离去的样子。

"哪有十全十美的人呢?"老赵对那个女人说,"世界上就没有那样的人,人活在世上,总得让你不时地有点儿小麻烦,大困难,不痛快。那些乱七八糟的东西逼着你去动脑子,想方设法,费精力,费体力。事情解决了以后,就像刚从肩上卸下一口袋粮食,或者一只磨盘似的车轮,坐在树荫下擦擦汗,喝口水,又累又舒服——这是劳动人民的特有的幸福,不劳动的人是体会不到的。"

"要是没有那些小麻烦,大困难,人就既不知道累,也不明白什么叫舒服。咱们用手去挠牛的脖子或胯下,牛为什么不笑?我以为它不是拼命克制,而是不知道什么叫痒,不明白那是怎么回事。"

"要是遇到的事情一件也解决不了,那就注定一辈子要活在困难里,天天麻烦。——有很多人,一辈子没有痛快过一天。"

草丛里不时飘起一些吱吱的细碎的声音,老赵抬起一只手,突然放在自己的另一只臂膀上——他捉住一只蚊子,也可能是蚂蚁,放在指尖上认真瞧着,脸上浮现出一种罕见的欣慰。

……从前,在水库边的堤坝上,柔软的青草迎风起舞,鹰在山谷的上空盘旋着,一俟时机成熟,便会突然来到地面上,张开宽大的胸怀,抱走一只正在吃草的羊,然后又稳稳当当地展翅而去。老赵说,活了多少年,我们原来都是一些眉目不清,毫无面子的人,我们都是一些羊,软弱、窝囊,不但谈不上趾高气扬、侵占别人,而且连自己的性命与仅有的一点利益都看守不住,乃至一丛最不起眼的沙蓬都得让给别人,不让不行。干任何一件事情都如同登天,更有的比登天还要难上许多。无论什么时候,无论在哪里,别指望会有谁给你留面子,别指望谁会把你放在眼里,没有人会考虑你的请求,也没有人顾忌你。我们被杀的时候,最多不过咩咩地干叫两声,那就算是比较有血性的了,更有的连咩咩两声的机会都没有,都争取不到,或者压根就不去争取……老赵痛心疾首的样子曾给周围的人们留下了很深的印象。

起风了,云彩们相跟着,结伴而行,也像地上的人一样,正要去往某个地方。

10

时光擦着树木的边缘在村外的大道上奔驰着,人们住在村里,谁也不曾对其多加留意,一切仿佛都远在天边。一件能够在中午时分干完的事情,完全可以放到当天晚上甚至几天以后,这样做丝毫没有什么不妥。妈,凳子用不用搬回来?一个孩子问。又不下雨,先放着吧。

什么人在频频地看表,不停地计划?一个无聊的女人?一个恶心的男人?

卖花盆的人在一只缺了大半个边儿的花盆里加入两瓢水,然后将那个破盆放到南边的墙下,给那只狗预备着。这样的残花败柳般的货色像一个年老色衰的女人,已注定不能再出手了,拉到市上只会来回占地方,只会遭人耻笑,也会使其他那些完好无损的同类受到连累。

这些天来，经常有一只焦渴万分的狗跑到他这里来找水喝，喝过后又急匆匆地夹着一条已没有多少毛的尾巴离去。一开始的时候，那条狗试探性地站在街上向这个院里张望，当看到并确信院里仅有一头躺着的骡子时，便小心翼翼地走进来了。一个长条的石头槽里盛着清水，那是卖花盆的人为自己的骡子预备的。不管骡子喝不喝，作为一个伤心的情绪低落的主人，他每天无论多忙，都要将石头槽子里的水换一次，从外面一回来，先看槽子里有没有水。

那只狗缓缓地从外面走进来，卖花盆的人在屋里看得真真切切——那是一只年纪很大的狗，走起来的时候老态龙钟，一副饱经沧桑的样子，对周围的一切都已不大关心，不怎么在乎了。它的眼里几乎装不进什么，它看着石头槽里的清水，然后低下头去喝。卖花盆的人从屋里出来，站在一旁注视着它，实在地说，一开始它还是有些害怕的，明显地往后退了一下，后来又试探着上来，喝过水后，甚至都没抬起头看他一眼，然后就扭头慢慢地走出去了。

完完全全一副老祖母的样子。卖花盆的人这样想着，走出自己的院子，向两边观望，只见那位"老祖母"正蹒跚着从几棵黄绿的树下走过，几只轻浮的鸡在附近一带聒噪、忸怩，扇动着浪漫的翅膀，似乎想引起那位"老祖母"的注意，但是"老祖母"却视而不见。

记忆中好像从来没有出现过这样的情形，这件既开眼界又长见识的事使他不禁感到有一些冲动，这样的活生生的一课不是每个人都能幸遇的，有多少人一生都碰不上呢。好像就从那时起，想到要另外单独准备一个盆，每天换一盆清水，狗是狗的，骡子是骡子的，不要让它们搅和到一起。卖花盆的人一项一项地盘算着，回到自己的院里。他想到了怠慢，想到了不义，卖花盆的人感到自己还不是一个不义之人，那么他当然也不会怠慢那位远道而来的焦渴万分的"老祖母"，不给她水喝，不是他这样的人能做得出来的,来了才说明眼里还有他。

"你真是可怜啊,你看你活成了甚?"忽然,一个尖细又尖利的声音在院子里响起,说,"一只破狗,跑进来喝了你几口水,你却说它眼里有你,看得起你,你真是可怜到家了!"

这尖酸刻薄的声音让他不禁愣了一下。"我愿意,我就这样了。"他说。

卖花盆的人在自己的寂静的四方形的院子里走着,做着一些该做的事,也许还有一些不该做的。如果他自己不出去,从来也没有人会在外面叫他的门,或者径直进来,整整一天,一个月,一年,也不会有什么动静。有时,他干着活儿,会突然停住手,自己对自己说:

"那么大一个世界,那么多的人,各种各样的人,形形色色的人,没有一个人和我有关。"

有一次,他正在屋里给骡子拌料,忽然听到自己的街门被人拍得很响,他放下手里的东西,跌跌撞撞地跑出去。他很不适应这样的声音,这样的声音使他感到心慌意乱,六神无主,身上的一切都像佩戴的饰物一样在混乱无序地振响,跳动……门开后,外面站着一个生人,一看见他出来,就立即将一个戴着橡皮软塞的瓶子举到他的脸前,高声问道:

"要奶瓶子吗?想要塑料的,还是玻璃的?塑料的烫手,玻璃的容易爆炸,发生危险,我这里有磁化的。"说着,又举出一个。

"进来说。"卖花盆的人让开自己的身体,对那个陌生人说道。"你的这东西我不要,我要它没有用。你知道,我没有孩子,一个都没有。我一个人过。明年,我就快四十岁了,我不能举着奶瓶子喝水。我不想把人们笑死。"

"不要就算了,还说这些干什么!你有没有孩子,我怎么知道?"那个人气呼呼地收起自己那一套,转身离去。

"我真的没有孩子,不信你进来看。"卖花盆的人说。"里里外外不是粮食，就是工具，连一件孩子的玩具都没有。"

晚些时候，又一位曾经沧海的"老祖母"借着黄昏的夕照，正在大摇大摆地穿街而过，——那是一只体态硕大，须毛皆白的老鼠，老得已快走不动了，从谷仓的那边走来，在人们的呐喊声中，不慌不忙地向农机管理站的方向走去。夕阳的余晖披在它的身上，使它镀了金，它步履蹒跚，每走一步，仿佛都要在途中留下某种纪念性的东西，留下它的气息或并不存在的金色，它的迟缓而沉默的样子使得坐在墙边的一些老人也都不同程度地受到了震动，他们看着它，有人说，我活了八十多岁，从来没见过这么从容大方不慌不忙的耗子。老家伙那眼里有谁？谁都没有，谁都不在它的眼里，一个人活到那个分儿上，还有什么可怕的呢，啥也不怕了。卖花盆的人心事重重地想道……也许，那才是真正的遗忘，真正的目空一切？不过也难说呢，那好像更像是一种无奈和没办法，再没别的样子，也不会有别的样子了，只能那样了。

卖花盆的人站在光线稀薄的街上，惊异的目光向前面循望着，追随着，一直目睹着它的庞大的身影最终消失在农机管理站凌乱寂静的院里。它难道很适应柴油的气味吗？马达和水泵的刺耳的突突声也不在乎吗？司机们随随便便掏出来的僵直而丑恶的东西也不值得它避讳吗？好像是什么都不再要紧了，街道是普通的街道，蠕动在街道上的人更是普通得不能再普通的一些人，农机站的内外也没有什么怪事。几乎难得有一件有什么刺激意义的事。

不论任何时候，只要一出现在他的面前，那只狗总是显得焦渴万分。卖花盆的人回到自己的院子里以后，它不知什么时候已经来了，正在石头槽子前喝水，眼前的情形使他不由得一阵感动，他站在它的后面，看着它的苍老的皮毛。很显然，它已习惯了这个石头槽子里的水，它一点儿也不知道它自己的水盛在一只花盆里,灰色的花盆,会在它饮水时发出某种相应的声音。仅仅几次,就已经熟了。喝足了水以后,它并没有立即离去,而是抬起头望着他,目光里有威严。卖花盆的人此时垂手立在一边,目光柔柔的,倒更像是一个忠实的仆役。

"你知道我是谁吗?认识我吗?不认识?不认识就来喝水来了?我是一个卖花盆的。"

他的心情在流淌,如一条浅窄小河里的水,有源头,却感觉不到流向与最终的去处。看到它对眼前的一槽清水不再感兴趣时,便小声问道:

"老人家,您还需要点儿什么?"

11

有一段时间了,老赵没有出现过。那些天,每当吃过晚饭之后,卖花盆的人都会看到有一个年轻的姑娘悄悄地走进隔壁的院里,先在阴湿墨绿的葡萄架下停留一阵,然后走进屋里。

卖花盆的人不知道那是哪家的姑娘,在墙的这边,他能勉强听到她们说话的声音,但无论如何不知道她们在说什么。有好几天,他一直在想两个女人在一起住,会说些什么,说的最多的是什么?一个中年的女人和一个年轻的姑娘,她们在一个屋里的时候,说的又是些什么?这些没有答案的问题使卖花盆的人很伤脑子,常常想着想着就开始头疼,渐渐地越来越感到昏昏沉沉——只有当他感到自己有些狗拿耗子的时候,才会暂时抛开那些恼人的问题。

有时候,天气温暖,熏风和煦,隔壁的女人便会站在街门口,远远地望着那个纤细、文静的姑娘从月光下轻轻走来,她像一只清纯无邪而又心慌意乱的小鹿一样闪现在那个女人的视线里,又如同信使一样停留在卖花盆的人的记忆中,使他不得不考虑她是谁,从哪里来,为什么来。是暂时住一段,还是住下就不走了。她为什么要和那个中年女人住在一起,她们是怎么回事,她的胆量难道要比那女人大得多吗?当外面响起某种动静的时候,她的年轻的身体说不定战栗得很厉害,她会紧紧地抓着那个女人的手,长长的头发披泻在脸前。那种时候,人届中年的她反而安慰她,爱抚她。无论从哪个方面来说,一个中年的妇女都没有理由比一个十八九岁的年轻姑娘更显得害怕,更加不安。长期在病中的女人,相信对很多东西已不再忌讳,甚至连曾经有过的对某种事物的畏惧之心也会日渐丧失,丢得干干净净。她知道自己的病,了解它的范围和程度吗?她们一边铺床一边说话,恐惧和不安被压入黑暗,扫地出门。近来,她的气色相当不错,多日的病魔好像已离她而去,那样的一种略显松弛的状态与年轻的姑娘们过于绷紧的皮肤又不尽相同。那个姑娘安安静静地坐在她的对面,坐在铺开的松软的被褥上,她多么像一个离开闺中不久的新娘呀!是的,早晚会有那么一天的。

　　天气不好的夜晚里,村里的人们很早便都睡了。她和那个姑娘当然不是睡得最晚的,她们坐在灯下,火上煎着她的药,来自山野的清苦的滋味熏染着她们。街上在刮风,附近一带人家的年久松动的门窗在风中呱嗒呱嗒地响着,街上挤满了风,好像一支刚刚到达的队伍,正在无边的黑暗中等待新的指令,每隔一会儿,她们当中或者谁,就得去翻翻那黛黑的药汁。

　　夜深以后,她们灭了灯,屋子里只剩下一些忽明忽暗的火焰的亮光,火焰的形状在很多的时候像是用不规则的纸剪出来的。有一段时间——连续两三天——,那姑娘心神不定,甚至连外面的衣服都不敢脱,总感到有人在窗外站着,在暗中窥视着她们。这个像鹿一样胆小的姑娘,宁愿睁着眼睛坐在黑暗里,呼吸着药味,注视着火光,一旁传来呼吸,她仍然醒着。她告诉那个比她年长十几岁的女人，说她遇到一位医生，既懂西医，又精通中医，很是难得。

　　长期与病魔打交道，使那个女人先后认识了不下十几名医生，那中间有中有西，他们互相排斥，诋毁，她的病就在那种时光中徘徊，到底该信他们谁的呢，这事很多时候还真是一道难题，常常让她无法决断，没有主意……西医对中医疾恶如仇，而又不屑一顾，自认为真理在自己手中，自己就是科学的化身。中医又是多么不信任西医呀！他们笼统地将所有的西药制品视为图财害命的毒药，将手术刀视为杀人不眨眼的屠刀！他们又无论如何看不清自己的某些腐朽、愚昧和偏狭，某些医病的方法乌烟瘴气，形同巫术！多少年来，两种医生就这样互不相容，恶性循环，不知延误了多少人的性命。有一位富有经验的中医，化瘀祛风很有一套，但近来却热衷于配药，专门研制一些使妇女皮肤丰美的方子。具体做法是：将大量的胡椒粉一样的散面装入提前购回的空胶囊内，然后按粒出售。表现在女人的身体上，那药追求的是美白，润泽。有一段时间，这个女人天天服用，身心在安慰中舒卷如云，沃野一样肥美。

　　夜深时分，服过药以后，黑暗覆盖在她们的身上，她们在干什么呢？很难说她们在干什么。卖花盆的人站在墙这边，耐心地注视着隔壁窗户上一个又一个的安详的菱形。灯光仿佛是从缭乱的木纹间透出来的，但显然又不是，倒是那木头的形状与花纹被月色洗得十分青白。

　　隔着墙头，卖花盆的人仔细地想象着两个女人在一起睡觉时的情形。那是怎样的一种情景？很不好推断呀！人世间有多少他人无法想象的实际情形，而很多时候，想象的又往往是错的，总是错的，完全不对，不仅不接近，甚至常常恰好相反。脑子里的图画，有些需要裁剪，有些裁又不是补又不是，就那么一直空着，没有什么东西能让它显得合理而有情有趣。

卖花盆的人背靠着院墙，有一阵在用一种很小的声音问自己，心里翻腾着，如同光线里的尘埃，白日里的余温仍然滞留在墙上，这使得他不再感到自己是一个没有根基，没有依靠的人。我的背后有东西，有很高很硬的东西，牢固，结实，而且还时时传递着静悄悄的温热。

"过了今年，看看下一年吧。"

这样的念头刚一闪现，立即就被他抓住了，他在黑暗中睁大眼，看见野花遍地。

卖花盆的人仰起头，望着隔壁窗户上的那种水一样的灯光——

随着时光的流逝，某些原本不容易成形结晶的问题，已被他琢磨得很光滑很尖锐了，这是他的一种直觉。日子呢，过得是忽一天清醒忽一天又迷糊，清醒和迷糊，基本是对半的。

"不知别的人是啥样的，或许有很多人一直都是清醒的。"

他对自己说，又这样想。然而过后不久，马上又意识到不满足。"不行！还得一直深入下去才是。"事实也正是如此，浅浅的一湾水不过是一种表面的流闪，真正伤脑子、卖力气的时候还在后面。很多时候，他分不清哪个是直觉，哪个是经验。面对那个阴森幽静的葡萄架，他常常说不出话来，感到一种钻心的疼痛，却又很难觉出在哪个部位。面对那些，他只能像一个哑巴一样把长久以来积在心里的事情悄悄地颠倒一下，换个方向，挪挪位置，变变颜色，仅此而已，属于疑团的，也不过多留意一眼，很难计较，因为计较不起，更计较不清。

老赵走了，那个姑娘来了。

老赵为什么不再来了？暑天已过去，他没有理由再泡在水里了。最主要的是，没有那个女人在一边看着，不住地发出阵阵令人难过的笑声，老赵是不会认真在水里待多久的。明摆着的事，他所做的一切，主要是为了她，要是没有她在场，一切恐怕都是另一个样，没有什么别的人和事能让老赵心甘情愿地卖力，做这做那。卖花盆的人很清楚老赵是一个怎样的人。

一个好高骛远的人，是不适宜在乡村尤其是穷乡僻壤里居住的：郁闷，愁苦，寂寞，贫困，那样的一些东西慢慢地就会对他形成严重的梗阻，叫他走投无路。时间一长，街上的每一根草，每一块不起眼的小石子，甚至一滴水，对他来说都可以算得上是一种致命的障碍，都可以轻而易举地将他绊倒，像一块玻璃一样跌得粉碎。另外的阴雨，尘埃，漫无止境的黑暗，干燥，潮湿，恶心，绝望……那样的折磨比某些探亲访友的人遇到天灾人祸的阻隔更为直接而深入，后者只是感到日益焦虑，虚火攻心，渴望及早离去，一分一秒也不愿意再多滞留，说不上复杂，心碎，更谈不上有多么致命，最多只是一种时间和行程上焦虑与渴望。

然而，就在那片灰色的背景里，人们接近于枯黄或奄奄一息的时候，隔壁的那个女人开始出现了——她如同一片流水，首先被救活，挺起腰杆，精神一日强似一日的就是老赵。……为什么第一个被雨露沁透的人竟是老赵？老赵在这件事情上纯属后来居上，横插一脚。卖花盆的人想。不应该是他呀！他有什么功劳？是我最早发现她的，她住在我的隔壁，我和她离得近，距离最短，没有比这更亲近的了。还有谁能时时听到她不易察觉的呼吸，看到她的如云霞或者黄昏般的身段？她的窗户上的帘子是什么花色的？里外共有多少幅？她的内衣里面还穿着什么？直接是一览无余的肌肤？还是还有一层空气一样稀薄的东西披在她的身上？

卖花盆的人不相信除了他本人还会有什么人能够知道这些，怎么可能还会另有其人，这样的最隐秘的贴着肉的事情，难道不是生活的内幕吗？如果不是，那又是什么？既是内幕，那当然就不应该成为一种人人谈论的广泛的话题，谁都清楚明白的事情还叫什么内幕！

"这样的事情还能上哪里打听去？只怕是有买的没有卖的。"

然而就在他自觉安稳之时，有一个人却得意无比地暗示自己想要的东西已经到手了，人也得救了，什么都不缺，——那个人就是老赵，卖花盆的人在从前岁月里最好的唯一的朋友。

"怎么可能？"卖花盆的人胆战心虚地想道。不可能吧？老赵和她，他们，她们……究竟什么时候交集上的？虽然有时候站在葡萄架下，也能将就着把要说的说完，时间飞逝过去，然后一走了之，不可能呀！匆匆地来，又草草地去，究竟是为了什么？有什么意思在里面？

卖花盆的人心急如焚地站在墙的这边，他的耳边传来了她的笑声。一个女人要是不能像花瓣一样时启时合，那还能叫女人吗？那是木头。木头也有亭亭玉立，风姿绰约的，比如白杨，比如白桦，更有简直就是女性化身的柳树。木瞪瞪的东西当然也不全是榆木，就算是榆木，在春天里的时候，也还禁不住常常要流泪呢，流那种又浓又黏的透明的油脂一样的东西……卖花盆的人这样想着，渐渐感到自己的一只手上沾满了无数黏稠暗哑的东西。抬头再去看时，隔壁院里的灯光已经熄灭了，有一种听上去很硬很挺的树叶在黑暗中哗哗地响着。

今年就是个今年哩，闹好了能顺顺利利地过去，要是闹不好……

这句小声而又难以预知的话将他自己也吓了一跳。他蹲在骡子的旁边，注视着附近的几个高耸的草垛。一件事情正在刺激着他，推动着他，他能听见自己的心跳得很厉害。"那要是弄成了，事情就是另外一种样子了。"那时候，他看见自己在夕照中转圈，转得罗盘一样，时间也就在那种转动中不知不觉地过去，他踮起脚，屏声敛气，绕过多半个黄昏，那也能算是一种办法。不过他却看到有的人直接迎上去，面对面地过去，开门见山，直来直去，那也是一种办法，后一种办法不一定就不如前一个，几种办法都有可能，都可以试试，但到时候只能选择其中的一种，剩下的统统都用不上。"谁能知道接下来是什么？"谁也不会知道，谁也不会想到。真是一件令人心跳的事情呀！无论摊到谁的头上，谁都会感到受不了！兴奋，激动，强烈的颤抖，一连串的反应有的在情理之中，有的大大地出乎人的意料。那是什么？那是怎么回事？脉络不清也没关系，甚至第一次弄砸了也没关系，那毕竟不是一件人人都可以干的琐碎之事，能够一次命中，一针见血，当然是好事，问题是想象和准备并不等于事实。

卖花盆的人轻轻地喘息着，像一只辛劳的土拨鼠一样活动在自己的院子里，有很长一段时间他做着一些完全忘我的事情，在月光下忙得不可开交：窥视，眺望，修理，测试，敲打，倾听，洒扫庭院，磨砺工具，疏浚水道，搬运粮食……把新的放进去，旧的晾晒出来。

12

长久以来，生长在他的院子东边的一片小树林子，在他的印象里已完全不存在了，似乎从来就没有什么东西曾在他的周围摇曳，晃动，并带来萧萧的风声。没有树林，也就不存在疏密，日间的光影在那里难得有什么变化，晚上的月色或黑暗也是笼统的一片青光或乌黑。

那是一个还算安静的小院，他一直这么认为，门前有一个沤麻的水塘，一池浓浓的绿水。他留意了很久，竟从来不曾看见有年幼的孩子从外面回来，小院里也从未响起过童年的声音。那房子上面没有瓦，烟囱细而高，分明是另一个什么地方的习俗，生拉硬扯地挪到这里，与周围一带的情形明显有别，格格不入。房子的前后都有门，后面的门向上升着升着就不见了。

一对患有失眠症的夫妻住在那里。失眠的情形是严重的，不是一般意义上的睡不着觉。看看他们那越来越坏的脸色，性情以及恍恍惚惚的身体，就不由得人不为他们感到担心。长期以来的失眠，使他们原本还算差强人意的记忆遭到了毁灭性的打击和损害，撕扯和吞噬几乎每天都在发生。不行了，什么都记不住了，无论任何事情，转个身就全忘了。一切都在下降，减色，拿不起放不下，七零八落，四分五裂。夫妻二人，每天临睡前，双方都要互相再三提醒对方不要忘了吃药，服下一定数量——通常为每人每次五粒——的安眠镇静之药。

谈不上睡觉，因为那并不是真正意义上的休息，只不过是天黑后的一种没有多少实际意义的手续或形式。也完全没脸说自己是在睡觉，还睡什么呢，与其说睡觉，不如说躺下更恰当。睡前不服药当然不可能睡着，更不可能很好地睡着，可睡前服了药，就能很快地睡着吗？

亲爱的妈妈，母亲！我们睡不着！

对于我们来说，吃药比吃饭更重要。

从前的睡眠哪里去了？这世界欠我们太多的觉，我们并没想全部要回，只想讨回一点点。

我们已经看出来了，我们其实什么也不再能看出来，我们也并没有掉以轻心，相反每一步都小心了又小心。你的已经吃过了吗？什么时候？剩下的这些都是我的？是的，我不相信，因为这不是真的。这其中有诈，你知道吗？老天有眼，他可以证明我也已经吃过了，五粒白色的药片，一粒不多一粒不少，屋顶和窗户也在看着我们。咽下去吧！再过一会儿你又要忘记了，拒不认账。这是毒药吗？当然不是，这是能够让我们安静镇定，不出声的药。是的，只要能够睡着，我愿意立刻放弃说话的权利和能力，放弃一切！我什么都肯做！我所要的只是一种沉实！如果美妙的沉实被视为一种奢望，那么，我们可以转求那种重复的沉实，拖沓的沉实，充满缺陷的沉实！现在看来，即使昏昏沉沉，恍恍惚惚，也足以使我惊羡不已！

我终于明白什么叫嫉妒了。我们原来经常争论的是到底有没有真理，若有，在哪里？若没有，为什么又常被提到，总是被拿出来？现在看来这真是狗拿耗子呢。现在我们最在意最嫉妒的是某些睡眠充足的人，他们是谁？生活在哪里？为什么总是那么容易进入梦乡？我们不认得他们，好像只认得这几粒小药，实际上它早已成为我们在这个世上最为熟悉和亲切的事物，很多时候不是亲人，胜似亲人，甚至唯一的亲人，很多人数十年茫茫渺渺，风流云散，灰飞烟灭，到今日唯一相伴的只有它们。为这样的小事争执不休有什么意义？那分明在说，我们不是夫妻，而是刚刚才相遇，天黑以后才认识，更悲观一点来看，恐怕连那也谈不上。

我要说的是失眠，它像强劲有力的鬼魂一样跟了我们几十年，从南方一直尾随到北方，穷追不舍，难解难分，我原以为只要耳边听不见那里的轮船的汽笛，就能安心地睡好觉了。

我们为什么一直不瞌睡呢？从来不困，一丝倦意也没有，难就难在找不到根源。我们如同烧了太久的钨丝一样，这会儿只要被什么东西轻轻一晃，甚至只是在某个遥远的地方轻轻震动一下，四周立刻就会漆黑一片，深渊轻而易举地就形成了，深渊的形成并不需要亿万年。

他妈的，我们才是真正的睁眼瞎呢！谁能说得清楚为什么会如此兴奋，闪动不已，一直都像抽足了大烟似的——是谁一直默默地，源源不断地为我们提供这种昂贵的消费？使我们不知不觉地兴奋了很多年，睁着眼睛，等待了一年又一年。我们在坐等什么，等待什么？

我们快抽掉一座城了吧？

没有人知道他们的每一天都是怎么过的，尤其是夜晚。四周的声音消失了，枝头上的绣球被悄悄地打开，捧出花瓣，花心微露，温润，期待，似睡非睡地发出几乎不易察觉的喘息。

很难说他们已顺利地进入了渴望多年的梦境，也许他们至今仍然连梦的边缘都没有摸到，仍在艰难地辗转，吃力地挣扎。多么耀眼的花粉！在那整洁而明亮的光泽的映照下，卖花盆的人的忧伤正在逐渐变得平实而低垂，清晰可触。只要愿意，仅凭一只手，一只耳朵，就可以进入到那对失眠夫妻的生活中去。他们看上去也的确没有什么孩子，出来进去只是他们两个人。"你见过他们的孩子吗？大约有几个？好像一个都没有呢。"卖花盆的人总是忍住自己问自己。他感到不甘心，不瞑目。为什么他们总是睡不着觉？仅有一个遭受不幸的折磨还不够，夫妻二人竟患着同样的病，走投无路，度日如年。没有人注意过他们，更没有人过问过他们的生活，假使有一天他们双双或其中的一个死在自己的家里，别人也仍然不会知道什么，说到底，这事与大多数的人都无关，说到底，不止他们，任何人都与大多数的人无关。

"撇开他们先不说，我自己又何尝不是这样？"卖花盆的人想着，眼前豁然开朗——多少年来，他一直自觉而主动地、不知不觉地替别人——不能说是每一个人——着急上火，而那一切，不管内心的火焰有多么强烈，情绪多么饱满，竟从未引起任何人的注意与反应，没有一个人知道一鳞半爪。无论你如何焦虑不安，无论你将花盆敲得多么嘹亮，多么悦耳，也只不过是你自己的事，任何人都有权充耳不闻。……可是，卖花盆的人很早就发现自己有点儿管不住自己，一厢情愿的主动像一块藏在暗处的磁铁，流泻在那上面的团团幽晕时时吸引着他，不管跑出去多远，最终也还得被鬼使神差地牵回来。游离是不成功的，漠视是不现实的，破碎不是纯粹的破碎崩裂，更不是山崩地裂，改天换地，而只是在一个完整的范围内小打小闹地错综一下，稍微凌乱一下，让先前的位置发生一些交换或变化——就是这么回事。

究竟是一些什么样的事情使他们夫妻天天睡不着觉，长期失眠？卖花盆的人不知道,起初他还曾信心十足地下过一番功夫,但是后来他也不打算弄清楚这个恼人的问题了,因为他觉得希望太小了,渺茫得几乎无影无形。再说,那需要时间,机会,巧合,纵然这些东西都齐备了,那也并不意味着事情就清楚了。也许,对他们自己来说,都还是一笔糊涂账呢。

有一天晚上,卖花盆的人坐在自己的院里,听从兽医的建议,给骡子喂一些盐,骡子伸出温热的舌头慢慢地舔着他的手,骡子把他的手心舔得很痒,他不断地躲闪着,既嫌痒,又怕骡子吃不着。就在他手里的盐块要被舔净的时候,耳边忽然听到那个女人惊慌失措地说道:

"健生,醒醒!快醒醒!"

一直是她一个人的声音,没有人回答她。女人不断地叫道:

"健生,醒醒!快醒醒!"

男人终于被摇醒了。"你干什么?我好不容易才睡着一会儿!"

"健生,你忘了一件事,我也是猛然才想起来。"

"什么事?"

"你还没吃药呢,今天的药,你一粒都还没动呢。"

卖花盆的人将自己的手贴到骡子的软腹下。多么温暖的夜晚!名叫健生的男人,把自己的名字由庆生改为健生,多年来一直都在不懈地与失眠做斗争,从未停止,偶尔小胜一次。

13

天色时暗时明,让人渐渐地分不清时辰,后来连年份和月份好像也一起错乱了。卖花盆的人浑身湿漉漉地坐在自己的家里,谛听着外面的动静。没有人暗中尾随着跟来,也没看见有人在他的家门附近探头探脑,东张西望，这使他渐渐感到安心，喘息也开始变得均匀起来。

卖花盆的人确信自己在不久以前的一段光线晦暗的时间里将一件在心中预谋了许久的事情干得人不知鬼不觉，天衣无缝，很难说那是一天中的一个什么时辰，树木、街巷、房屋和山的影子，一切都昏黄而模糊，以至于连他本人也迷糊了，也没有什么人和东西能够证明。

走了很久，没有看见一个人。

一路上所看到的水都是圆形的，树叶像人的耳朵。

刚从家里出来那阵子，卖花盆的人感到自己顶多有三成的把握，他一边走，一边不住地哆嗦。后来，看到那昏黄模糊的天气后，他哆嗦得不那么厉害了，他觉得这时候至少有五成的把握了。为什么看见昏黄模糊的天气就不哆嗦了？感觉走进了浑水里？他吃惊地发现，人的信心和勇气原来是一寸一寸往上长的，很难一下就树立起来，倒是消亡和坍塌来得很直接，说没有很快就没有了，转眼就不见了，这情形和人的病正好相反，后者是来时容易去时难。

一路上没有碰到一个人，这又给他增添了不少信心。

等到后来看到沿途所见的水都是圆的，树叶像人的耳朵时，卖花盆的人便诧异地感到先前的把握已陡然升至九成，甚至就快要接近于十成了。这个时候，他发现自己兴奋了，先前那羞于示人，不成气候的欲望像晚间的火焰一样，越来越亮，越来越强劲，越来越热烈！

他的脸烧得通红。

他的胆子越来越大了，无人匹敌，无所畏惧。一个人在目空一切的时候，连走路都显得与众不同，尤其与自己的以往不同。现在，他径直来到一处靠近路边的房子前，厉声叫道：

"老赵！老赵在家吗？我再也不能忍受了，该算算总账了，是时候了。"

他感到此刻的自己很像是那只正在缓慢过街的饱经沧桑的大老鼠，拖着一副硕大的身体，从容不迫，藐视一切，兵临城下，频频叫阵。在这个黄昏，他看到自己变得巨大无比。

一扇斑驳寂静的门，在一阵吱吱呀呀的叫声中慢慢打开，一个年老的女人从里面走出来，是老赵的母亲。她看到她儿子的昔日的朋友站在外面，一副要吃人的架势，不禁诧异道：

"你咋了？咋不进来？是在叫我吗？"

"叫你干什么！"卖花盆的人说。"快让老孩子出来。"

老孩子就是老赵，是他从前的名字。

"你在说啥？我听不懂你说的话。到底出了啥事？"

"去问你的儿子就知道了。"

"我上哪儿问去？五年前他不就已经在村后的水库里淹死了吗？谁把他拉回来的？他入殓的那个晚上，谁帮着抬过？那中间没有你吗？"

"你别护着他，快让他出来！这一回我坚决不让他！不让！我受够了。"

"猫娃，你的气色不大好呀。"她叫着他儿时的小名，一脸生疏地看着他，附近的一些树枝垂在他的身后。在过去的那些年月里，他几乎天天在这一带出现，他嗑过她无数的葵花子，也吃过她无数的饭，一转眼几十年过去了，现在，他以一种让她感到无比吃惊的方式出现在她的门外，气势汹汹又疯疯癫癫。老妇人倚在门边，吃力地听着他的陈述。她先是听到一个来历不明的女人，接着又听到了自己的儿子，从前的老孩子，现在的小孩子，还有一个院子，一处阴森缜密的葡萄架……有什么声音在轻轻走动……熏黑的草药……碧清的水……

"天哪！你不是也死了吧？你这说的可是一整套的鬼话呀！"

接下来，老妇人听到了一声重重的关门的声音，她的稀疏的头发几乎飘扬起来。

走出去很远了,耳边还能听到老赵的母亲的哭声在空荡荡的村子里回响着。不能怨我呀!卖花盆的人想,一切都是老孩子逼的!卖花盆的人感到自己的心在这个晚上变得很冷很硬,真正的铁石心肠。他目不斜视地走着,他知道能在哪里找到老赵,因而在行走的过程中不需要东张西望,更不需要停下来询问,打听、辨别、选择,一切都用不着,计划中的策略、措施、绳索和刀子,看来也不一定能派得上用场。天高云淡,轻车熟路,有零星的影子流动哨一样在远处晃来晃去。有一种声音在晚间的村庄里哀号着,绝望,苦闷,但没有什么分泌物。

一件想象中的难事要是过于简单了,过于顺手了,反倒会让人觉得意外,惊奇,难以置信,疑心没做干净,后面还有一条长长的尾巴,甚至会疑心是否走到了另外的一条岔路上。

水库附近的情形似乎已是深秋的季节,所有的树叶都落完了。

卖花盆的人刚一在那里出现,那碧清而圆形的水面上就荡起了层层波纹,紧接着,一个人从水里慢慢地浮上来,嘴里"噗噗"地吹着气。不用细看,也知道那是老赵,除了他,没有人会在深秋时节的水里游泳,摆阔,轻浮地做着各种各样的肉麻的动作,打肿脸充胖子,以博得一个女人的嫣然一笑或阵阵浪笑,获取她的欢心。不是公羊一样的老赵,还能是谁?

卖花盆的人不声不响地走过去,蹲下身,伸手将那个晃来晃去的头按回水里,水面上咕咕地冒起一串水泡,不久便消失了,又重新恢复了先前的平静,依旧恢复成村里的一面镜子。

"看你还再出来!"

卖花盆的人低声说着,随手捡起一片叶子,放在手里看着,那时他才发现,并不是所有的树叶都像人的耳朵,仅仅眼前的这些便形状各异,分别呈现出不同的颜色和式样,有的像舌头,有的像手掌,还有一些像兽医的小刀和彤红的晚霞。他抬起头,看见水边的天是阴的。

哗的一声,水面上响了一下,老赵突然浮出水面,抹着脸上的水珠,笑着说道:

"我踩住一条鱼。"

"别扯了。"卖花盆的人伸出手,又将那个头重新按回去。"你已经是死了的人了,怎么还能说这种话。"

这是近年来的头等的一件大事。

卖花盆的人浑身精湿地站在自己的屋里,黑暗中,堂屋的一道门槛将他绊了一下,他一身虚汗地爬起来,耳边听到几声"噗噗"的声音——那仿佛是在吹灯。

远处的山脉虚了,看上去又虚又软,好似一片斜着立起来的沼泽地。恍恍惚惚的,他看到一片碧清而圆形的水,轻轻地在眼前涌动着,一汪一汪的蓝色,一团一团的幽晕,仿佛是一口与地面齐平的井,不见井盖,只见一个人慢慢地从水里浮出来,笑容可掬地说:

"我又踩住一条鱼。"

"老孩子,没意思啊!"

14

卖花盆的人脱去身上的湿衣服,站在火边,一边烤火,一边低声对自己说:

再进城时,我要花钱买一个玩具,一个很好的玩具。不是为了讨好某一个女人,而去送给她的孩子,不是,是给我自己买的,我自己要玩。

白天，我是这个家里的主人，唯一的成员和唯一的主人。我得扛大头，出大力，每天拉着车出去到处卖花盆，骡子只能帮我一些小忙，这些天竟连先前那点小忙也帮不上了，里里外外只有我一个人在转来转去，有时候我转得心里很麻烦。晚上回来以后，我就不再是出门挣钱的主人了。太阳一落山，我的身份就变了，我是这个家里的一个娇生惯养的孩子，唯一的孩子，唯一的一个无法无天的孩子。我想要什么就要什么，想哭就哭，想笑就笑，想怎么闹就怎么闹，没有人敢说我，我谁也不怕。

我想玩东邻那对患有失眠症夫妻的安眠药。他们每天偷偷地送进各自的嘴里，从不让我一句，我很憋气。他们为什么这样对人？我不是没有想过，我要用他们门前的那个水塘里的麻，将他们两人捆到一起。谁说捆绑不成夫妻？事实上有很多都是捆绑成的，我看有时反比那些自由松散的组合要结实得多，也牢固得多。捆绑成的夫妻没有花架子，不像那些自由结合的夫妻，全靠各自的谎话维系着，一旦有朝一日谎话说尽了，说烦了，他们也就快散了。

只要有一个烦了，这事就成了。

……

我要玩西院那个女人的乌黑坚硬的药渣和她的柔软的夏日，我不允许老赵不管白天黑夜，没完没了地黏在她的那里！我要让他出来！他不能再那么做了，我会想办法的。很多年前我们曾经确是朋友和伙伴，但现在不是了，很难说那是因为什么，好像是因为很多问题。

我们互相都生分了，从前的那个老孩子早就不见了，现在的那个人越来越寡淡了。

是的，我要让他出来，说起来，老孩子这个人从小就很没意思呢。

……

如果减去从前的那梦一样的三四十年的光景，我如今恐怕只有一两岁，两三岁。夜里天气很冷，我常常会哭醒，一来因为寒冷，二来是饥饿。童年的老孩子站在门口，他说他也饥饿，这个人就是这样没意思，看见别人做什么，他马上就也要做，并且经常还要抢在别人的前面，你要是说你冷，他就能比你更冷，你要是说你热，他一定会比你更热，总之是要超过你，有这样的人插在中间，挤在前面，干扰着，捣乱着，你还能做什么？什么也做不了了。

山岗启动了，装载在最上面的云彩摇晃着前进。

……

黑夜里我是一个什么也不懂的孩子，有时安静得像个枕头，也有时从傍晚哭到天亮。早上起来，太阳一出来，或者不管有没有太阳，我又变成了我，默默地锁好门，拉着车出门去。

出门去就一定懂事了吗？所有出门离家的人真的就都懂事了吗？出去了也常有犯浑的时候，像个不懂事的孩子，不希望有人把花盆买走，买的人越少越好，更有的时候还喜欢无人理睬。心里希望所有的花都不要栽在花盆里，而是直接生长在土里，生长在天底下。

希望所有的花盆都被打烂，碎片消逝，永不再重现。

15

瓦窑爆炸了，我挂着一根棍子到那附近去看，山上云头按下，山下明火执仗，天是青的，有些地方的景象让我想到瘀血的伤口。水里漂着凉意，榆树的身上流着如胶似漆的汁液。

早上一起来，就听见谁家的驴跑了，一家人顾不上吃饭，把每一个能行动的都撒出去找。

我想起了她的病，她的熏黑的药渣和雪白的夏日。

我的骡子站在雨前的檐下,浑身散发出强烈的马的气息,很难说那是健壮的流露还是不祥之兆。越过墙头,看见旁边院子里的荒草已掩住了门窗,还在蔓延,更有些已有一人高了。

门外是绿色的池塘。

一个女人带着一个孩子,在那一带的雨里走着。

雨下了七八天

才八月份,就已经这么冷了?

主要是因为下雨的缘故,要是不下雨,没这么冷。

你们这地方,不下雨就刮风。

刮风没这么冷。

这雨算是连阴住了,明天也不一定能晴了。

我最怕连阴雨了。小时候有一次,我妈领着我们几个去一个亲戚家,正好碰上了连阴雨,好几天都走不了。我们那时还小,不懂事,每天在房檐下跑来跑去,接雨水,淋得湿漉漉的。我妈的心里简直麻烦死了,也像那天气一样,泥淋糊碴,想走又走不了,一两天以后,亲戚也逐渐有些不耐烦了。有一天,雨还没有停,但是已经小了很多了,是那种沙沙的小雨,我们这里的人叫细麻绳雨。我妈一看是那种雨,就立刻领着我们上路了。我记得很清楚,刚一离开亲戚的家,我妈就长长地出了一口气。

下雨天留客天嘛,老天爷不让你们走。

住在别人家里那种难受,长大了才能体会到,小时候根本不懂。

海龙同志,当干部有几年了?

七八年了。

哦，那也不算短了。一开始就是主任？

哪能呢，当过副组长、组长、民兵排长、连长、团支部书记、支委、副主任，该走的路一步也没少。

也是一步一步走过来的，很好。

也就是这么过来的。

村里的人们对我们是什么态度？

欢迎，都很欢迎呢。

恐怕不全是欢迎吧？那天我往河边走，有一个女人正好要开门出来，一看见我，马上就像见了鬼一样，又转身缩回去了。就凭那一下，我就知道这村里并不太平，也不全是一条心。

是谁家的女人，这么不懂事？

我也不太清楚，大眼睛，梳着两条辫子。

女人们，就那样，她们的反应也不能说明啥。一秒钟前，她们还死心塌地地喜欢白的，一秒钟以后，又真心实意地迷上了黑的，这中间的变化，谁能说清楚？恐怕连她们自己也说不清。这世上，有她们，吵闹，麻烦，没她们，好像又不行。不过，大多数的人还是欢迎的。

不欢迎也没办法。先告诉你一声，会计的问题已经查清了。

真的有问题？

那还能有假嘛。头几次问他，他嘴硬得像鸭子的嘴一样，你还记得吗？

记得。大概有多少呢？

初步查出来，就有四百多，还有零头。

啊，那么多？他把我们大家都蒙蔽了。真不知道他是怎么干的。

当然，那么多钱，他也并不是一下拿走的，今天十块，明天五块，日积月累，还愁不会越来越多嘛。

怪不得呢。

他当会计有几年了？

说起来比我还早呢，有十来年了。

这么长时间，那还惊讶吗，稀罕吗，一座山也能掏空了，说不定还有没查到的呢。

郭部长，那接下来准备……

先派人把他看起来，免得他狗急跳墙。再继续查一查，我总觉得还有问题，没这么简单。

那他的家人，用不用也派人瞭哨着？

先看看再说，还没到那一步。

一开始他还很积极地帮着查别人，提供别人的线索呢，真没想到头一个闹住的就是他。

斗争的复杂性和严酷性也就在这里。我常告诫大家要擦亮眼睛，提高警惕，好多人还以为我是在老生常谈。

这世上还是糊涂人更多一些。

截至目前，像他这样的还不少。

啊，那也就是说，每个村里都有？

你是怎么算账的，有的村里还不止一个呢。

拔出萝卜带出泥，这才刚开始呢，可有好戏看了。

不要胡说，这是戏嘛？就说你们村里，难道就只是会计一个人有问题嘛，绝不可能。

雨好像又大了。

这天气冷飕飕的，中午饭要是有点辣椒就好了。

辣椒有。要不喝点酒吧？

倒是真想喝两口，可是下午还有事呢。

那晚上喝？

晚上不是还要开会嘛。

少喝点儿。

还是算了吧，让大家闻到酒气不太好。

他把一条空口袋的一头折成一个三角形，然后往头上一套，就等于是一件简易的雨衣了，只是这样的雨衣管不了前面与下半截，只能遮挡住头和后背，村里的人们都用这种办法防雨，满村里也没有几个有雨伞的。

走了不一会儿，脸上就溅满了水，胸前也早已湿了一大片。

郭部长他们就住在原来的地主老财的一个大院子里，前面有长长的雨廊，院子里有两三条铺青砖的小路，好多的砖都已经破损得很厉害了。

走出去很远了，他却好像还能听到郭部长在那道长长的雨廊里慢慢地走着，抽着烟，皱着眉头。郭部长有疝气，可是他完全不懂，不仅不懂，连听也没听说过呢。啥叫疝气？要不是郭部长来下乡，很有可能永远也不会知道世界上还有这么一种病呢。不过，也仅仅就是听说了那么一个名字，真正是怎样的一种毛病，在人身上的哪一个地方，还是什么都不清楚。

他抬起头朝阴晦的空中看看，却不料从鼻子上溅下来的水，顺着嘴角流进了嘴里。

太阳像是跟人们结了仇，再也不出来了。

路过一户人家的时候，他推开门走了进去，门前哗哗地流着水，水里漂着草棍、鸡毛。

堂屋的门开着,一个女人弯着腰,背对着门口的方向,不知在干什么。他喊了一声,女人回过头来。

晌午做饭的时候,多炝点儿辣椒。他说。

女人直起腰看着他,似乎要说什么,他一挥手,打断了她。

别计较这种事情,他说。让他们吃得满意了,你们家忠发也会平安无事呢。

他咋就不平安了?女人直挺挺地看着他。

他伸出一只手在湿漉漉的脸上抹了一下。三两句话看来和这个女人也说不清,他倒是真想把她拖出来,狠狠地在雨地里揍上一顿,满村里全是这种连一句正经的话也听不懂的糊涂女人,眼前这个女人还算是众人公认的有见识有头脑的精明女人呢,却原来也是个空名声。他知道她刚才想说什么,无非是想说炝辣椒费油,炝一回辣椒费的油,足够他们一家人吃一个月的。唉,好像全世界的女人都嫁到一个村里来了,脸白有什么用,腰细有什么用,能说会道又有什么用,该糊涂的时候还不是照样糊涂。

小四正在门外堆起一溜土,想把从院子里流出来的水堵住,他从魏家店的山墙那边刚一拐过来,小四就看见他了。小四手里拿着一把小铲子,对他说:

那个镶金牙的大爷又来了。

培仁?他心里咯噔了一下。

他看看聚在门口的水,心里的火呼地冒出一股。还嫌院子里的水不多,还想再憋回去?他伸手在小四的脖颈上打了一下,接着又夺过小四手里的那把小铲子,几下就把小四辛苦了好半天才堆起来的那一溜土铲平了。口子一扒开,聚集在门口的水哗哗地朝街上走去。出水口的水则发出一阵阵呼呼的响声，就是猪饿了以后满院子乱走时的那种叫声。

培仁把他的一只手按住，不让他动，他用另一只手把培仁推开。

是一点儿黄米面，有两三升，还有一小铁桶胡麻油，都是培仁从后草地拿来的。

他说培仁，你拿这些干啥！

培仁说，好不容易来一趟，总不能空着手来吧？难道亲戚们之间也不让来往了？本来还想拿只鸡呢，不好拿，怕路上一不小心飞了。

他说，你怎么没赶头牛来。

培仁说，没有嘛，要有我就赶来了。

他和培仁是表兄弟，但是印象中相互之间却从来也没有叫过哥哥弟弟什么的，从小到大都是直呼其名。培仁他们家在后草地，来回一趟差不多得有十几二十多天，一路上会十分辛苦。可是这半年多来，培仁这已经是第二次来了。培仁嘴上说是来走动，来看他，可是他总觉得事情有些不对。既然是想看他，几个月前不是刚看过嘛，这怎么就又来了？再说，他有什么好看的？小的时候还能在一起耍，现在……他本想对他说说村里的事情，可一转念，又把要说的话咽了回去。说什么，说他天旋地转？说会计本来指手画脚，眼看就要立功了，却不料他本人率先浮出了水面？告诉培仁没事不要到处瞎出溜？

培仁说，来一趟，路上就得走十来天，要是事先在家里把鸡杀了，一两天就坏了。带着活的呢，每天还得专门停下来喂它，不喂肯定还是个死。

他说，哪有在半路上喂鸡的。

培仁说，所以也就没拿。

他说培仁，这形势你还敢到处乱跑？

培仁却说，啥形势？

他说，难道你们那儿啥事也没有？

培仁说，也有。

他说，这里可是紧得很。

培仁说，那儿松一些，不像你们这儿神经烂五的。

他说培仁，这种话以后少说，最好永远也不要说。

培仁说，我也就是在你面前说说，以后不说就是了。

培仁越是这样说，他却越觉得培仁是故作轻松，装着像没事人一样，实际还不知道是怎样的一回事呢。他总觉得事情绝对没有那么简单，这中间不知还包藏着什么呢。他一边和培仁说着话，一边暗暗地留意着培仁的种种表现和反应。培仁嘴里的金牙有时会一闪一闪的，原来那么多年都没觉得，这时却让他觉得是那么的刺眼，不舒服。

想着想着，他忽然吓了一跳：培仁一定是碰上什么事了！不然不能这么不辞劳苦地一趟一趟往外跑，好像是在躲避什么呢。

是的，一定是在躲避什么。

从后草地到他们这里，来回一趟二十多天，要不是有了要紧的事，谁愿意那么来回跑呢？以他对培仁的了解，他很知道培仁并不是一个多么勤谨多么愿意吃苦的人，这样想来，事情好像也就十分明了了。狗日的培仁，肯定是有了事了。

可是，有事了就往这边跑吗？为什么，就因为是亲戚？

他本想对培仁说，我也是一个泥菩萨呢，却始终没有说出来。凭什么说自己是一个泥菩萨，现在不是还好好的吗？至少眼下还不是。郭部长把最机密的事情也都告诉他，说明并没有拿他当外人，在当初决定对会计展开秘密调查的时候，他也是全村里第一个知道那秘密的人。除了他，谁还能有那样的待遇？那能叫泥菩萨吗，泥菩萨能提前知道那种事吗？记得会计当天还来串过门，一看见会计进来，他吓了一跳，脑子里随即就响起一阵房倒屋塌的声音。之后，他把自己的嘴封锁得严严实实，有关那方面的事情半个字也没有说过，还不断地把话题往别的方面引。说起村里的一个叫三春的女人，说起邻村的一个把热窝头藏到裤裆里，把自己烫出伤疤的叫高举的男人，甚至还把会计逗得哈哈大笑。

然而，培仁却好像什么都不知道一样，也不管他心里在转悠些啥。看见院子西边的那个鸡窝已经歪斜得很厉害了，几乎快要塌了，培仁就对他说，垒鸡窝的事就交给我吧，你就不用管了，你去忙你的。

他说，等天晴了再说吧。

培仁却没有听他的。自那以后，就把原来的那个旧的推倒了，开始砌新的。雨时下时停，下得很大的时候，培仁就坐在门里面抽烟，看雨。只要一停上一会儿，甚至蒙蒙细雨的时候，就出去干活儿。石头、泥，都是湿的。拆下来的那一堆旧东西把院子里变得更加泥泞，人从外面回来，或者要出去的时候，都会走进泥里。鞋上一沾了泥，女人的脸色就有些不太好看。不过，当看到一个新的鸡窝的时候，慢慢地又会晴朗起来。

鸡窝盖好以后，培仁又对他说，我再给你盖一个兔窝吧。

他说，兔窝就算了，不要盖了，兔子也没有，盖那干啥。

培仁说，有了兔窝，就会有兔子的。

就在鸡窝的旁边，挨着鸡窝，又盖了一个兔窝，中间的那堵墙，是兔子和鸡两家共用的。

兔窝比鸡窝稍微复杂一些，复杂之处就在于兔窝里面的后墙不能够用石头砌死，以便于将来打洞。当然，那个洞不需要人来打，兔子自己就会打。兔子觉得自己快要生了，就开始给自己在后墙下打一个洞，等到真正要生产的时候，洞也就提前打好了。培仁解释说，兔子生小兔子的时候，是不会当着人的面生的，更不想让人看见，必须到后墙下的那个洞里去生。以后，喂奶，抚育，就都在那个洞里，像它们一家的卧室。

只有等到小兔子会走了，才会领出来。好几个小的，丁零咣啷，摇摇晃晃地跟在母亲的身后，有的连眼睛还没睁开呢。

趁培仁在院子里嚓嚓地铲泥的时候，女人鬼鬼祟祟地把他拉到堂屋里的黑暗处，用手指指外面，悄声问他：

你没问问他啥时候走？

他说，那种话哪能问出口。

女人说，那他就这么住着呀，不走了？

他说，肯定要走，人家也有家呢。

女人说，你就问问他怕啥。

他说，我不问，我问不出口。

女人说，家里住着这么个人，真是麻烦死了。你一天到晚不在家，你当然不麻烦。

他说，人家给你干活儿的时候你咋就不麻烦？习惯了就好了。

女人说，谁用他干？他不干也行，那鸡窝又塌不了。

他说，你别忘了，我们是表兄弟，他那么大老远来了，也不容易，你就不能将就一下嘛。对他好一点，起码不要在他面前摔摔打打的。

女人说，我对他不好吗？今年他头一回来了，我对他咋样？马上给他烙饼，炒鸡蛋。问题是不到半年，他这已经是第二回来了，这咋就没完了呢。

他本想说，根据他的观察，培仁很可能是碰上什么麻烦事了，可是又怕说出来后女人会忍不住乱想，甚至出去到外面乱说。那样一来，说不定会引起更大的麻烦。有些麻烦不是你能想象得了的，更不是一个人的能力能掌握控制得了的。人能轻而易举地把麻烦招来，可是并不等于也能把麻烦再轻而易举地送走。女人们，最容易坏事了。而一旦真的有了事，她们又根本解决不了，只会呜呜地哭，要不然就上吊，跳井。

听见培仁在外面用铁锨奋力地铲泥,擢水,他看了女人一眼。

2

锅底被勺子刮得吱吱地响,听上去除了刺耳,还叫人觉得牙根发酸。

看着刘连梅把最后一点粥也刮进了饭盒里,福林端起饭盒喝了一口,嘴里顿时就被一股浓浓的铁锈味充满了。这以后,他看了刘连梅一眼,把饭盒里的粥倒进两个空碗里,把另外两碗粥倒进饭盒里,盖上了盖子。

刘连梅说,你这倒腾啥?

福林说,那两碗有铁锈味呢。

火上烤着一个窝头一个馒头,刘连梅隔一会儿翻一下。

刘连梅对福林说,铁锈味怕啥。

福林说,当然不怕,铁锈味喝了也死不了人。

刘连梅说,那你还倒来倒去,好像我做得不对。

福林说,他关在那个黑房子里,再喝上两碗有铁锈味的粥,你就不怕他心里一麻烦,上了吊?

刘连梅说,有铁锈味就要上吊?那村里每天不知要死多少人呢。

福林说,我说的是人的一种心情,咱们在外面,就算是饭里全是铁锈味,吃了也不会多想,更不会麻烦。他在那里面,你能拦住他不乱想,不麻烦?

刘连梅没再说话,拿起那个已经烤得焦黄的馒头,用嘴吹了吹上面的灰。接着又把那个窝头也拿出来,在手里拍了拍,然后放在一起,用一块笼布包了起来。

福林就站在灶火前,把那两碗有铁锈味的粥喝了,拿上饭盒就要走。

一村里的人都知道了。

刘连梅轻声说道,她这话像是在自言自语,却又像是对福林说的。

福林拿着饭盒正要出门,听见这话以后果然就站住了,他回过头,看着刘连梅。

刘连梅对福林说,你去了,要是能有机会说上话,你就问问他,那些钱在哪?

福林无比吃惊地看着刘连梅,说,连你也不知道?

刘连梅说,知道还问啥。

福林站在门口,一只脚在门里,一只在门外,门上的半截帘子在他的脸前飘来飘去,他不得不用另一只没有拿饭盒的手把它挡开。可是,刚挡开,脸上就又觉得很痒,帘子又擦着他的脸动来动去,他一伸手,把它抓住,握在手里。

刘连梅说,等没人的时候再问,悄悄地问。要是旁边有人,就不要问了。

福林没说话,却低头看了一眼手里的饭盒。

王汉兵家后墙上的那一段马头墙眼看就要塌了,已经露出一副龇牙咧嘴的样子。这会儿,从屋顶上流下来的雨水在马头墙那里突然分成两股,一股贴着后墙唰唰地流到街上,另一股流进那道大嘴一样的裂缝里以后就不见了。

福林手里拿着饭盒,抬起头,有些痴迷地望着那段龇牙咧嘴的马头墙。

福林记得,晴天的时候,他曾看见不断地有鸟从那里飞进飞出。而且福林还相信,那里面住了不止一窝鸟。

后墙上黑绿黑绿的,爬满了毛茸茸的苔藓。

福林想,那股水流到了哪里呢?那么多水都流进去了,总得有个出处吧,总得有个放的地方吧?

黄鼠、瞎貉,甚至獾,都住在河边的洞里,要是往里面不断地灌水,用不了多久,它们就会纷纷跑出来,如果不跑出来,就都得被淹死,除非在人往它们的窝里灌水的时候,它们正好不在家。

不过,就算有幸躲过一劫,等再回来的时候,那个被大水灌过的家也不能再住了。

水流进去那么多,王汉兵一家人会不会也像黄鼠或獾一样突然从里面跑出来?

黑房子只是里面黑,外面并不黑,因为没有上过油漆,门窗甚至比周围别的那些房子看上去更新一些。黄白的木头本色,上面裸露着很多褐色或黑色的疤结。

当年,村里曾经要把这间房作为会计和保管的办公室,让他们在里面记账,算账,没想到会计死活都不愿意,说宁可坐在大街上甚至房顶上算账,也绝不进那里面去。

为什么死活都不愿意进去?原因很简单,就因为那里面曾经先后吊死过三个人,谁也不愿意进去。前两个像福林这样的孩子们完全不知道他们是谁,福林他们这么大的孩子们只知道后面吊死的那个女的,因为她是四明的大姐。不过,真正有没有见过她,福林记得也并不是很清楚了,好像没见过,也又好像见过。几个孩子在四明他们家门口玩火,有一只洁白的手曾经在他们的头顶上拍过,那是谁的手?还有一个修长的身影有时忽然从外面回来,或者又突然离去,那又是谁?难道不是那个大姐?

福林站在门外,听见屋里有一个声音在说:
是会计的儿子。
来干什么?另一个声音说。

是来送饭的。先前的那个声音说。

这时，出现了第三个声音，有些沙哑：

就是，得让人家吃饭，他现在还不能死。

饭当然要吃，问题是能不能让他们父子见面，这得想一下。

哦！另外两个声音像是同时都惊呼了一声。

从屋檐上流下来的水把门前的地上冲得坑坑洼洼的，落在人的脸上甚至还有些疼。福林离开门前，站到屋檐下，这样一来，感觉就像站到了一长扇帘子的后面。这样一来，躲雨倒好像成了一个不太明显的方面，如果有人从远处走来，会以为他是在观赏雨里的景色。

他把手里的饭盒贴到腿上，腿上立刻感觉到一种温热，他放心了，饭还没有凉了。

不远处，张元荣家的房顶上像是在冒烟，福林吓了一跳。仔细再一看，才发现并不是烟，而是从房顶上溅起来的雾。

与张元荣家房顶上的那种烟一样的雾形成明显对比的，是宋守财的那一大片黑瓦的屋顶，像是很早以前从半空中落下来的一大片漆黑的翅膀，无声无息地趴在地上。平时看着还像个房顶，一阴天，一下雨就好像贴到了地上。福林知道，就在那片黑色的翅膀一样的旧瓦下面，有很多绕来绕去的拐角和不能住人的空房子，在其中的一间半露天的空房子里，有一具空棺材，上面的红颜色早已变得淡红，甚至灰白。有一天，他们正在那个很少有人经过的过道里下"狼吃羊"的棋，忽然看见有一缕乱蓬蓬的黑头发在一个拐角上飘扬了一下。紧接着，是一个女人的一张虚浮松弛的灰白的脸，从墙后面露出来。

福林——

雨里忽然有人叫他，福林看见是小学的葛志远老师。葛志远老师披着一件奇怪的雨衣，一看就是用化肥袋子改造成的没有袖子的那一种。

葛志远老师问福林站在这里干什么，福林的两只脚轮流着在屋檐下跺了几下，觉得说不出口。

福林问葛志远老师要去哪，葛志远老师说：

我妈出去拾柴火，跌了一跤。

福林说，这天气出去拾柴火？

葛志远唉了一声，急急忙忙地在雨里走了，在他的脚边，福林看见溅起的泥水上下翻飞，像是一垄被犁开的土。而葛志远的两条腿，无疑就是那具行进中的犁。

旁边的那扇门开了，裴永会从里面走出来，对福林说：

把饭给我吧，我给他拿进去。

福林说，我不能进去？

你哪能进去！裴永会说。人家不让进。

福林把饭盒交给裴永会，看着裴永会拿出钥匙，打开了那间黑房子的门。他本想趁机往里面看一下，看看爹怎么样了，然而裴永会却像一只敏捷的黄鼠狼一样，吱溜一下就钻进去了，并随手带上了门，福林什么也没有看见。很快，裴永会又从里面出来了，又锁了门。

放心吧，给了。裴永会对福林说。

福林没有说话，一边看着裴永会，一边忍不住瞟了一眼那扇门。

你也回去吧。裴永会对福林说。我出来的时候，他已经吃开了。

福林说，我等他吃完，把饭盒拿回去。

裴永会看看福林，没再说什么，弯下腰把屋檐下的一块砖头捡起来，扔到远处，又回到旁边的那个屋里去了。

福林一个人站在屋檐下，听见黑房子里静悄悄的，一点儿声音也没有。

和他想的一样呢，果然得事先留一手，不事先准备一下还真不行。

从家里临出来之前,福林趴在堂屋的一块盖板上,偷偷地写了一个手指那么宽的小纸条,上面只有一行字:

爹,妈让我问问你,那些钱到底在哪?

写完以后,他把那张小纸条揉成一个黄豆那么大的小纸团,然后塞进那个窝头里,从外面一点儿也看不出来。按照他对爹的了解,如果有一个窝头和一个馒头都放在他的面前,爹一定是先吃窝头,最后才吃那个馒头,所以福林才决定把那个小纸团塞到窝头里,只要他一掰开,就会看到。除此以外,福林还有一个考虑,万一他心里麻烦,吃完窝头以后就再不想吃别的了呢,或者不舍得吃那个馒头呢?纸条如果塞到馒头里,不仅很有可能看不到,甚至说不定会招来新的危险和麻烦。

所以,福林觉得,无论是哪种情况,把纸条塞到馒头里都是不对的,只能放到窝头里。

屋檐下阴冷阴冷的,福林站一会儿,又走一会儿,又不时地瞟一眼那间黑房子。按照时间来判断,他相信爹这会儿已经看到他写的那个小纸条了。

远处,有一个人赶着牛,慢慢地从雨里走过。

3

开完会的时候,已经是半夜了,他和郭部长握了手,然后摸着黑回家。

雨停了一会儿。

有月亮,但是地上却一点儿亮光也没有,到处都黑洞洞的。临走前,看门的史银柱老人让他提着马灯回去,他没有提。在自己从小到大生活了这么多年的村子里行走,还用得着提一盏灯吗,他相信自己闭着眼睛也能走回去。要是不能,那倒是奇了怪了,不用别人笑话,自己也会羞死还干部呢,开完会连家也找不回去,那叫什么干部。

他走着,有时会抬头看看天上,星星很多,有的密密麻麻地挤在一起,有的却离得很远,独自亮着,像是地上的那些独门独户的人家。他想,星星说不定也以类聚,也以群分呢,甚至也存在着左中右呢。有红色的星星,革命的星星,一定也存在着黑色的星星,反动的星星,有问题的星星。有几颗谁也不挨,孤零零地坐在那里,一看就有问题。

其中有一颗星星,他觉得很像是培仁呢,心里藏着心事,却又对谁也不说,只是自己一个人在那里来回忽闪,一天一天地闷着,甚至暗中抽搐着。是不敢说,不想说,还是不能说?他不知道。只要他不开口,别人谁也很难知道。

快到前面的一个小十字路口的时候,忽然眼前唰地一跳,看见一个白乎乎的东西正在那个小十字路口上摇晃,有一个水桶那么高,那么粗……再仔细一看,却并不是在摇晃,更像是在一起一落地转动,好像中间有一根轴,在带着它转动。啊,不对,也并不是在转动,而是在一蹦一跳地往前走。

他很大声地喊了一声,问是谁,对面没有答应,却更像是被他吓着了,摇摇晃晃地掉头朝小十字路口北边的一条巷子里跑去。

于是,他也开始跑起来,在后面追赶。黑漆漆的巷子里,那一团白游动得很快,等他也跑进巷子里以后,却不见了。

他前后看看,最终在一户人家的门外停了下来。他确信,那个白色的东西就是在眼前这扇门前消失了的。

之后他吃了一惊:杨跃海家?

等他回到家里的时候,先前的星星和月亮又都不见了,雨又下了起来。

他听见放在院子里的一个簸箕和两只水桶被雨敲打得咚咚作响，他想找到它们，挪一下地方，却又看不见它们在哪里，只听见它们像小鼓一样暗暗地敲着。

他走进院子西边的耳房里，想看看培仁睡了没有。听见有轻微的鼾声传来，就想培仁可能已经睡着了。让他没有想到的是，他刚走到炕前，睡在黑暗中的培仁忽然一个鲤鱼打挺翻了起来，并发出一阵低沉的却又不无惊恐的怒吼。也就在那同时，他感到自己的两个手指被培仁的一只手紧紧地攥住了。

培仁的那只手像是一把老虎钳子，他试着抽了一下，却没有把自己的那两个手指抽出来。

培仁，是我！他说。

然而培仁却好像完全没有听见，仍然紧紧地攥着他的两个手指，似乎比一开始的那时候还要更紧一些。

他说，培仁，快放开我的手。

喊也喊过了，说也说过了，不仅没有放开，黑暗中忽然响起嘎巴的一声。很快，他就感到了一种钻心的疼痛，他也忍不住惨叫了一声。

培仁，你把我的手扭断了！

他后面的这句话像是让坐在炕上的培仁一下清醒了过来，立刻就松开了手，随即又把放在灶台上的灯点着了。

灯一亮了，他捂着自己的那两个手指，首先看见培仁坐在炕上，脸色惨白，又如死灰，一副死里逃生的样子。

扭疼你了吧？我没想到是你。培仁大口地喘着气说。

他说，除了我，还能有谁。

疼痛使他咬着牙，嘴里不时地发出阵阵吸吸溜溜的嗞嗞的声音。他来到灯下，仔细地察看那两个手指。培仁也凑过来说，我看看。说着，想伸手摸，他不由地往后缩了一下。他对培仁说，不能摸，疼死了。

培仁说，先抹点儿紫药水吧。

说着，就去炕里面翻他带来的那个包，听见里面传来一阵乱七八糟的声音。不一会儿，就找出一小瓶紫药水来。

来，我给你抹上。培仁说。

看见培仁拧开瓶盖，他把手指伸给培仁。

你出门还带着这个？他对培仁说。他觉得这事多少有些奇怪。

培仁听了他的话，似乎想笑，却又没有笑出来，只是咧了咧嘴角。一边往他的手指上涂药水，一边很有些漫不经心地说，出门在外，谁知道会碰到什么情况呢，万一有用呢？你看，这不就用上了嘛。

涂了药水以后，两个手指却依然像火烧一般。他心里担心是不是断了，不过也没好意思当着培仁的面说出来，那会让培仁以为他是要成心弄断他的手指呢。兄弟之间，断没有那种可能，尤其是他和培仁，从小就要好，连往那方面想一下都不应该不能够呢。

他对培仁说，你手上的劲儿可真够大的。

培仁说，我也吓了一跳。

这时，他忽然注意到一个现象：培仁的身上穿得整整齐齐，只差没戴帽子。

于是，他有些吃惊地问培仁，你睡觉不脱衣裳？

培仁凄然地笑了一下，说，忘了。

他说，有啥不放心的，在我这里就和在你家里一样。

培仁说，真的是忘了。一开始躺着，没想要睡，后来不知咋稀里糊涂地就睡着了。

他说培仁，你心里要是有啥麻烦事就说出来，别憋着。

培仁说，没有，要有，我还能不和你说嘛。

他说，我总觉得你有些紧张。

培仁说，我只是近来常做噩梦。

他说，都是些什么样的噩梦？

培仁说，也没啥，都是些乱七八糟的东西。有时候被吓醒，觉得身上绷得又紧又硬，还有的时候醒过来身上一点点力气也没有了。

他说，那更得好好休息，以后睡觉要把衣裳脱了。

听着外面沥沥啦啦的雨，培仁不由自主地叹了一口气。

培仁说，这连阴雨下得人真是麻烦。好像我每回一来了就要下雨。

他说，你是龙王嘛，每回都带着雨来。

培仁说，可惜不是！真要是，那就好了，哪儿天旱了，我就去一趟。

他说，那你可就值钱了。

培仁说，你还记得咱们小的那时候嘛，有一次，也是下连阴雨，下了七八天，哪哪儿都是水，都是湿的。睡梦中听见有人喊：走啦，走啦！推开墙上那个月亮形的圆窗户一看，有人盖着红花的被子，睡在咱们的廊檐下，下面垫着木板和石头……

他说，我记得，二姐两口子打架，水缸里忽然蹦出好几个绿莹莹的蛤蟆。院子里水汪汪的，门口盘着蛇，舌头柳叶一样，粉白粉白的，小眼睛黑亮黑亮的，像玫瑰花的籽。

培仁说，你说的那都是一种表面现象，背后真实的情况其实是……

他说，还有背后的情况？

培仁说，你到底比我小几岁，有好多事情你那时还不懂。

培仁扭脸看了一下身后的窗户，黑暗中窗外仍然不时地传来那种暗暗的敲小鼓的声音，咚……咚咚……咚咚咚咚……

培仁说，我就是在那时候，听见人们悄悄地说，咱们那个家要败落了。

原以为睡上一觉就好了,手就不疼了,可是没想到第二天醒来一看,两个手指肿得又粗又亮,还十分沉重,明显觉得比别的那几个手指要沉重得多。看上去也很吓人,似乎稍微触碰一下,就会有无数透明的脓和血奔流出来,而等那些东西流完以后,整整齐齐的两个手指也将完全不复存在。

他其实是被疼醒的。

那时候天还没亮,他睁开眼,看见外面还黑洞洞的。

没有听见下雨的声音,他怀疑雨是不是在后半夜的时候停了。爬起来一看,看见屋檐下还在滴水,才知道雨并没有停,原来一直都在下着。

真正是一种钻心的疼痛,他不知道该用一种怎样的言语来形容和描述那种痛。他闭着眼睛,两条腿却不由自主地在炕上蹬来蹬去,放平了不是,抬起来也不对,任何一种姿势和动作都不能把那种钻心的疼痛从他的身上转移走。

他侧身躺了一会儿,觉得疼得更厉害了,于是又平躺着。平躺了没多久,还是觉得不行,又翻了一个身,脸朝下趴着。那只手既不敢放到被子里,也不敢放到脸前,怕一不小心碰撞了,只能单独把它举出去,伸到枕头的外面,这样就能保证它不被别的东西碰着。

想起昨夜的事,忽然觉得有好多的事情好像完全想不明白,也很有些看不大懂。他刚走到炕前,其实既没有开口说话,也没有发出别的什么太大的声音,培仁竟忽然就被惊动了,发疯一样地扑起来,完全就是一副要拼命的样子。

而且整整齐齐地穿着衣裳。

他觉得培仁的那种样子一定不是专门冲着他来的,没有理由和道理嘛。再说,他也知道培仁对他的感情,多少年的兄弟了。想来想去,他觉得培仁的那种样子只能是一种面对危险时的正常的反应——当一种突如其来的危险破门而入的时候，培仁那样做难道不对吗？难道不应该有那样的反应吗？当然，也有可能是一种培仁提防了好几年的一直徘徊在他身边的危险？不管是什么，那样做其实都是对的。

是的，就应该那样，突然扑起来，一招制胜。

手指上的疼痛使得他的两条腿又在炕上不知不觉地蹬来蹬去。

不久以后，他的那种烦躁难挨的窸窸窣窣的动静就引起了睡在旁边的女人的注意。

女人闭着眼睛问他，你在做啥，抽筋了？

听见女人醒了，他忽然吓了一跳。

女人睁开眼睛，看着他。

他本来不打算告诉她，可是后来咬了咬牙，觉得这事也不可能一直瞒下去，就对她说了。

他说，手疼得厉害，睡不着。

女人这时还并未引起注意，懒懒地说，手咋了？

他想了一下，告诉女人说，昨夜和培仁掰手腕，不小心扭着了。

女人说，真行，真有出息！你们多大的两个人了，还干那种事情。

他说，小时候我们经常掰，比谁的劲儿大。

女人哼了一声，上半身爬起来。他嘴里咝咝地响了两声，有些害怕地对女人说，不要挨我，别过来！

听见他这样说，女人反倒来了兴趣。她干脆坐起来，抓住他的一条胳膊就要看他的手，一眼就看到了他的那两个肿胀的手指，顿时惊叫了一声，呀！都已经成了这样了，颜色都变了，都已经黑紫了！

他想把自己的那只手撤回来，可是被女人死死地抓着。他对女人说，别蝎蝎螫螫的，那是紫药水。

女人说，紫药水？哪来的紫药水？谁给你抹的？

他说，培仁的，他随身带着的。

女人撇了一下嘴说，还有紫药水？他带的东西可真够全的。

听见女人这样说，他说，还有啥？

女人说，好像还有一根一丈多长的绳子。

他说，你看见了？

女人说，没看见我能胡说他吗？

培仁带着那么长一根绳子干什么呢？他想。既然带了，那就说明他一定有他的考虑，谁出门能不带一些东西，任何人的包里很可能都乱七八糟。不过，培仁带的那些东西也多少有些古怪，女人提到的那根一丈多长的绳子他倒觉得没什么，他奇怪的却是昨夜拿出来的那瓶紫药水。培仁为什么要带着一瓶紫药水出来呢？而他本人，从来也没有带着那种东西出过门呢，平时就连见都很少见到呢。

看着他那两个吓人的手指，再加上平日对培仁的种种不满，女人很快就培植起一种仇恨。她说，这个挨刀的，咋能把人扭成这样？他这是不想让你活呢。

他说，别胡说，他也不是专门的，不小心嘛。小的时候，我有一回还差一点把他的腿弄断呢，可是心里清清楚楚的，一点儿那个意思也没有。

你没有，他有。女人说。

他说，行啦，培仁是个啥样的人，我比你知道。

女人说，他出门带着紫药水和绳子，就没安好心。

他说，照你这么说，他出门带着紫药水，就是为了把别人弄伤，然后再给人抹一点儿紫药水？那他图啥呢？他的紫药水多得没地方放了？

你觉得这么说有人信吗？你给我说说，你要是能给我说出个道理来，我就服了你。没道理嘛。

我也一下说不上来，反正总觉得他有些不对。女人的声音比一开始的时候小了很多。

他人生地不熟，总不能去到处乱走，到处吆喝吧。他说。

女人说，我说的还不是那个意思。

他说，那你的意思是……

女人说，我也说不清，总觉得他有鬼。你见过谁出门还带着紫药水？

女人忽然不小心碰了一下他的那只手，他疼得咝咝地吸了几口凉气。

后来要起来的时候，他却发现已经不能自己给自己穿衣服了，一只手无论如何也做不了那些事，尤其是裤子，完全没办法穿上。这样一来，女人不得不帮他穿衣服。女人跪在炕上，先帮他把裤子穿上，接着又让他站起来，一边给他提裤子，系紧裤带，一边对他说，你真有本事，又从头活回去了，连裤子也不会穿了，我好像成了你妈。他直挺挺地站着，总觉得身上哪儿有些不对，脸上痒，耳朵后面也有些痒，衣服穿得不舒服，很别扭，和平时不一样。那时候，他忽然想起了那些缺少了一个手，甚至两条胳膊都没有了的人，不能不从心里敬佩他们，真不知道他们平时都是怎样生活的。

穿好衣服以后，女人告诉了他一个让他有些吃惊的消息：家里好几个地方长出了蘑菇。

女人领着他看，果然，好几个墙角里的景象都让他吃惊，甚至两口缸之间也有。在那些幽暗暗的地方，一丛丛，一簇簇的蘑菇小伞一样支棱着，摇晃着，苍白，陌生，阴阴的，冷冷的，叫人看了有些隐隐的说不清道不明的害怕和不祥，像是一些颤颤巍巍的病恹恹的人，再看却又像是一群手拉着手的小孩，悄无声息地出现在他的家里。他感到头皮有些紧。

女人问他,这不能吃吧?

他心里一惊,说,当然不能,这还用问吗,吃了就死定了。

女人又说,猪也不能吃吧?

他说,人都不能吃,猪哪能吃!猪和人不一样嘛。

女人唠唠叨叨地说,天要是还不晴,再这么连阴下去,再这么哗哗地下下去,说不定柜子后面也能长出树来。

他吩咐女人,吃完饭,就赶快把墙角里和缸后面的那些小蘑菇都铲出去,不要到处乱扔,要挖个坑埋起来。随便扔出去,会被那些不懂事的小孩捡起来吃了,猪和鸡碰上了也会吃。

一看到他那两个肿胀得又粗又亮的手指,就连一向身经百战、见多识广的郭部长也不由得吃了一惊。

郭部长说,这是怎么回事,一晚上没见,怎么就成了这样?

他嘴里咝咝地吸溜了一下,说,不小心扭着了。

郭部长疑惑地看着他,说,干什么能扭成这样?

他苦笑了一下,打算把这事蒙混过去。

然而郭部长却不依不饶,继续追问他,是谁把你扭成这样的?别人,还是你自己?

他说,我自己。

郭部长说,到底是一件什么事?

他说,家里的门轴坏了,想把门卸下来修一下,结果没端牢,门砸下来,手就被压住了。

郭部长说,怎么不小心一点呢。

他看着郭部长,耳边却暗暗地听见那两个手指好像在叫唤。

郭部长说，你这样会影响工作，咱们的人手本来就不够。

他说，不会影响，我这就去找贾本正给我看看，上点药。

贾本正正在屋檐下喂鸡。

院子里全是水，水下面是滑溜溜的淤泥，从大门口通向屋门口，每隔一尺左右垫着一块砖。当他跳舞一样踩着那些砖摇摇晃晃地过来的时候，手里拿着一根小棍子的贾本正吃了一惊，几只鸡好像也受到了惊吓，拍着翅膀，咕咕地叫着。其中有一只，不吃东西，孤零零地站在一根柱子旁边，翻着白眼。

昨夜抹上去的紫药水已经大部分变黑。当他把那两个又肿又黑的手指伸到贾本正的面前时，贾本正也愣了一下。随即就警告他，再不看就来不及了。

贾本正洗了手，先用一点儿酒精给他抹了一遍，然后涂上一种凉凉的药膏，再用纱布包好。贾本正还建议他使用一根绷带，把那只手吊起来，他说不用了。他可不想把自己弄得像个伤兵似的，郭部长要是看见了，一定会更不高兴，会以为他趁机偷懒，逃避斗争，自己给自己放假。他只想让手尽快地好起来。

贾本正对他说，头上要是再缠上两圈，你看上去就更像个有功之臣了。

这个死医生，经常拿病人取乐。去年，牛宝生找他看病，他竟建议牛宝生每天晚上用一碗冷水浸泡睾丸，每次不少于一小时。牛宝生后来对人们说，夏天和秋天的时候还好说，冬天哇实在是冷得受不了，浑身直哆嗦，完全招架不住。

临走前，贾本正叮嘱他，今天或者明天，再来一趟，他要给他放放里面的脓和血。

他平端着那只包了白纱布的手,像不久前来的时候一样,又跳舞般地踩着院子里的那一溜湿滑的砖头,摇摇晃晃地走了。

4

福林说,我是不是有一个在军队里当官的舅老爷?

刘连梅说,有,有一个。

福林说,有多大?

刘连梅说,不知道,只知道挺大。

福林说,是军长吗?有军长那么大吗?

刘连梅说,差不多吧。军长有多大?

福林说,很大,管着好几万人和很多的武器,管着很多的师长旅长团长。团长在咱们一般人眼里已经不小了吧,可要是在他们军长的眼里,很可能啥也不是。

刘连梅说,那没问题,那他最低也是个军长。

福林吃惊地说,最低也是个军长?

刘连梅说,听你姥姥说,家里除了警卫员、司机和秘书以外,还有一个炊事班。

听刘连梅这样说,福林很是认真地想了一会儿。后来他皱着眉头对刘连梅说,姥姥也是在瞎说吧?再大的官儿,家里也不可能专门有一个炊事班。

刘连梅说,你姥姥就是这么说的。

福林说,知道了,不管多大,反正肯定是一个大家伙,就是村里人们常说的那种大圪蛋。你知道吗,在军棋里,军长也经常横冲直闯,谁也不怕,不过就怕碰上炸弹、地雷和司令,这三个东西,只要碰上任何一个，他都得完蛋！前两个能把他炸死，而司令直接能把他吃掉。把他吃了，司令还好好地活着，还能继续吃别的。

刘连梅说，炸弹、地雷，谁碰上也活不了。

福林说，所以，一般情况下，如果工兵完成不了起地雷、毁炸弹的任务，那就只能由排长、连长、营长，甚至团长们去舍身干了，总不能让军长和司令去出马吧。他们被炸，纯粹是由于自己不小心，或者是因为敌方蓄谋已久、目标明确的追杀。

刘连梅说，也说不定他就是个司令呢。

福林说，司令？那就更厉害了，那就更好了。

刘连梅说，你咋想起这事？

福林说，我想，咱们应该去找找他。

刘连梅说，好好的，一点儿来由也没有，去找人家干啥？

福林说，还好好的？我爹都进去了，那还能叫好好的？

刘连梅说，你爹进去，和人家有啥关系？

福林说，那咋能没关系，去找找他，让他想办法把爹救出来。

刘连梅一听就撇嘴。刘连梅撇着嘴说，别妄想了，人家根本不会管的。你去了，连面儿也见不上。

福林说，你咋知道不管？咱们和他不是亲戚吗？

刘连梅说，亲戚算个啥，一点儿用也没有。

福林说，真的不管？

刘连梅说，肯定不管，因为你连人都见不着。那年，你姥姥领着我和你二姨去了，住了十几天，连个人影子也没见过。把我们安排在一个招待所里，每天吃的倒是挺好，可是后来就越来越住不下去了。你姥姥觉得越来越难受，麻烦，说，这有啥意思，咱们回吧。就回来了。临走时，有人给我们拿来一提包东西，有饼干，有糖果，还有奶粉，都是没见过的。

福林眼睛瞪得圆圆的，嘴也大张着，过了好半天才说，这么说来，你也从来都没有见过那个人？

刘连梅说，没见过，那去哪儿见去。

福林说，连见都没见过，那还叫啥亲戚。

刘连梅说，可说起来就是亲戚。不，也不是说起来，确确实实就是，不然我们拿回来的那些东西是从哪来的？外人谁给我们？

听见一阵嗨嗨的叹息声，接着又听见一阵哧哧的像是车轱辘撒气的声音，刘连梅就知道福林已经彻底泄气了，不再像不久前那样坐卧不宁了。这之前，他甚至已经找出了一双七成新的鞋，准备穿着它上路了。帽子也有两顶，一顶正经的帽子，另一顶是草帽。刘连梅一开始看见他到处翻腾，不知道他要干什么，原来竟是为了这事。现在，一切的计划和希望全都落空了，就像雨地里的那些亮晶晶的水泡，漂着漂着就都灭了。

福林低着头对刘连梅说，这一条路也走不通，那就真的没办法了，一点儿办法也没有了。

刘连梅说，你原来以为这也算是一条路？

福林说，那当然，还以为是一条亮堂堂的路呢。

刘连梅说，那是因为你不早和我说，自己在那儿憋着，翻腾。你要是早和我说了，我就会告诉你不行，趁早别那么想，想也白想。

福林说，这事对他来说，其实就是一句话的事，或者写一个纸条就行了。可是对我们来说，那就要比上天还要难。

刘连梅说，关键是，你就算是去了，也别想见到人。

福林说，人活着真麻烦。

刘连梅说，你姥姥常说，活一天，就多受一天的罪。

福林说，天好像也漏了，下起来就没完了。这下了有几天了？好像有一个月了。

刘连梅说，四天了。

像是有一只手，在慢慢地不动声色地往回捏合，赶羊一样把一些人和事情往一起赶，往一个地方聚拢，埋葬。雨里的村子就在那种看不见的捏合和驱赶中不断地收缩，变小，无论怎么看都没有平时那么大，甚至有越收缩越小的迹象。整个村子都像是因为受潮而在缩水，街道变短，巷子变窄，很多湿淋淋的房屋又皱又矮。

就连人也突然都变得很小。在一条巷子的深处，有一个看上去身高只有二三尺的人正在家门前疏通水道，旁边放着一桶石灰。疏通水道的那个人，明显是一个成年人，可看了一会儿，却又实在想不出是谁，会变得那么小。

福林戴着草帽站在村口，通往外界的路上一个人也没有，既没有村里的人出去，也看不到外面的人进来。路上水汪汪，明晃晃的。

往日的地平线也不见了。

福林有一种站在天边的感觉。

送了几天饭，果然一次也没有看见过爹，每次那扇门都像变魔术一样突然裂开了一个缝，但是很快就又关上了，里面则黑漆漆的，从来都悄无声息，好像根本就没有人。当然有人，福林想，真要是没有人，他每天送来的那些饭都到哪里去了？谁吃了？福林觉得，爹看过他第一次送饭时塞在窝头里的那个纸条以后，一定有话说，也一定应该有其他的消息想要带给家里人。每次裴永会把空饭盒从里面拿出来交给他以后，福林在回去的路上总要认真地检查好几遍，从饭盒的里面到外面，再到上下，前后左右，看得眼睛都酸了，可还是什么也没有。一个人，黑乎乎地坐在那里面，没有人和他说话，什么也不知道，时辰很可能也早就错乱了，昼夜颠倒，外面即使天塌了也听不见，就真的没有什么话想要带出来，传递给家人？福林不信。有时回到家里以后，看见刘连梅不在，他就一个人反复地检查和研究那个饭盒，总觉得应该能在上面发现或者找到点儿什么。

不是他不细心，检查得不够仔细，但是确确实实，连哪怕是一点点的蛛丝马迹也没有。或许，他真的没有什么话要说？

倒是裴永会有一次无意中不小心说漏了一件事。裴永会说，等雨一停，天晴了，县里就会来人把会计解走。

这消息既在刘连梅的估计当中，也更在福林的预料中，所以福林在刚一听到的那时候，也并没觉得有多吃惊，因为那只是一个迟早的问题，只是不知道早会早到什么时候，迟又会迟到哪一天。现在，听裴永会那么一说，总算是知道了，那就是以雨停了或者天晴了为界限。

为什么非要等到雨停了或者天晴了？他这就不知道了。

一个穿着土黄色雨衣的人，忽然出现在冷冷清清的村口。转了好几个来回以后，福林才终于看见了雨帽下面的那张脸，他吃了一惊——

竟然是村里的副主任杨跃海。

福林相信，杨跃海肯定也看见他了，因为整个村口只有福林一个人孤零零地站在那里。但是从杨跃海的那种样子上来看，又好像完全什么也没看见一样。既然没看见，杨跃海当然也就没有过来和他说话，也不可能和他开口说话。

福林想，这就对啦，他的眼里没有人，你让他和谁说话去？整个村口冷冷清清，空空荡荡，一个人也没有，他就是再想说话，也没有一个能说的对象。

这样一想过之后，福林的心里就不难过了，因为起初他以为杨跃海是怕会计的事情连累到他自己，所以才不跟福林说话的。但是后来，越看越不像，福林就不难过了。福林对自己说，不是那么回事，他好像真的什么也没看见。

杨跃海的那种样子，很像是丢了一个什么东西，专门出来寻找的。在福林看来，杨跃海的心里这会儿只装着他的那个丢了的东西，那个东西把杨跃海的心里塞得满满的，堵得严严实实的，所以他才会看不见除那以外的任何别的人和东西。杨跃海走走停停，有时东张西望，伸长脖子朝前面瞭一眼，忽然又回过头，看看身后。

会是一个什么东西呢？福林想。

钱？手表？一串钥匙？

从杨跃海寻找的那种神情和样子上来看，福林觉得，杨跃海要寻找的那个东西应该很小，最起码不应该是一个人，也不大像是一个大件的东西，因为要是找人，就不应该是那种找法，找一个大件的东西，也不应该是那种找法。明显是在地上仔细地搜寻，而地上又并没有躺着人，是不是？就算他要找的那个人就在地上躺着，一眼就可以看见，根本不需要那么去寻觅。杨跃海更像是在找一窝蚂蚁。

后来，杨跃海就不再找了，虚虚飘飘地在下着小雨的村口走了几个来回。有时站住，朝远处的那条水汪汪的路上望着。

最近距离的一次，杨跃海几乎是擦着福林的肩膀走过去的，连福林都吓了一跳，甚至想往旁边躲一下，但是杨跃海仍然没有注意到他，轻飘飘地就走过去了。在与杨跃海的身体发生交集的那一刹那，福林闻到了一种混合着锯末、衣物、病情、糖水、尿臊、脑油以及酸菜和动物皮毛的气息，顿时就愣住了。在所有那些林林总总的气味里，最令福林感到惊心的莫过于那种浓浓的锯末味，一种刚刚才在锯子下面产生出来的十分新鲜的木头的气味。在福林的习惯和印象当中,锯末味通常不仅仅是一种气味,更是一条看不见的线索,而那线索的另一端,必然连接着一具簇新的棺材,一具刚刚做好,甚至还没有来得及上油漆的棺材。

福林忽然觉得自己的脸上有些硬。

雨湿淋淋地下着。冷冷清清的村口,好像一瞬间变成了一个同样冷清而阴郁的戏台,台下的观众却只有福林一个人。就像戏台上的某一个角色,依照事先的安排和需要,杨跃海有时走的是一种明显的弓背路,给人一种舍近求远的感觉,让人觉得他是在故意绕远,故意拖延时间,甚至有意地挥霍和浪费着什么。与此同时,却又给人一种呆傻憨直,四六不分的印象,至少在福林看来就是那样的。

看着在他的视线里飘来飘去的杨跃海,福林的心里忽然升起一种不祥的感觉:眼前的这个杨跃海,难道快要死了?

尽管杨跃海远远地走着,可是福林一不小心又闻到了那种浓浓的新鲜锯末的气味,再大再漫长的雨也遮盖不住它们。福林当然知道,锯末味不仅仅是一种锯末味,更是一条看不见的线索,线索拐弯抹角,忽隐忽现,最后直接通向一具刚刚做好的棺材,棺材旁边锯子刨子一类的工具还没有来得及收拾。好多人还没有看见那口还没有上油漆的白茬儿的棺材,因为它并不存在,但是福林觉得自己已经提前看见了。

杨跃海突然离开村口,脚下带着泥,开始往回家的方向走。

福林在后面跟着,中间大约有一丈或者七八尺的距离。

走着走着,听见一只公鸡在打鸣,不知在哪个方向。走在前面的杨跃海突然回过头来,福林没有防备,吓了一跳,脚下一滑,差一点扑倒。雨里,杨跃海的那张脸上像是笑了一下,脖子有些弯曲,歪斜在肩膀上。

这一回,看杨跃海的那种样子,倒像是真的看见了他。

福林站到一棵老榆树的后面，没有再继续往前去，他觉得自己有些害怕杨跃海的那种弯曲的椭圆形的笑容，杨跃海不像是在用脸笑，而是在用一边的一个肩膀在笑，那一团椭圆形的笑容就窝在那里。不过，怕归怕，却一直目送着杨跃海回了家。

　　杨跃海直直地走进他平时回家常走的那条巷子里，这以后再没有回过一下头，再没有朝后看。福林看见他在家门口站了一下，然后就推门进去了。

　　他还能找见家，知道自己住在哪儿。福林想。

　　杨跃海回去后不久，一个穿白衣服的女人忽然出现在杨跃海的家门外。

　　福林揉了揉眼睛，觉得奇怪极了，因为他完全没看见那个女人是从哪个方向来的，突然就出现在了杨跃海的家门外，更像是从地底下冒出来的，或者是从雨里垂直下来的。

　　可以肯定的是，是一个福林从来都没有见过的陌生的女人。

　　一闪身，那个女人就像一朵云彩一样飘进去了。

　　刘连梅说，你也看见了？

　　听见刘连梅这样说，福林愣了一下。那就是说，还有别人也看见过？

　　刘连梅说，村里好几个人都见过。

　　福林说，那是谁？

　　刘连梅摇摇头说，谁也不是。

　　谁也不是？怎么可能谁也不是，总得是个谁吧？福林说。

　　刘连梅说，是后山上的一个狐狸。

　　后山上的一个狐狸？福林笑了。真能瞎说。

　　他们瞎说，你就瞎听。刘连梅说。

福林说，我还是不信，明明是一个人。

刘连梅说，不信最好，心里也干净些，省得让那些乱七八糟的东西占着。

福林说，你早就知道？

刘连梅说，我没见过，我也是听他们周围的人们说的。

福林说，杨跃海家周围的人们？

那种事，只有离得近了，才有机会碰上。刘连梅说。离得八丈远，到哪儿碰去？成心去撞也撞不见。

福林说，他们怎么知道她是狐狸？而且还是后山上的？

刘连梅说，在后山上的时候，一直到进了村里，一直都是四条腿，只有等到了他的家门口的时候，才会变成两条腿。

福林说，我一直都盯着他们那条巷子，我敢发誓没看见一个四条腿的东西，也没有看见两条腿的。杨跃海才回去一会儿，她就出现了，不知是从哪儿出来的。

刘连梅说，脸形也是狐狸的脸形，一张脸，尖尖的，瘦瘦的。

福林说，她背朝着这边，我没看见她的脸。

能让你看见，那它还有啥本事。刘连梅说。

不过，杨跃海倒是肯定不对了。福林说。我觉得那个人活不了多长了，能活过这个秋天去吗？我看够呛。

刘连梅说，听你翠兰姨姨说，今年刚打春的那时候，杨跃海就不对了，只是没人注意到罢了。

福林吃惊地说，那时候就不对了？

刘连梅说，一个人坐着，小声地唱歌，唱着唱着，就笑了。然后又害羞，脸上唰唰地流着泪，明显是在和另一个人纠缠，可是旁边又没有人，只有他一个人。

他小声地唱的是啥？福林忽然觉得自己想起了什么。

刘连梅说，那倒不知道。

是不是这么唱的——福林说着，也小声地唱了起来：

人人那个都说哎……

沂蒙山……好……

不知道，我又没听他唱过。刘连梅说。

和他纠缠的那个人，别人都看不见，只有他自己能看见。福林说。很可能就是那个穿白衣服的女人。

你还记得他有个兄弟吗？

他兄弟？记得，我就是想起了那个人，好像叫杨……

杨逾海。

5

蛤蟆来了，蛇也来了，都堵在门口，不出事才怪呢。

睡梦中，他听见培仁在说。

究竟发生了什么事，让培仁的一张圆脸变成了长脸？

没有人告诉他，亲戚们也全都不理他，各做着各的事情。四个舅舅已把行李捆好，马在门外咴咴地叫着，嘴里喷着热气。他们当中的老四已去世多年，他的那一双平时总是清洗得干净雪白的网球鞋时常在暗夜里疾走如飞，上面是一张年轻的朝气勃发的脸，星星在头顶上面跟着他走。青石板上钉银钉，他们把黑夜里的天比喻成洁净辽阔的青石板。黑暗中，他笑了，嘴里的白牙一闪一闪的。老一辈人其实也很有他们的意思。

二姐说，我不去了，你们去吧。

大姐说，不是说好了的嘛。

二姐说，忽然不想去了。

大姐说，净是些这种人。

二姐对四姐说，胆子不小，在我们面前，你也敢当四姐？好好想想，你才活了几年？

路突然断了，崖口那一带白森森的，像一张大张着的嘴，岩石层层叠叠。站在下面，能看见崖上的红黄蓝三种颜色的野花开得正艳。

晚上开会，杨跃海是最后一个到的。

一张黑漆漆黄蜡蜡的脸，从外面一进来，和谁也没有说话，打招呼，就近找了一个靠近窗户的位置坐下了。

从外面的窗台上不时地有雨和着泥点溅进来，但是杨跃海完全无动于衷，就像什么也没看见一样。消瘦使他的两个颧骨变得很高，很尖，在整个那一张脸上，只有那两个又高又尖的颧骨上有一些亮光，就像两个被星星照亮的高地。

一定是连郭部长也觉察到了一些什么，因而，郭部长破例问道，跃海同志，身体不舒服吗？是病了吗？

杨跃海回答说，没有，挺好的。

郭部长说，好，那咱们就开会。

……

夜里十点多的时候，众人开始发言。坐在一条长条凳子上的张忠发起身出去上茅房，板凳突然倾斜，翘起，坐在板凳另一头的史明义像一个玩跷跷板的孩子，猝不及防地跌坐在地上，众人都笑了。在那浑浊黏稠的笑声里，只有杨跃海没有笑。

杨跃海也没有说话，一句话也没有说过。

也因此，郭部长不得不点他的名：跃海同志，你也说说。

杨跃海像是被人刚刚从梦中叫醒一样，愣愣怔怔地望着坐在桌子后面的人，屋里缭绕的烟雾又使他好像置身于一场漫天翻卷的云雾之中。在那浓稠的云雾里，他看不清任何的方向，因而不敢随意行动，担心自己走失，不再能够回来。他又看看周围，发现竟然有很多张无比生疏的从未见过的脸，排列或者隐没在那漫天的云雾里。

杨跃海小声地说，我没有。

郭部长说，你没有什么？

意见。

你对什么没有意见？能不能把话连起来说，说完整了？

我对你们没有意见。

"你们"是谁？还是不清楚，怎么又出来个意见？

不，不是你们，是我们……我是说，我完全同意大家说的。

那你说说，大家都说什么了？

有一天，小四告诉他说，镶金牙的那个大爷，睡觉的时候，枕头下面压着刀呢。

他吃惊地说，是啥样的刀？他拿来的？

小四说，是咱们家的切菜刀。

切菜刀？

那也就是说，每天临睡前，培仁都要偷偷地去把白天做饭用的切菜刀拿回他自己住的那间耳房里，压到枕头下面，等到天亮以后再重新放回去？

他看看小四，发现小四也正在看着他。他问小四，你怕那个大爷吗？小四还是看着他，没有说怕，也没有说不怕。他说小四，不要怕，那个大爷是个好人，骨子里是好的，根子上也是好的，只是看上去好像不太像个好人，可人哪能光看表面呢，对不对？不过，就算表面上看上去有多不好，也不会不好到哪里去。小四像是被他说糊涂了，愣愣地看着他，愣愣地听着。小四的一只手插在口袋里。小四有一把小匕首，不知是从哪里来的，平时一没事的时候，就在石头上磨，磨啊磨，却总也磨不亮。只是在刀刃上那里有一线亮亮的白色，距离小四心目中的那种整体上的雪亮锋利还差着十万八千里呢。

他说小四，你完全用不着怕那个大爷，他其实是个非常胆小的人呢，他自己也怕得不行。

听见他这样说，小四用一双黑亮黑亮的眼睛望着他，小四的那种眼神多像是一条清亮的小溪啊，一下就弯弯曲曲地领着他回到了从前。有树荫，有狗，黄艳艳的金针箭一样长在园子里，深红色的玫瑰花从来都是以垄论，以片计，没听说过以一枝两枝，十枝八枝来计算。他说，他从小就胆子小，甚至可以说一点点胆子也没有。想上树，可一旦到了树上就再也不敢动了，坐在树杈上哇哇地哭，把住在树上的喜鹊都吓得不敢回窝。到了房顶上也还是个哭，坐在高高的屋脊上，以为自己到了天上，以为再也回不去了。

仿佛也是这样的一个黄昏，世界只是没有眼前这样的泥泞和潮湿，西边的夕阳前一个钟头还黄灿灿的，不知什么时候却又红得叫人害怕。就在那种红蒙蒙的光线里，他听到一个声音鬼声鬼气地叫着：

"华章！华章……"

他确信那是培仁的声音,也觉得亲眼看见培仁趴在窗户的外面,一张脸朝着窗户的方向,窗户都是长方形的木格,上面糊着麻纸,可是培仁却死活都不承认。培仁还伸出自己的一双绿莹莹的手作为证明,说他那时正在山岗上割草。

黄泥的院子里静极了,一个人也没有。

糊着麻纸的窗户,里面看不见外面,外面也看不见里面。

有一天,又听见有人叫华章,忽然有人答应了。他一看,梳着两条短辫子,穿着翻领的衣裳,雪白的衣领干净得晃眼。

他回到家里,却意外地发现没有看见培仁。

他问女人,培仁呢,培仁去哪了?

女人说,好像走了,他的那些东西也都不见了。

走了?他有些不信。说也没说一声就走了?

女人说,他也该走了。他不该走吗?你好像还有些舍不得。

他说,我不是那个意思。我的意思是,至少也应该说一声,打个招呼。

女人说,那我哪知道,那你得问他去。

他说,你知道他走?啥时候走的?

女人说,好像天还不亮的那时候。

他说,你听见了?

女人说,我听见门响了一下。

他说,那你怎么不和我说?

女人说,谁知道他是要走?我还以为他是去茅房。他去一趟茅房,我也把你弄醒,告诉你?告诉你他刚尿完?

他说,问题是他不是去茅房,他走了。

女人说,问题是我根本不知道他要走,只以为他出去一下,完了还要回来。

话说到这里，忽然像是打了一个结，鼓起或者说出现了一个很大的疙瘩，再也说不下去了。他张口结舌地看着女人，好一会儿说不出话来。过了好一阵以后，他也终于没再说什么，只是轻轻地唉了一声。

院子里又是水汪汪的，好像水又憋住了，走不了了。他怀疑又是小四干的，但是小四对天发誓说，这一回绝对不是他干的。

他看了看院墙下的水道，拿一根棍子伸进去捅了捅，好像里面也并没有堵住。

缸里的一点红小豆不知什么时候发了芽，女人把它们从有了绿毛的缸里倒出来，晾在一个簸箕里。女人有些心疼，又很生气，她坐在门口，簸箕放在腿上，借着外面的那种黳青的亮光，一边把那些白白的小芽摘去，一边看着湿淋淋的天气。

他也站在屋檐下，觉得心里也像这眼前的天气一样，泥泞极了。贾本正让他去给自己的那两个手指放脓，放血，可是郭部长却让他哪儿也不要去，就在家里等着，一会儿有人来叫他，然后一起去一趟公社。他当时也是多了一句嘴，问去公社干什么。郭部长稍微显得有点儿失望和烦躁地说，让一件事情暂时有一点儿机密性难道不好吗？为什么非要提前把锅盖揭开？那并不好，因为里面的东西还没有完全熟了。听见郭部长那样说，他简直后悔死了，恨不能给自己两个耳光，后悔不该多那一句嘴。同时也觉得有些羞臊，脸上和心里都有些挂不住。他在心里骂自己，也问自己，打听那些干什么？好好的多那一句嘴干什么，一时半刻不说话难道会死吗，会过不去吗？叫干什么就干什么就行了，他往东边指，你就往东边走，他朝西边指，你就再返回来，往刚才相反的方向走，偏偏要多那一句嘴。没问题，郭部长一定会在心里小看他，不用很多，就那一句,他觉得自己在郭部长的眼里就已经像一把秕糠或者一根鸡毛一样不值钱了。而那一切,谁也怨不着,要怨也只能怨自己,完全是由于自己嘴多的结果。他总算是明白什么叫祸从口出了,尽管他这还完全不算是什么祸。是的,没错,很多人倒霉,就与他们各自的那张破嘴不无关系,有时甚至是唯一的原因。

回家的路上,他是冒着雨回来的。村子里一个人也没有,地上又泥又滑,突然,他真的打了自己一个耳光。可是,后来走着走着,他很快就意识到刚才的那个耳光纯粹是白打了。因为他发现自己的那种爱打听事情的毛病又犯了,又在心里抬起了头:他觉得,去公社,应该和村里两个人的材料有关。

按照他的估计,他觉得,如果他猜得没错,其中一份材料应该是杨跃海的材料。

回到家里以后,他首先问女人,墙角里和水缸后面的那些蘑菇都弄出去没有。女人告诉他,都撮出去了,也都埋了。

可是,还没容他喘一口气,很快,女人就又告诉他说,后墙根那里又长出了新的。

不用去看,他也能想出它们的那种样子,一丛丛,一簇簇,阴阴的,冷冷的,打着小白伞,诡诡秘秘地站在那里,像一群病人,又像极了一群手拉着手的小孩。

他说,再撮出去,再埋了。

后来,一扭脸,看见西边的那间静悄悄的耳房,他就忽然想起了奔夜离去,不辞而别的培仁。

他说培仁,招呼也不打,这等于是偷着跑了。

女人拣着豆子,头也没抬地说,你放心,过不了多久,他就又来了。

他看着那种碎纷纷的圪糁雨,说,这一回你可想错了,培仁再也不会来了。

女人似乎吃了一惊,说,谁说的?

他说,我说的。

女人不以为然地说,我不信。

他说,不信你就等着看吧。

女人说,他要是真的不再来了,我给他烧高香,天天给他烧。

他说,你也不用那样,那不是在咒他吗?他是个活人,承受不了别人给他烧香。

6

杨逾海……福林当然记得。

那时候福林还是一个小学生,每天一放学,回家拿上筐子或者篮子,口袋里装一块干粮,就往树林里或者山上跑,去给猪和兔子拔草。

那时候杨跃海已经成家,搬出来住了,但是他的父母和他的兄弟杨逾海仍然还住在半山腰上。黄土墙围起来的一个长方形的院子,房顶上长满了草,夏秋两季是绿色和白色的草,冬天是黄色和黑色的草,没有人知道那个院子里有几间房。在福林他们那一茬孩子的年幼的记忆里,每隔一些日子,半山腰上就会抬出一具棺材,说是杨逾海的爹死了。再过一些日子,半山腰上又抬出一具棺材,说是杨逾海的妈死了。以后,陆陆续续地还有棺材出现在半山腰上,说是他们的大爷死了。所有那些人,他们活着的时候是什么样子的,福林他们却从来也没有见过。那个院子里的人,他们真正见过的只有杨逾海。

后来,半山腰上的那个院子里,就剩下杨逾海一个人了。

福林他们一群孩子在山上拔草的时候,曾经讨论过一个问题,那就是杨逾海一个人住在那个院子里，会不会害怕？他们讨论了差不多有半个夏天，最后得出的结论是，杨逾海当然不会害怕，因为他有枪，因为他是年轻的民兵排长。无论什么样的妖魔鬼怪，只要听到枪响，都会被吓跑。真正觉得害怕的倒是他们那些孩子，经常相互威胁，要把谁推下杨逾海他们那个院子里去。不过，也就是在嘴上吓唬一下，从来也没有人真的被推下去过，因为他们能隐约地模模糊糊地感到那样做将会带来的某种后果。

后来，半山腰上的那片长满了杂草的房顶上就很少再有烟冒起来了。

再后来，年轻的杨逾海就病了，连枪也拿不动了。

有太阳的时候，天气暖和的时候，杨逾海就会出现在半山腰上，黄土的院墙上有一扇小门，年轻的杨逾海就坐在门槛上，满头的头发黑森森的，野草一样，受惊般地站立着，衰弱无力地望着山下的河水和河对面的人家。看见昔日的战友们提着糨糊桶到处刷标语，画白圈，背着枪巡逻，拿着绳子捆人，趴在西山上的洼地里练习射击。

逾海——

他听见有一个声音在叫他，他想看看是谁，先用一只手撑住地，后来两只手都用上了，还是不管用，站不起来。努力了半天，甚至头使劲地往前伸，往下低，上半身和下半身快要折叠起来了，却最终也还是没能站起来。

有一天，几个孩子出现在半山腰上，在从他的身边经过时，看见他坐在门槛上，两只手捂着脸，小声地唱着。在他的身后，他们看见了那个像是从来都没有人烟的寂静得快要洇出水来，快要诞生出无数身影的院子。

一个金光闪闪的黄昏，黄土墙也像是镀了金。有人看见半山腰上的那扇小门开了，一个穿红衣服的年轻女人从里面出来，去下面的河里提了一点水,很快就又回去了。

又有一天,一个早起的人看见她穿过房顶上的露水和杂草,朝后山走去。

从那以后,杨逾海再也没有出来过。

福林记得,杨逾海最后一次出来是躺着出来的,半山腰上出现了一具薄薄的甚至看上去有些轻飘飘的棺材,躺在里面的杨逾海据说已经瘦得没有什么重量,像一捆干草,甚至更有人说是像一堆从木板上刨下来的刨花。不过,不管是干草也好,刨花也罢,既然是死了,那一定也是闭着眼睛的。

好几年以后的一天,福林在镇上等一个人,不知从什么地方忽然传来一阵歌声,曲调是那样熟悉却又遥远……他一下就听出来了,一下就把它从一个很深很远的地方捞了起来。是的,就是那个调,就是杨逾海曾经坐在家门口小声地唱过的那支歌。

杨逾海唱着那支歌走了。现在,杨跃海又在唱着?

刘连梅对福林说,看见就当没看见,听见也就当没听见,少操那种心。咱们哪有资格去管别人?自己的事还顾不过来呢。

福林说,我没管。

刘连梅说,也不要出去说。

福林说,我和谁也没说过。

嘴上虽然这样说,但是在心里,福林却听见那不无悲伤的曲调又在反复地响起,不断地传来,小声地一遍又一遍地唱着,声音却是陌生的,既不是弟弟杨逾海的,也不是哥哥杨跃海的。到了后来,已完全不再是任何人的声音,就只是那样的一种曲调,低低地,若有若无地隐现着,存在着。福林被暗中牵引着,有一阵觉得自己很像是一只山羊,一会儿被牵着过河,又一会儿上山,以至于刘连梅对他说的某些话,他完全没有听见。

刘连梅说,这雨下得,已经忘了太阳是啥样的了。一点儿音讯也没有。

福林没有听见,呆呆地站在炕前,脸朝着窗户的方向,像是在等待一个什么人或一件什么事的到来。

刘连梅又说,这世上真的有我们看不见的东西哩。

这一回福林听见了。他说,绝对有。

咔——咔——

绝对是锯子的声音!

锯子吃进木头里,来来回回地锯着,不很轻松地走着,似乎已经锯了很久了。好半天以后,又传来叮叮当当的斧子和凿子的声音。

福林睡了一会儿,被那咔咔的声音和叮叮当当的砍凿声突然惊醒,坐了起来。刘连梅不在,家里的光线像是一个晚上。

雨还在下着。他以为天黑了,该去送饭去了,可是刘连梅不在,饭还没做。

他披了一块雨布,起身出去寻找刘连梅。

让他没有想到的是,虽然是阴雨天,外面却没有家里那么黑。他站在街门外愣了一会儿,听见雨落在他披着的雨布上,敲打出阵阵嘭嘭的响声。也许天还早,真的还不到做晚饭的时候?所以刘连梅还没回来。

街上没有人,只有一只被淋得湿漉漉的小狗,躲在于成万家的后墙下,认真地舔舐着自己身上的那些能够得着的地方,两条前腿,后腿,一部分后背。于成万家的后墙,保留着一道一尺多宽的后檐,还常有人站在那下面避雨。有一阵子,处于忙碌中的小狗忽然看见了站在不远处的福林,立即停了下来,很是关注地望着。望了一会儿,看见这边的这个人没有什么明显的动静,也没有要打它的意图,才又放心地低下头去,把一条细细的比麻秆粗不了多少的前腿放到脸前,重新舔了起来。

福林又看看许多人家的屋顶,想判断一下是不是到了该做饭的时候,可是,他看到的却是有的烟囱里冒着烟,有的没有烟,这样的发现也更没有告诉他什么。

叮——当——

不知从什么地方,突然又传来了那种叮当声。

是的,就是那声音,就是不久前让他从睡梦中忽然惊醒的那种叮叮当当的响声……福林身上一激灵,像似有一股冷水顺着他的领口灌了进去。循着那声音传来的方向,踩着满地的泥水,他慢慢地一路找寻过去。刚走到一条巷子的口上,他就站住了。

看见了,看见了!声音果然就是从那里开始的。雨地里搭起一个棚子,上面盖着席子、帆布和麻袋,下面有几条板凳,两个木匠正在里面忙活,拿锯子锯一会儿,接着又操起斧子砍一会儿。福林走过去,看见做活儿的并不是村里的木匠黄四仁,也不是与黄四仁有仇的关喜,而是两个非常面生的人,一个三四十岁,一看就是师父,另一个还十分稚嫩的明显就是那个人的徒弟。那时候,大锯已经用过,像一个完成了任务的人一样躺在一边,几块锯好的木板摞在一起。福林看见那个三四十岁的木匠拿着一把中号的锯子,正在板凳上哧哧地锯一块木头,两个耳朵上各别着一支烟。甚至那个稚嫩的小徒弟的耳朵上也夹着一支烟,在棚子里窜来窜去。一锅胶正在旁边的炉子上慢慢地熬着,炖着,棕黄色的胶像糖稀一样冒着泡。稚嫩的小徒弟不时地过去搅动几下。

师父停住锯子,拿起一块横板,闭住一只眼睛,打量了一下后,又把那块横板放到板凳上,用一只脚踩住,一边下锯子,一边说,你舅舅当初领你来的时候,还说你老实,没胆子,把你说成个听话的孩子。你真的没胆子吗?

小徒弟假装没听见,却又不想让师父觉得他没听见,他把两块已经弹过墨线的木板摞起来,小心地放在距离师父不远的地方,然后挠了挠头。

你胆子比我还大呢。师父说。你舅舅根本不了解你,也有可能他一开始就是在骗我。

徒弟对师父说,我说不,她非不听,还说我要是不同意,她就要喊人,还说要在大喇叭上广播,把您的名字和我的名字都广播出来……我一想,就害怕了,那么一广播,咱们两个人不就都完了吗?我完了不要紧,关键是还连累了师父,让师父以后咋做人。

这么说,你还是为了我?我还得谢谢你?师父说。

我又没说让您谢。徒弟说。

你就让她广播去,我就不信她敢广播,她难道就不怕丢人吗?她比咱们更怕丢脸。

您这话要是早跟我说,我心里就有底了,就不会上她的当了。

闹了半天,这倒成了我的不是了?

您没不是,是我的不是,我以后保证再不那样了。

你不知道深浅,你知道她公公是谁?

谁?

手里有枪呢。他要是知道他儿媳妇和你有这事,一枪就把你崩了。

听见锅里的胶啪地响了一声,小徒弟赶快跑过去,拿起锅边的那根棍子,使劲地搅了几下。接着,又把锅端起来,看了看炉子里的火,问师父要不要再加点劈柴。师父指了一下地上的几个小木块,徒弟就把那几个小木块放进了炉子里,然后又把胶锅坐在上面。

你其实早就学坏了。师父对小徒弟说。你看看你,耳朵上别着纸烟,流里流气的样子。坏女人看见你那样,就会主动找你,就像苍蝇看见臭肉,拦都拦不住。鱼找鱼虾找虾嘛。

听见师父这样说,小徒弟赶快把耳朵上别着的那根烟取下来,放到师父旁边的那个板凳上。这会儿,他好像有点儿后悔自己当初没有把它及时地抽掉。

师父锯完一块木板后,一抬头,忽然看见了站在棚子边上的福林,顿时吃了一惊,顿时觉得刚才的那一番话很可能被这个人听去了不少,顿时就又有些气恼。他点着一支烟,狠狠地吸了两口以后,对那个小徒弟说,都说你机灵,机灵个狗屁!这么半天了,有人来了也不知道说一声?你哪怕咳嗽一声也行呀。

徒弟抬起头,看看师父,接着又看看站在棚子边上的那个披着一块雨布的人。光顾着在棚子里窜来窜去地乱跑了,光顾着听师父数落了,竟完全不知道棚子边上什么时候站了一个人。这时,他不禁有些仇恨地一双眼睛像锥子一样地又看了那个人一眼。

眼前这一师一徒,他们是在制作一具棺材,虽然还没有最后成形,但是几个部分已经完成了,一看就能明白。其实,刚一闻到那种浓浓的木头味,浓浓的锯末味,福林就知道他们在干什么了。福林还知道,在那浓浓的木头味的后面,十有八九躺卧着的是一具棺材。

福林问那个做师父的,给谁家做的?

木匠可能还在刚才的气恼之中,没有说话,只是朝着临街的那个门瞥了一眼。

直到这时,福林好像才恍然意识到他们是在杨跃海的门外。

福林吃惊地问,杨跃海死了?

木匠淡淡地回答说,不死谁做这。

刘连梅不知什么时候已经回来了,正在做饭,水盆里泡着两个有泥的萝卜。她本来正在洗萝卜,却忽然听见有一只喜鹊那么大的鸟,甚至好像比喜鹊还要大一些,从外面的树上掉下来摔死了。那时候她心里一亮,放下萝卜,戴了一顶草帽出去寻找。她心里想的是,那么大的一只鸟,差不多相当于多半只鸡,是被风雨打下来的,又不是病死的,肉应该能吃。可惜的是,找了几个来回,都没有找见,地上除了泥就是水。有一阵子,她怀疑已经有人在她出来之前捡走了。可是,她朝四周看看,又没有看见任何一个人,连一个影子都没有。

福林回来的时候,刘连梅已经把切好的萝卜煮到了锅里。在弥漫的水汽里,她的两根头发也在她不经意之间掉到了锅里。

福林取下披在身上的雨布,在门口用力抖了几下,然后挂到了门上。

福林有些神秘地对刘连梅说,杨跃海已经死了。

刘连梅"哦"了一声。

福林说,有两个从来没见过面的木匠正在给他做棺材呢。

刘连梅说,她前晌的时候就已经听说了。

福林说,那我咋不知道?我是才看见的。

刘连梅说,我以为你早就知道了。

福林说,我原以为他最起码还能再坚持两三个月,没想到这么快就完了。

刘连梅说,那能由得了他,他肯定也不愿意死。

福林说,他一定是小声地唱着那支歌走了的。

刘连梅说,你听谁说的?

福林说,我猜的。

刘连梅把锅盖揭开,屋里顿时变得白茫茫的,他们两个人都被湮没在那种湿漉漉的雾气里。刘连梅脸朝下,看着锅里。

福林说，我实在是闹不清他们是咋想的，做棺材，既没让黄四仁做，也没叫关喜做，而是两个谁也不认得的外地人。

刘连梅说，这还闹不清？很简单，要是让黄四仁做，就会得罪关喜；要是让关喜做，就会得罪黄四仁，干脆谁也别做，就找两个不认识的人，就没事了。

听刘连梅这样说，福林觉得很有道理，他刚要点头，却忽然又感到事情并没有刘连梅说的那么简单。他反倒以为，这么一来，杨跃海家其实是把黄四仁和关喜两个人同时都得罪了，不是吗？那两个人，难道都会很高兴？听福林这么一说，刘连梅忽然又觉得这也很在理。

福林说，我爹在那里面，一定不知道杨跃海已经死了。这种事，他们一定不会告诉他。

刘连梅说，知道不知道那还不一样。

福林说，那能一样？大不一样。他要是知道杨跃海已经死了，就会对自己有信心，就会发现他还不是这个世界上最惨的，还有人比他更可怜，更垫底。

刘连梅说，你是说杨跃海？

福林说，对，不是吗？和杨跃海一比，他起码现在还活着。

刘连梅在白雾里说，要说也对，人和人比，不能比好的，只能比不好的。要是比好的，会越比越觉得没法活，那就只能比谁不好，找那些不如你的人去比。你觉得你已经到了十八层地狱了，可是一低头，发现你的脚底下还有人，正在虫子一样在那儿挣扎，抽搐。那时候你就会想，咦，还有人不如我呢。和那个虫子一样的人一比，你也可以说是人上人呢。

我就是这个意思。福林说。我就是想让他知道，他的脚底下还有杨跃海呢，还有不少像杨跃海那样的人呢。

他要是不那么想呢？刘连梅说。

他为啥不那么想？正常人都会那么想。

天就在他们说话的那个过程中终于黑了，一黑下来以后，明显感觉比白天的时候更冷了一些。还刮了一会儿风，挂在窗户外面的两根绳子，一串干辣椒和几根编得像辫子一样的艾条，在风里飘扬起来，干辣椒的声音尤其吵闹，哗啦哗啦地响着。

刘连梅关窗户的时候，望了一眼黑沉沉的夜色，在屋里灯光的映照下，她看见雨是斜着飘进来的，就像从黑暗的天上缓缓地降下来的一面斜坡，快要落地时突然分裂出无数的头绪，然后各自行动，深入到地上的千家万户。

福林送饭回来，在黑洞洞的村子里走着，虽然很多的窗户里面都有灯，但那点分散的零星的亮光，对于整个村子的黑暗却完全于事无补，好几次他都不小心走到水里。那时候他脚下带着泥水，脸前萦绕着冰冷的风雨和无边无际的漆黑，边走边想，这个世界真是黑暗啊，如果太阳一直都不再出来，那将会是一个怎样的人间？

而在六七月的地里，弯着腰，手里握着锄头或者镰刀的那时候，他曾诅咒过那炎炎的烈日，对于满世界的光辉仇恨极了，一心只想着逃离和永不再相见。

每一条街巷都是黑的，只有杨跃海门外的那个棚子里亮着一盏灯，还有一堆火，照亮了少半条巷子。杨跃海的棺材已经成形，此刻正虎视眈眈地蹲伏在棚子里，大头冲着巷口，那两个亲手制作了它的木匠早已消失不见。

一个影子一样的人正在那簇新的棺材边蠕动，涂抹。

每次来叫门，都没有人在家。你到哪里去了？

7

杨跃海停在一块门板上，脸上苫着一张白麻纸。

他把那张白麻纸揭起来，看了一下杨跃海的脸，然后又重新苫好。

有传言说，有一只乌鸦，不断地飞来，停留在杨跃海的脸前，想啄他的脸。刚赶走不久，过一会儿就又来了。甚至还说有老鹰也来了，在院子上空一遍又一遍地盘旋，徘徊，飞得最低的时候，已经接近于门框，只是因为两个翅膀过于阔大而无法飞进屋里。老鹰长着两道飘拂的雪白的长寿眉，一双枭雄的眼睛，敢于和任何人对视。而人，却经不住那样的对视，两三个回合以后，一分钟不到，便会首先败下阵来。

与此同时，还有人听见后山上传来欢乐喜庆的鼓乐声，说杨跃海已在那里成亲。

不过，无论人们说什么，自从看过杨跃海的那张脸以后，有一点他是放心了，那就是杨跃海的脸上还是很平整的，虽然颜色看上去很不好，却并没有被乌鸦啄过的痕迹，更没有像有些人说的那样已被吃得坑坑洼洼，像一块被开垦过的土地。

是的，一切都是谣传，他也愿意相信那一切不过是谣传。至于说杨跃海已在后山成亲，他更是不信。那个来无影去无踪的女人，敢来和他见一面吗？

然而，光他不信似乎没有什么用，因为他阻挡不住别的人不信，尤其是杨跃海的女人，她死活不肯为杨跃海戴孝，那就是一个最好最坚决的证明。这个平时不显山不露水，甚至连话也很少的女人，此时此刻的表现却像是经过了多少年的深思熟虑，表现出一种多年忍辱负重后的幡然悔悟，弃旧图新。不仅不肯为她的死去的男人戴孝，反而更像是故意对抗一般，贴身穿了一件十分鲜艳的衬衫，尽管外面还有一件灰蓝色的罩衣，但无论是谁，一眼就能看到她里面穿着的那件异常鲜艳的衬衫。

不说别人，首先是他自己，刚一来了的时候，第一眼看到杨跃海的女人贴身穿着的那件鲜艳的衬衫，就顿时感到十分刺眼和难过，甚至有些生气。所以，一开始的时候，他确实是用一种领导和村里的当家人的口吻和她说话的。其实他最初的目的和打算并不是这样的，而是一种真正的慰问和安抚，一来向共事多年的杨跃海告别，哀悼，二来看望一下他的家人。可是，一踏进这个白花花的院子，眼前这个女人的那种表现，很快就打乱了他所有的方寸。

真不像话！他首先在心里评价了一下这个女人。此时此刻，如果让他给这个女人下一个定义，做一个鉴定，他一定会这么说。

那时候杨跃海的女人刚送走一位前来吊唁的老太太，从门口返回来的时候，他注意到她的头发竟也梳得十分光洁。

于是他开门见山地说，跃海家的，你咋能让自己穿成这样？你这不对，你不能穿成这样。

杨跃海的女人说，那我应该穿成啥样？

他说，跃海才死，你是他的女人，你得给他戴孝。

女人冷冷地看了他一眼，然后把脸扭到一边。

那冷冷地一瞥，让他在心里不由得后退了一步。跟着，就说出了下面的话。不戴就不戴吧，那起码你也不能让自己穿得这么艳。他说。

女人像是望着颓败的院墙，还是没有理他。

有好衣裳啥时候不能穿，非得在这时候穿？他说。人们会笑话你的。

我还怕人笑话吗，已经笑话了那么多年了。女人说。

他说，你这是说的哪里的话，谁笑话过你？没有人笑话过你。

听见他这话，女人仿佛冷笑了一声。

他说，外面的人们说的那些乱七八糟的话你也信？他们想说啥就让他们说去。跃海现在就这么实实在在地躺在你的面前，这总是事实吧？

女人说，无非就是一个尸首。

他说，人死了谁不是一个尸首。

女人说，我守着一个尸首有啥意义？他的魂早就跑了，早就不在这个家里了。

他说，看你说的，他能跑到哪去，他这不是就在你的眼前吗。

女人说，我不稀罕。

他摇摇头，觉得简直和这个女人没法再继续说下去。这么多年来，自以为对很多人都很了解，这其中也包括杨跃海的这个女人，却没想到完全不是那么回事。现在看起来，不少人，不仅根本谈不上了解，而且连多少知道一点也算不上，甚至完全就是一些表面上熟识的陌生人，不是吗？就比如眼前这个女人，认识这么多年了，你可曾想到过她是一块貌不惊人的牛皮糖，一块难啃的骨头，一潭内里复杂幽暗的隐藏着不知多少秘密的深水？没有，从来也没有那么想过，只以为她就是一个普普通通的女人，和大多数的女人没有什么两样，可是，事实却并不是那样的呢。

他说，跃海家的，这么多年了，我好像今天才真正认识你呢。

女人淡淡地说，认识了就好。是不是觉得迟了点儿？

他说，那你跟我说说，跃海在你的眼里，到底是一个怎样的人？

女人说，我不想再提他。

一个面生的年轻人，很可能是杨跃海家或者女人家的什么亲戚，袖口上系着一根用来辟邪的红布条，来向杨跃海的女人询问，雇来的那个吹鼓手班子，吹拉弹唱的，一共是七个人，每个人究竟给他们多少纸烟，一人两盒还是三盒？杨跃海的女人说，看看别人家都是咋给的，不要多也不要少,平时他们吹一场是多少,就给多少。

已经得到了指令,却还不走,还在跟前站着。

杨跃海的女人问他,还有啥?

袖口上系着红布条的年轻人有些吞吞吐吐地说,去打墓的人回来了,说在墓地里发现了蛇,不是一条,而是好几条。另外,阴阳先生说应该停灵七天,而不是他们一开始计划的五天。这样一来,原定的五天内要用的很多东西,包括吃的,就都不够了,还得去买。

杨跃海的女人说,就五天,别听他的。

袖口上系着红布条的年轻人有些张口结舌地看着女人。

他在旁边赶紧说,跃海家的,这事可得要听阴阳的,不能乱来。

女人很坚决地说,就五天,最多五天。

他说,五天或者七天,这事对于杨跃海来说,其实一点儿也不重要,反正他已经啥也不知道了,就算是一天或者一个月,对他来说也是一样的。关键是活着的人,要有什么不好,也只能是对活着的人不好。跃海家的,难道你就不为你自己和孩子们想想吗?

也许是他的话起了一点儿作用,再加上又有好几个人都过来劝说,七嘴八舌,杨跃海的女人终于同意了七天。

人们散去以后,杨跃海的女人忽然对他说,我这已经够忍让的了,要按我一开始的意思,只停三天,三天头上就打发出去。

这话真的让他吃惊不小,使他不由得又多看了这个女人两眼。以前那么多年,怎么就从来没发现呢,眼皮子底下竟然还有这么一个女人,比很多的男人还要有主意,心也硬得令人诧异,自从他来了,自始至终就没见她掉过一滴泪,脸上也更没有一点点的悲戚之色。真的是忽略了!这样看来,人一辈子不知要忽略多少的人和事。

他说,你真的相信人们说的,跃海这会儿正在后山吹吹打打地成亲,入洞房？

女人说，我信。

他说，这都是迷信，是人们在胡说八道。

女人说，你是干部，你可以不信，也不能信，我也没让你信。

他说，你也不能信。

女人又冷笑了一下，说，你管好你自己就行了，你还能管别人心里想啥。

女人又叫来那个袖口上系红布条的年轻人，让拿一盒烟给他，他没要。系红布条的年轻人竟然趁他不注意，把一盒烟硬塞到他的上衣口袋里，他发觉了，很生气地掏出来，又还给了他。年轻人愣住了，很不解地看着他。

几个吹鼓手已经在门外的那个棚子里坐好，坐成一排，开始调试乐器。两把，也可能是三把黄铜的唢呐，突然哇哇地响了两声。

他起身来到燃着香烛，停放着杨跃海的那块门板前，鞠了一个躬，然后就走了。

满村里都回荡着唢呐悲伤的声音。

他顺路先回到家里，女人不在。他想睡一会儿，可是唢呐的声音很快就又追了过来，先是在院子里飘荡，绕来绕去，从空中降落到了树上，后来又像喇叭线似的从树上拉到了窗户外面，接着便从窗户上跳进来，就像是明目张胆地在他的耳边吹奏。

他用一块毯子蒙住头，明显觉得似乎是隔绝了一会儿，整个世界也黑洞洞，静悄悄的，好像就剩下他一个人了，只有他本人的呼吸声。他从毯子上闻到了黑暗和憋屈，闻到了一种混合着家庭和社会的难闻的气味。那时候他感到自己弯曲得很厉害，先是像一张弓，如果在两头挂上线，绷紧了，说不定能射出去很远的一箭。后又觉得什么也不是，就是田野里的一个僵硬的虫子。

然而，却真的有一箭不知什么时候早已射了出去，射中了杨跃海。杨跃海坐在村口的防洪坝上，挽起裤腿让他看他膝盖上的伤口和瘀青，——那瘀青，像极了阴雨连绵的天空和大地。接着，杨跃海又把一只手绕到背后，轻轻地捶打着自己的腰，像是自我介绍一般，微笑着对他说，腰也不行了。

又说，各种功能也都完了。

他说，不能吧，哪有那么严重？谦虚得过了，其实也是一种骄傲呢。杨跃海同志多年来一贯谦虚，谨慎，其实他的身体并没有什么太大的问题和毛病。

杨跃海说，有什么证据？

他说，能背着一个人奔跑，那还不能说明一些问题？

听他这样说，杨跃海慢慢地把刚才挽起的裤腿放下来，突然转身朝后山上跑去。他在后面紧紧地追赶。眼看前面的杨跃海越跑越快，跑得就剩下一个头了。

他追到山顶，然后看见山那边地势低缓，开始下降，变得像一片开阔的原野，有一个人甩动着两只绿莹莹的手，正在前面慢慢地走着。他蓦然发现这山并不是每天都能看见的东山，而是远在千里之外的昔日的那座开满野花的山岗——

他忽然看见培仁了。

他说培仁，你怎么在这里？

培仁用两只绿莹莹的手捂着自己的脸，低声说，我不想别的，无非就是想平平安安地过完这一生，可是就连这也做不到。

他刚想说能做到，刚想拍一下培仁的肩膀，手抬起来，却落空了。

不久，小四放学回来，在堂屋里翻腾了一阵，找到一块冷硬的干粮，来到他的面前，一边吃着，一边看着他。小四问他，你病了吗？

他说没有。

小四说，那你咋躺着，还盖着毯子？

他说，我就不能躺一会儿吗？

小四说，能是能，可看上去有些奇怪哩。

他瞪了小四一眼，可是在心里，又不得不承认小四说得也很有道理。不要说小四觉得奇怪，即使是他本人，这么大白天地躺着，也越想越觉得奇怪和别扭。

小四吃着干粮，在地上转了几个圈，说，满村里都是死人味儿。

他说，不要胡说。

小四说，不是我说的，是我们老师说的。

他说，哪个老师？

小四说，邱老师。

他说，邱德瑜？我就知道是他，狗嘴里吐不出象牙来！一贯不好好教书，总是阴阳怪气的。上课的时候，咋能想起讲这个？这也是你们的课文？

窗户上突然黑了一下，像是有一只鹰落了下来，贴着窗户站着。紧接着，就听见七板的那个山羊嗓子在外面叫他，说郭部长让他赶快去一趟。

临走前，他嘱咐小四，不要出去到处乱跑，也不要在门口堆土，他要是回来的时候，看见把院子里又憋的全是水，他饶不了他。

手好些了吗？

好多了。听贾本正说，明天或者后天，就不用再包纱布了。

叫你来，是因为又出了一件事——

又出了一件事？啥事？

会计死了。

死啦？咋死的？

自己上吊死了。

吊死了？吊死的？

你能不能坐下，别这么来回走。

好。吊死了？哎哟！

坐下，怎么又起来了？

上吊首先得有绳子，他哪来的绳子？谁给他的绳子？

好，问得好！和我最初的时候想得一样。实际的情况是，并没有人给他送绳子，是他自己把裤子撕成布条条，编了编，变成了一根绳子。

那意思是他现在没穿着裤子？

没有。

唉，这个人，连脸也不要了。

命都不要了，还要什么脸。

这是啥时候的事？

现在还不好说。一个多小时前，裴永会开门进去的时候，发现已经吊死了。裴永会和我分析，很可能吃完中午饭以后就吊上去了，因为人早就冰凉了。

对，要是才死了一会儿，身上起码应该还有点儿热气。

没想到是这么一个人，心胸也太狭窄了。

我知道他，心从来就没有大过。念书的时候，有一个老师骂过他，他直到现在还记着，你看看多吓人。哪个人念书的时候没让老师骂过，打过,谁还记那事?偏偏他就忘不了。

这样的人,没有这个事,在别的事情上也会一样想不开。

那现在应该怎么做?

你去通知他们家里人吧,让他们抬回去吧。

好。

噢,对啦,来的时候,让他们最好带上一块油布,包裹一下。人虽然死了,可一路上再淋得湿淋淋的也不太好。

好,我这就去。

刚出来的时候,一抬头,好像看见天上有几颗星星,在东山顶那一带一闪一闪的。后来仔细再一看,根本没有。雨湿淋淋地下着,哪有什么星星。

整个村子里都泥泞极了,幸好他穿的是一双半高腰的雨靴。

会计的家,他再熟悉不过。门开着,有灯,但是不知为什么家里却昏昏暗暗的,他走进去的时候,刘连梅正蹲在一个橱柜前,一只胳膊伸进去,好像在掏着什么。他咳嗽了一声,刘连梅一回头,看见是他,立刻站了起来。

好稀罕!你怎么有工夫来了?刘连梅说。

他说,不稀罕吧。

确实也不能算稀罕,以前,他是这个家里的常客,会计也常去他家里。他问刘连梅在忙什么,刘连梅说她正在给会计收拾冬天的衣服,棉袄、棉裤,还有一双棉鞋。

你不说我也知道,这个冬天肯定回不来了。刘连梅对他说。

他看着刘连梅,心里揪扯着,不知该如何开口。

刘连梅还向他打听冬天的时候,监狱里有没有火,因为她不知道应不应该把会计平时常穿的那件羊皮袄也一并带上。福林忽然过来，让他抽烟。他看了一眼，竟然不是会计平时吃的水烟，而是一盒纸烟。

　　福林拎起一个饭盒，对他说，龙叔，您坐着，我去送饭。

　　听见福林这样说，他忽然站起来，一下堵到门口，有些气急败坏地对福林，也对着刘连梅说，行了，不用去送了！让他回来吃吧。

2016 年 4 月 15 日

代后记｜纪念·重现·说出

收入在这个集子里的小说，大多为近一两年内所写，如同写作其他别的那些小说一样，我怀着各种迥异的心情分别写下它们，而此前，它们均以各种形态各种方式以及各种面目存在于我的记忆之中，有的多年蛰伏，虽栉风沐雨，历经沧桑，却至今仍把自己包裹得严密而不引人注目，伪装成大地的颜色，以一种最容易被忽略被随意迈过的腐土草芥的拙朴模样继续深埋着，就像生活中常有的形态一样，很难惊醒一个不愿意起来的人，对此，你只能理解为真正的时候还未到来，它们不想袒露，所以你也无法描写，需要继续等待。当然，如同世间万物一样，有继续沉睡的，就有顺逢时节破土而出的，那即是雪水消融，大地初绿之时。

一

披着早晨的浓雾，踏着满地的露水，从穿心店挑回一担水以后，姐姐一早就走了，回她的红石沟去了。稚气未脱的吴秀全还在生她的气，并没有起来送她，等他后来不再生气以后，赶到村口，大雾依然弥天，却已经没有姐姐的身影了，姐姐应该早就在半路上了，大雾仿佛稀释了一切，消融了一切，也让他似乎失去了一切。

漫长潮湿的雨夜,狰狞的午后,诡异的笑容,黯然的背影,深夜炉火,留有人体温度和复杂心思的青石……校长、卡车、荒草、独门、窗台上的残花,袖筒里不慎掉落的金鱼……

这世上什么东西真正人人共有——唯有梦。

梦里也有不平等吗?那却又往往因人而异,现实中一直匍匐着的,梦里也很难翻身。

二

人世间什么最重要,究竟是形式还是内容?二选一,大多数人乃至所有的人会不假思索地站在内容的这一边,不止是这一个问题,应该包括太多方面的问题,这往往是表态的时候,需要表明什么或者证明什么的时候,说得斩钉截铁,坚定不移,这是你亲眼所见,亲耳所闻,可是你真的能相信你的所见所闻吗,你真能确定你的眼睛与你的耳朵不会骗你?

无数事实都无不在证明,你只能部分地相信自己的所见与所闻,你所看到的永远只是世界的一角,就那一角,也不一定就是原貌,极有可能是被修葺或改动过的,或者涂了什么。

要做到不信,其实比信难多了,很多时候,不知不觉地,不由自主地,甚至心明眼亮地,积极快乐地,被感动地,被感染地,被肺腑地,被涕泪满襟地,被身临其境地,就又信了。

一个外出归来的年轻人受到惊吓或某种难以言明的摧毁,另一个杳无音信,又一个身染沉疴,不久便死了。没有人探寻过死因,众人的注意力以及全部的精力都集中在死者的丧葬仪式上,在各种传统古老的繁文缛节上大做文章,力求成功,力求完美,此时此地,此情此景,从来被公认为理应居于次席甚至更次席的形式,已不知不觉地转化并上升为内容，并成为最主要的内容，事情要办得漂亮，完美，风光，这是所有人最大的心愿和目的。

究竟谁最不在意形式，只看重内容？唯有母亲，人散后，夜凉似水，一弯新月如钩，此后漫长永久的悲伤也只属于她一人。

三

这事远在二十多年前，现在的他们早已离开了这个波诡云谲的人间，再也不需要请谁吃饭，也更不需要再等待谁了。

那年正月，推开南墙上的那扇年深日久的小门，走进他们大白天也像是阴雨天的屋里，时间已经是中午一点多了，他们还没有让自己吃饭，因为还在等待一个他们认为很重要的客人，此前早已炒好的几盘菜因为变凉了而不得不一再地回锅，加热。在我停留的三四十分钟的时间里，我就看到他把一盘黄豆芽至少回锅加热了两次，可能是酱油放得稍微多了一些，再加上反复回锅加热，一盘炒黄豆芽早已变得又黑又乌，甚至还多了一种焦糊味。

都这时候了，大多数的人家都早已经吃完饭了，他为什么还不来呢？他们不知道，也想不明白，唯一能做的只有等待，无条件地等待，饱含耐心地等待，满怀希望地等待，充满信心地等待，无怨无悔地等待。

又没有事情要求他，过年了，就是想叫他来吃一顿饭，他难道以为他们也像别的那些人一样，叫他来吃饭是因为有事情要求他？真没有哩，他们都这岁数了，还能有啥事。

四

至今还在手机里保留有他们的唱段,除了他们两个人,另外还有其他几个人,我会不定期地翻出来,看看他们的样子,听听他们的声音,每一次,这样的听和看都要胜过这世间的太多冠冕堂皇大行其道的东西,之后就想着他们在那片我熟悉并永远挂念着的土地上到处漂泊、奔走,唱词里随处可见他们的理想,最实际的理想,最忍气吞声的理想,像泥土和草芥一样的理想,在很多人看来那理想只相当于最低生活保障,顶破天,最多与正常的温饱持平。

这个绚烂光怪的物质高度发达的世界上,算上一切的语言一切的肤色一切的装扮一切的粉饰,没有人能比他们的表演更让我动容。"座中泣下谁最多,江州司马青衫湿",白居易见到的只是怀抱琵琶的南方艺人,江南女子,流连于雨巷渡口,小桥流水之间,倩影如画,惊鸿一瞥,贫困之外,更有地域赋予的一层诗意,他没有见过多年行走在塞外荒野上的另一类披星戴月的民间艺人,穿着臃肿脏污的棉衣棉裤,有时候他们躺在路边或某一处荒野破庙里,与周围的环境浑然一体,几乎分不清哪一棵是树干,哪一个是他们的身躯,一个人如果只顾朝天上看,只顾朝前看,很可能会一脚把谁踢醒或者被他绊倒。他们唱"眼看太阳要落山",是不知今夜要宿在何处。她们唱"……疙几疙瘩的您别喂狗",疙几疙瘩是啥,是小块的零星的零碎的即将就要被舍弃的各种日常食物,别喂狗喂谁,当然是给她们,她们还没吃饭呢。

五

几十年,穷尽一生,嗡嗡嘤嘤地演奏着一支所谓的人生之曲,好坏已无人计较,无人关心。就在快要幕落时,就在收拾东西,带着各种零碎,准备下场时,琴弦忽然折断,地裂开。

那时,远处有狗叫声传来,一声声,像是询问,更像是送别。

六

这个世界好吗?好在哪里?

七

一个耽于想象的人与一个不善于想象的人,甚至从不想象的人,他们之间的差别到底有多大,多大都正常,多大都丝毫不足为奇,某种时候他们之间甚至不存在差异,而是两种迥异的生物,夏虫与寒冬的关系。

隔壁院子里的女人又在给她自己熬药,黑色的药渣已经在门外堆成了山。他站在他这边,静悄悄地呼吸着那边的浓重的药味,隔着墙头,他甚至闻到了她的一件衣服上的味道。

没有阴森阒静的隔壁,没有谜一样的深居简出的女人,没有门外黑色的小山似的药渣,甚至就连从小一起长大的老赵也只是一种飘忽又破碎的记忆或印象。每天出门以后,他是一个简单而又单薄的接近于半透明的人,只有傍晚回来,才开始变得复杂,逐渐复杂,逐渐黏稠,逐渐浓重,层层加码,层层深入。老赵的头好像被他按在水里,水面上不断地冒泡,不断地荡起涟漪,老赵说他不行了,憋不住了,他却怎么也不能相信。

他有一个世界,他一砖一瓦地垒砌起来的那个世界,很少有人来敲门。

世界辽阔,苍茫,时间无限,实际上具体落实到每一个人的头上,无论你在哪里，一生活动的范围，也不过就是自留地大小的那么一块地方，从早走到晚，从小走到老。

八

徐二冬告诉我说，他的大伯父就是因为四百块钱而上吊自杀的，就在原来村子西边的那间歇山顶的房子里。我问那房子现在还在吗，回答说早就没了，全塌了，一年塌一点，没用几年就全都塌完了。我们去那一带闲逛，看见好几条路，上面铺着白色的水泥，有年轻的母亲领着孩子在附近玩耍，还有鸡，有牛，太阳虽然还是从前的那个太阳，但从前已坠入深渊。

说那个老张，也不知是哪儿的口音，特别能吃辣椒，还爱吃本地的酸菜，有时候要是发现饭不好，能吃两大碗酸菜，肚子里装着两大碗酸菜，然后就走了，就去工作去了。

人们有时候会不免猜测他的过去，想象他的家庭，不知道他有怎样的一个家庭，女人长得漂亮还是不漂亮，有几个孩子，都有多大，真是想不出他们又是怎样生活的，住在哪里。

老张就是来下乡的，几年中间，先后来过两次，后来就不来了，再也没有见过。

已经没有人再记得那个从更远的北边来的叫培仁的人了，原本就没有多少人对他有印象，再加上他每次来都鬼鬼祟祟，很少出门，当年就没有几个人认得他，就更不用说现在了。

至于那场曾经下了好多天的雨，更不会有人记得，以后也再没有下过那样的雨。

2020 年 8 月 4 日